神都千年

老洛阳

景 灏 ◎ 编

泰山出版社·济南·

图书在版编目（CIP）数据

神都千年：老洛阳 / 景灏编 . —— 济南：泰山出版
社 , 2024.1
（老城趣闻系列丛书）
ISBN 978-7-5519-0760-6

Ⅰ .①神… Ⅱ .①景… Ⅲ .①散文集－中国－当代
Ⅳ .① I267

中国版本图书馆 CIP 数据核字（2022）第 258307 号

SHENDU QIANNIAN：LAO LUOYANG

神都千年：老洛阳

编　　者	景　灏
责任编辑	王艳艳
特约编辑	史俊南
装帧设计	蔡海东

出版发行	泰山出版社
社　　址	济南市泺源大街 2 号　邮编　250014
电　　话	综合部（0531）82023579　82022566
	市场营销部（0531）82025510　82020455
网　　址	www.tscbs.com
电子信箱	tscbs@sohu.com
印　　刷	山东华立印务有限公司
成品尺寸	160 毫米 ×235 毫米　16 开
印　　张	20
字　　数	250 千字
版　　次	2024 年 1 月第 1 版
印　　次	2024 年 1 月第 1 次印刷
标准书号	ISBN 978-7-5519-0760-6
定　　价	60.00 元

目　录

洛 阳

倪锡英

一 古城洛阳

黄河的浊浪自青海山间，挟着泥沙滚滚不停的泻流；经过了甘肃、宁夏、绥远、陕西、山西五省，环绕成一个长方形的圈子，把河套的一带沃野，好像一个跳绳的绳环一般围在里面；由此再向东去，这才流入河南省境，由河南再经过河北的一角和山东的中部而入海。

黄河的全线像一个"几"字，自河套以东，河道经过了几个曲折以后，水势便较为缓和了。在河南北部，一脉平静的黄河水，东西横卧着；陇海铁路便在黄河的南岸，与河道相平行。在铁路与河道之间，一列不甚高峻的邙山，也自西向东的隔断了黄河与陇海路的视线。在邙山的南麓，适当陇海路经过的地方，那里矗立着一座古城的影子，这就是历史上有名的洛阳城。

"洛阳"，这是一个多么古雅多么可爱的名字；几千年来，洛阳是握着中原文化的枢纽，被一般帝王们定为首都的一个名城。尽管它现在是荒芜下来了，但是历史上的洛阳，的确是几次享着繁华的盛名。所以，我们可以说，洛阳是一个历史上的文化城，也是一个中原有名的古城。

洛阳的最早建为城市，远在三千七百余年前，当商汤诛灭了夏桀，统治中原以后，便在现今洛阳城址建起两个城市：一个叫郏，一个叫鄩。这两座城对峙在洛水之滨，可说是古洛阳城的先身。那时，商汤的朝廷建立在亳（今河南商丘市），郏和鄩与都城相去不远，因此在文化上的建设也渐渐地繁盛起来。商朝建国六百余年，凡迁都五次：第一次是仲丁的迁都嚣（在今河南荥阳市东北），第二次是河亶甲的迁都于相（在今河南安阳市西），第三次是祖乙的迁都于耿（在今山西吉县南），第四次是盘庚的迁都于殷（在今河南偃师县），第五次是武乙的迁都朝歌（在今河南淇县）。这五次迁都，都不出黄河流域中部的范围，而当盘庚之世，是商朝最兴盛的时代，那时的都城殷，和郏鄩二邑相隔只数十里地。因此，古代洛阳的文化，受殷商一朝的影响很大，虽说是洛河边的两座小城，却也可算得是古代文化的荟萃之区。

商纣无道，武王灭商而代有天下；当王师克复了黄河流域中部以后，便定鼎于郏鄩，开始建立了周朝的帝业。那时的郏鄩二城，是在邙山山麓，适当黄河南岸；邙山又名郏山，因此便名曰郏邑。周武王既统一了天下，便在镐京建起都城，称为宗周。镐京就是现在的长安城，和洛阳相去不远，因为洛阳山川形势的冲要，所以当周成王时，便大建洛阳城，称为洛邑。并且同时就郏鄩二邑的原址，修筑为两个城池：西面一个称为王城，东面一个称为成周，这可以说是洛阳城物质上的第一次大建设，开始具备了古代大都市的一切物质上的条件。那时，中原的文化，便集中在两个地方：一个便是周天子的都城长安，一个便是新建的洛邑。

西周自武王创业，经过十一主传到幽王；这位只贪享乐，不问国事的君王，宠爱了一位美姬褒姒，终天只知在宫中取乐，诸侯们对于王朝早已失了信仰，而幽王因为要博得褒姒的一笑，不惜把防御夷狄报警用的烽火台放起火来，谎骗诸侯们都赶到长安城来白跑一趟；这一个玩意儿，使诸侯都上了一次当，而褒姒却放声大笑了。为了这一笑，便使西周的王朝完全覆亡。到后来西方的犬戎真的入寇时，幽王又把烽火放起来，向诸侯告警，诸侯们鉴于前一次的上当，此刻便都不来救助。因此犬戎便攻下了长安城，一把火，把京城里的一切建筑完全烧光，幽王也在乱火里烧死了，西周共传十二主三百六十三年，就此覆亡。

当这个异族入寇的混乱局势中，诸侯们便在申立太子宜臼为平王，而同时，正式迁都洛阳。于是洛阳城，便在历史上第一次建为东周的都城。

周平王东迁以后，洛阳因为是京城所在地，因此便成为全国的首邑。一切政治的施行，文化的传布，都以洛阳为发动的中心。所以当那个时候，洛阳是繁华极了。自平王传二百余年，到周敬王时，便把都城从王城迁入成周。这不过是一个很小的搬动，因为自王城到成周，中间只相去四五里。经过这次迁移以后，名称也更改了。因为这王城和成周两座城，都位在黄河以南洛水以北，所以当时便把王城改称河南，表示在黄河南岸的意思；把成周改为洛阳，表示在洛水之北的意思。而帝都便建在洛阳城内。

所以在古代的所谓洛阳，却是包含了两个城域；在名称上虽是两个城，而实际上因为离得很近，无异一个是上都，一个是下邑，一切的文化建设，还是连在一起的。关于古代洛阳城名称的更改，我们可以清楚地，列成下面一张简表：

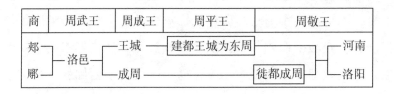

自周平王东迁洛阳以后，周朝的帝业，又经过二十二主五百二十三年，这一个漫长的时代，史家称谓"东周"。在这一个时代中，先后又划分了春秋和战国两个时代。在春秋时代，诸侯们的势力已经渐渐的猖狂起来，周朝王室的威权也一天衰似一天，于是先后有齐桓、晋文、宋襄、秦穆、楚庄等各称霸一时，就是所谓春秋五霸。他们藉着各自的兵力和政治力量，代行王室的职权，做诸侯的盟主，独断一切。不过那时候的诸侯们，大家对于周朝的王室还相当的敬重，洛阳在那时候，还是诸侯们视听所系的一个首邑。

自春秋转入战国时代，诸侯们连年征战的结果，并为七个国家，就是"齐、楚、秦、燕、韩、赵、魏"，史家称为战国七雄。这七国的诸侯各自为了利害的冲突，常常发生战事，形成了一个割据的混乱局面。周天子虽然仍旧坐镇在洛阳城，可是诸侯们早已没有把王室的威力摆在眼里了。于是王政日益式微，诸侯的势力更形嚣张，周天子的政令不出洛阳城关；洛阳在当时，已被一般诸侯们忘记了，只是一个周天子寝居的宫城而已，在政治、文化上，洛阳已没有往日那样的重要和繁盛了。

这个纷乱的战国时代，先后凡一百五十六年，直到秦始皇并吞了六国，才结束了这个纷乱的局面，而同时，东周也灭亡了。

秦始皇灭了东周，统一中原以后，随即在咸阳城建起新都来，于是洛阳便在这个政治的大变化下，渐渐的衰落下来。当这位一代的专制君王接位以后，因鉴于周朝分封诸侯的弊害，所以便决定把全国的行政制度重新改革，废除封建制度，而建立中央集权的郡县制，把全国划分为三十六郡，都直接隶属于中央政府。洛阳在那时候，便是三川郡的一个首县。所谓三川郡，便是现今河南省西部一带的地域，因为那里有黄河洛水伊水三条大河，因此便称为"三川"。而同时，秦始皇分封有功的臣属，把吕不韦封为文信侯，食河南洛阳十万户。因此，洛阳在秦朝初年，是宰相吕不韦的食邑。

暴秦专政了三十九年，到秦二世三年（公元前二〇七年）便灭亡了。于是平民皇帝汉高祖刘邦，统一天下，建立了汉朝的帝业，当他即位之初，便定都在洛阳，同时把洛阳的"洛"改为"雒"，称为雒阳。这个"洛"字的更改是由于一种迷信：相传汉高祖是赤帝的儿子，斩白蛇而起义，以火德王天下的；火与水是不相容的，因为水能克火，而洛阳的"洛"字是"氵"字旁，对于汉朝的帝业是犯了忌克，因此便把它改为雒阳。而洛水也改称雒水。

这位汉朝开国的鲁莽皇帝，自公元前二〇二年即位，过了两年，便又把都城从洛阳搬到长安城去了；同时把洛阳改为河南郡的郡治，于是洛阳城繁华的希望，只是"昙花一现"，又终归冷落下来了。这样又经过了二百二十余年，西汉被王莽篡位，汉朝的宗室都纷纷起兵讨伐，刘秀以大军讨平了新莽之乱，自立为光武帝。当光武帝建武元年（公元二五年），便定都在洛阳，史家称王莽篡位以前的汉代为前汉，又称西汉；光武建国以后的时代为后汉，又称东汉。洛阳城总算荒落了二百多年又复兴繁华起来；那时的都城建在现今洛阳城的东北二十余里，北倚着邙山，南面着洛水，形势非常雄秀。

东汉又传了十一主一百六十四年，到汉献帝初平元年（公元一九〇年），太师董卓挟着汉献帝迁都长安，于是海内的诸将都纷纷地起兵讨伐董卓。到后来，魏蜀吴三分天下，形成三国鼎立的局面。不久，曹魏便自立为帝，建都洛阳，传了五主四十四年，本来从汉献帝手里篡夺来的王位，便很快的又被司马炎篡夺了去，建立了晋朝，自称晋武帝，仍旧以洛阳为都城。那时北方异族的势力很强盛，当晋怀帝永嘉五年（公元三一一年），匈奴族刘聪领兵攻破了洛阳城，把皇帝也掳到北地去，于是愍帝便在长安即位，把都城也搬到了长安。可是又只短短的四年工夫，当愍帝建兴四年（公元三一六年），刘曜又攻陷长安，愍帝也遭受了怀帝同样的命运，被掳到北地，晋朝的帝业，几陷于覆亡的地位。东晋元帝便在南京建起都城，造成了一个暂时偏安的局面。这局面一直经过了东晋、宋、齐、梁、陈五朝，先后凡二百余年，中原一带全被北方的异族占据着，形成了一个南北对峙的局势，这便是南北朝时代。南朝的汉族，只据有江左的一角，而大部分的地域，都被北朝的异族占了去。

洛阳，在这个时期中，曾被北朝的拓跋魏建过都城，这是南齐明帝建武元年（公元四九四年）的事，适当北魏孝文帝太和十七年。当北魏的建都洛阳以后，曾对于洛阳的文化加以一番伟大的建设，著名的龙门石刻，就是在北魏建都时完成的。同时还大修洛阳城，当宣武帝景明二年（公元五〇一年），筑洛阳三百二十坊，洛阳物质上的建设，极臻繁华；直到梁武帝中大通六年（公元五三四年），北魏又分裂为东西魏，才把都城迁到邺县去。

南北朝的纷争直到隋朝而始告平息，隋文帝杨坚最初建都于长安，到隋炀帝大业元年，改营东京城，置新都，在洛阳城西十八里，建起一个周围六十九里三百二十步的新城，把河南和洛阳合而为一。唐朝时，洛阳称为东都，当睿宗时，女后武则天自立为皇帝，定国号曰周，曾把都城自长安搬到洛阳。这位一代的女皇先后做了十五年皇帝，在八十二岁时死掉了，于是都城又从洛阳迁回长安，而同时把洛阳改名曰"永昌"。

龙门西山全景（局部）

唐亡以后，接着便是历史上著名的乱五代，这五代包括了梁、唐、晋、汉、周五个朝代；当后唐时，洛阳也曾被沙陀族的李存勖一度建为帝都。五代过去以后，便是宋朝，北宋建都在汴梁（现在河南的开封），曾把洛阳定为西京，那时西京洛阳的城周有五十二里广阔，里面还有一座十八里周围的皇城，规模很大。自从金人南侵，宋室南渡以后，洛阳便日就荒废，没有人再去注意它。

洛阳一天荒芜一天了，所有的建筑都渐渐地圮败殆尽，经过了元明清三代，中国的政治中心都移向渤海沿岸的北平去，洛阳很荒凉的僻处在中原，无人过问。因为它过去曾几经帝王们定为都城的缘故，所以历元明清三代，洛阳都还算是河南西部的一个要邑，在金人占有黄河南北时，洛阳是金昌府的府治。元朝为河南路的首县，明清改称河南府，洛阳也是河南府的府治，虽然历代把洛阳定为府治，可是洛阳的繁华当然是大不如从前了。民国以后，索性把府也废掉，直截的改称为洛阳县。

洛阳自宋朝南渡以后，到现今八百余年间，只是日就荒芜，没有重新建设过，往日的文物，都随着时日的变迁，渐渐地埋入百尺以下的泥土层里去了。但是，洛阳却不是一直就这样荒芜一辈子的，当民国二十一年一月二十八日，日军在上海掀起了一·二八的战事以后，洛阳城便又被许多政治上的人物回忆起来了。当淞沪海滨中日两军正在酣战的当儿，国民政府便宣告把首都从南京迁往洛阳，作为行都。

于是，洛阳城又从荒芜中回复了复兴的气息。在二十一年二月里，政府各机关都开始迁洛办公，本来一个荒凉了几百年的古城，忽然变了中国临时的政治中心，便顿形热闹起来。一个盛大的国难会议，便于迁都后的一个月，在洛阳开幕，政治上的要人们都麇集在洛阳城里，讨论国家大事。因此，关于近代都市上最低限度的物质设备，也开始计划着在古洛阳城建设起来。

可是这行都洛阳，在时间上只是短短的一年，便又回复了原状。当中日事件得到暂时的解决后，政府便在二十二年的三月里，又重复迁回南京。

所以，洛阳城，在历史上确是一个有名的古城，自商朝到现在，三千七百余年间，这古城曾几经盛衰兴亡，而名称上也曾经几度的更改，我们如果把它作一统计，那么洛阳历数千年来被建为都城的，有：

东周、东汉、曹魏、东晋、北魏、隋、唐代武后、后唐八个朝代。

而洛阳的名称也有：

郏、郿、洛邑、王城、成周、洛阳、雒阳、河南、永昌等九个称呼。

二　洛阳形势概述

洛阳自古有"八省通衢"之称，一般谈论洛阳形势的人，总是爱说：

"负邙面洛。"

或是说：

"左右拥有成皋函谷之固，前后环抱伊洛瀍涧诸水，南控嵩山，后顾大河。"

因为有了这天成的雄秀的形势，洛阳自古以来便成了政治军事必争之地。在历史上，便称为中国有名的古都。

我们试翻开地图，把洛阳附近作一个仔细的观察，那么我们可以发现，整个洛阳的形势，是在"山""川""关"三种天然物与人工建筑之下，交织成一个十分险要的城市。居住在洛阳的士民，是不会觉到洛阳的形势是怎样雄秀和险要的，因为在洛阳的本区以内，是一片平广的丘陵地，简直无雄险可言。但若一个外来的旅客，当他要从洛阳的任何一个方向到洛阳去时，他便会感到洛阳周围的形势是多么的雄奇。如果遇到战事的时候，在洛阳四周尽有天然的关山屏蔽着，敌人是不能轻易攻进去的。

我们可以根据了"山""川""关"三项，把洛阳境内和境域四周的形势，大概的分述一下：

现在先说"山"。

在洛阳境内，最著名的便是邙山，邙山并不高峻，看上去很平坦，但是自东徂西，连绵不断，好像一堵最坚固的围墙，绕在洛阳的北境；这样，使得洛阳城的形势十分稳定，好像一个悠闲的人坐在安乐椅里一般。那连绵的邙山，不高不矮，正好像是洛阳的一张靠椅；一带的山岭，遮断了洛阳北部的视线。在邙山南麓，却是一片平广的丘陵地，在这片大地上，建筑着城市和村落，以及历代帝王遗下来的陵墓，一眼望去，悠然静穆，令人引起思古的怀想。

除了北面的邙山以外，南面还有樱山，适横卧在洛水的南岸，正和邙山的横在黄河南岸一般。这樱山也不甚高，但是山色却很秀美，在山麓是一片大平原，因为靠近洛水，地势较低，便变成了一块湿地，很有点像江南的水田。那一带树木很葱郁，村落住家几乎全在绿荫障蔽中。这南部的洛阳很有点江南风味，樱山也比邙山来得动人。

樱山南面，隔着伊水的两岸，便是龙门山和香山对峙着，所谓伊阙。这两座山，非但称得上秀美，并且十分雄奇。山石受了多年水力的冲激，都变得十分嶙峋，沿伊水边的山脚下，都是许多大大小小的山洞，那些岩石壁立峻峭，很有气势。而因为两山间夹着一条水流，所以格外显得山势的可爱。那河水常常是湍急的流着，把河面上山峦的倒影波动得粉碎，真有点像富春江的景色。

所以，在洛阳境内，显然的分成三个不同的景色：自邙山向南望去，所看见的是一种中原平广的农地景象；自洛水以南当樱山两麓，那又类似江南色彩的葱郁气概；再看到伊水边的龙门和香山，那简直是秀丽的浙东派头的景色了。从这三个不同的境域的划分，我们可以知道洛阳境内的地势是北面高亢，而南面低湿的。

非但如此，洛阳境内的许多山，简直可算得是洛阳城的几重门户。那香山和龙门山对峙在伊水上面，竟如洛阳南面的两扇大门一般，十分威严地，站立在左右。再向北去，便是一列秀美的樱山，好像一重二门；经过樱山再北去，便如走进了洛阳的内室；那背后，邙山真如一座后门般，围绕在北面。

洛阳境内的山势是平坦的，因此才造成洛阳一片平广的丘陵般的地势，这样，使洛阳境内全是可耕的农田，成了一个富裕的农业城市。而在洛阳境域四周的山，却是十分的高峻和雄伟，把整个的洛阳，包围在中间，因此才造成洛阳一个雄奇的形势，成为历史上的政治和军事的要地。

河南全省的山脉，大半都遍布在省境的西部，那一带，自陕西的北岭山脉衍支出来，分为崤山、嵩山、伏牛三条山脉，崤山山脉自秦岭分支向东，适处于黄河与洛水之间，主峰在洛宁县的西北，名曰崤山，向北去又分支为邙山，沿着黄河，直伸展到洛阳以东。嵩山山脉自伏牛山脉分支而来，在伊水南岸，沿着伊水向东北伸展，主峰在登封县北，即所谓中岳嵩山。伏牛山脉自秦岭衍支向东，起熊耳山，主峰在嵩县西南，称为伏牛山。这崤山和嵩山的两大山脉，适围在洛阳的东南西三部，而崤山的支脉邙山，又补充了洛阳北部的缺口。因此，洛阳的境域以外全是山，从外面走进洛阳境内去，一定要翻山越岭，经过许多的困难。

再说洛阳的"水"。

洛阳北面有一条顶大的水，便是黄河。洛阳境内有四条著名的水，便是"伊""洛""瀍""涧"。

黄河虽然不在洛阳境内，可是它却是洛阳水系的一条总脉。洛阳境内大小的水流，都汇流入黄河。黄河的上源自晋陕两省的边境，穿过风陵渡和潼关，向东沿着山西、河南的边境，经过灵宝、陕县、三门峡，在邙山北麓绕着一个小湾，这才流到洛阳东北的孟津县，沿河两岸的土质，全是很坚韧的黄土层，即所谓"罗斯土"。这土层受着黄河水历年的冲激，把附近一带，变成了一片膏腴的沃野。而在形势上，这一条广阔的黄河，适围在邙山南麓，因此使洛阳北部的形势，更臻巩固；非但有山，山后还有大水，像在坚厚的城壁下还有一条城沟。

至于洛阳境内的水，最大的便要算洛水，其余伊水、瀍水、涧水，都是它的支流。洛水发源于陕西雒南县的冢岭山，经过河南的卢氏、洛宁、宜阳三县，到洛阳合着涧水、瀍水东流，再向东到偃师县，和伊水会合，向北经巩县洛口，流入黄河。因此，洛水可说是洛阳境内水系的干道；黄河对于洛阳是无水利可言，而洛水，却是洛阳农业的命脉，饶有灌溉和舟楫之利。在洛阳境内的洛水两岸，都是肥沃的农田，每逢雨水的季节，船只来往，很是热闹。洛水的水流很清，两岸绿树丛生，很有点像江南大运河的气概。

除了洛水以外，伊水便是洛阳南境唯一的大河，伊水发源于熊耳山，沿着嵩山山脉的北麓，经过嵩县，流入洛阳的南境，穿过龙门和香山，成为伊阙的奇景。然后再流向东北，到偃师县和洛水汇合。在洛阳境内的伊水，因为两旁多山石，所以水流很急，河面虽没有洛水那样阔，可是很有气势。这一条水，使洛阳南部的景色增加了许多活力。

黄河、洛水、伊水，是三条东西平行的水流。黄河最北，洛水居中，伊水横在南境，把洛阳不规则的划分为三个地带。而瀍水和涧水却在黄河与洛水之间，向洛水作垂直形的流注，洛阳城区，便刚好围在瀍水、涧水和洛水之间。所以洛阳城区的形势是格外显得优秀了：东南西三面皆水，北面靠着邙山崖，而邙山的后面又是黄河，洛水的前面还有伊水，重重的山邱屏立，绿水环抱中，静静地安立着一座故城，十分清秀而古雅。有了这种天然的形胜，才使洛阳成为关中的门户，中原的枢纽。又兼以地点适中的关系，西北扼山岳之险，东南据有肥沃的一片平原，因此便成为河南西部的一个重要的城市。

瀍水发源于孟津县西北的任家岭，南流经过洛阳城东，注入洛水。涧水发源于渑池县东北的白石山，南流合榖水，再向东经新安县治，流入洛阳城西，再注入洛水。南北平行的两条水流，好像是洛阳城东西的两条护城河。自古以来，洛阳的文物，大半都在瀍水和涧水之间；当周成王建设洛阳时，使召公先把建筑洛阳城区的形势测量一下，召公便卜定在"瀍水西、涧水东"的一片原野上建起王城。这可以想起瀍涧二水对于洛阳形势上的重要了。

洛阳的"山""川"形势，约如上述，再说洛阳四周的"关"。

在洛阳境内，并没有所谓"关"的建筑，这里所说的关，全是分布在去洛阳城数十里或数百里的山岭间，凡是要从别省或别县到洛阳去时，非要经过这许多关隘不可，这好比是洛阳的外门，使洛阳近郊的形势，更臻巩固。

洛阳四周的关很多，著名的有虎牢关、黑石关、轘辕关、函谷关等，虎牢关在汜水县西，适当洛水和黄河的入口处，形势非常险要，和洛阳虽然相去百余里，可是因为它扼守着洛水的口子，所以亦无疑是洛阳水道上的咽喉。黑石关在巩县西南二十五里，适当洛水的渡口，因此也叫黑石渡。洛水的东岸有一座黑石山，和西岸的邙山夹岸相对，如同一重门户一般，在从前是中原驿道的咽喉，它扼着巩县和洛阳的陆上交通线。历代视为最险要的一个关隘，只要有一队人马守着这个关口，敌人便不能轻易的向西进展了。在历史上，当隋朝末年，王世充和李密的军队曾在此坚持了好久。元代陕西的群王阔不花等，起兵讨伐帖木儿，曾在此大败河南兵，降至近世，当革命军北伐时，也曾和吴佩孚在这一带相持了好几个月，再也攻不下来，结果是吴佩孚把军队撤退了，革命军才能把这一带收复。因为这一带的形势实在险恶，一面是高山，一面是河流，前不能进，后不能退，确是军事上的一个险要地带。现在陇海铁路便在黑石关西面，架着洛河铁桥，渡过洛河，通到洛阳和西安去。所以黑石关非但是军事上的要隘，并且还是交通上的一个重要的关口呢！

除了虎牢和黑石两关之外，轘辕关便可以算得是洛阳东南部的一个要隘了。轘辕关在偃师县的东南，接着巩县和登封两县的边界，那里东去嵩山，西去少室山都不远，山路十分险阻，蜿蜒曲折，将去复还，好像老是在转圈儿一般，因此便称之谓"轘辕"，在历史上，轘辕关的设置，是汉灵帝防御黄巾贼所设的八关之一，只要这一关守住，河南中部的兵力便不易进展到洛阳去，简直是洛阳东南的一个门户。

函谷关在洛阳的西面，有秦函谷和汉函谷的区别。秦函谷在灵宝县西，汉函谷在新安县东，这里所说的便是汉函谷，也是汉灵帝防御黄巾贼所设的八关之一，因为和洛阳离得最近，所以在形势上也极占重要，扼守着洛阳西部的险要，现在有陇海路通过，形势不亚于黑石关。

伊洛瀍涧四水环抱着洛阳城；邙山和嵩山山脉又前后围着伊洛瀍涧；虎牢、黑石、轘辕、函谷四个关口，却远远地扼守着要隘，洛阳在这重重的守卫之下，形势上可以说是十分的险要和巩固了。

至于洛阳的交通，也可分为两方面来说：

洛阳陆路的交通，当然以陇海铁路为主要的干线，陇海铁路是横断我国中部的一条大铁道，自江苏的东海，经过河南陕西两省，一直筑到甘肃的兰州，最早筑成自开封到洛阳的一段，称为汴洛铁路，后来由开封向东延展到铜山（徐州），再由铜山向东接到东海。西面由洛阳接通长安，现在从江苏海边的连云港，一直到咸阳，已经完全通车，自咸阳到兰州的一段，也正在兴工建筑。将来修筑完成以后，那么自洛阳出发，向西可直达兰州，向东可直抵海边。沿路还可以接通全国的许多大城镇。洛阳陆道交通，可如下所示：

（1）从洛阳走陇海路西行——可以达新安、渑池、陕县、阌乡、潼关、华阴、华县、渭南、临潼、长安、咸阳。将来直达兰州。

（2）从洛阳走陇海路东行——可以达偃师、巩县、汜水、荥阳、郑县、中牟、开封、兰封、民权、商丘、砀山、铜山、东海，直通连云港。

（3）从洛阳到郑县转道平汉铁路——向北可以通到河北、绥远、山西各省，向南可以通到湖北、湖南两省，再由粤汉铁路通到广东海口。

（4）从洛阳到铜山转道津浦铁路——向北可以通到山东、河北，再由北宁路接通关外各省；向南可达江苏、浙江两省。

陆上除了铁道交通以外，还有两条大道：一条自开封循陇海路向西，经过洛阳，直达潼关和长安，是洛阳通陕西的要道。一条是从洛阳到孟津，渡黄河，经过沁阳，出天井关，而到山西的太原，是洛阳通山西的要道。另外自洛阳沿着伊水北岸，经过宜阳到洛宁之间，有一条洛宁汽车道，有长途汽车可通。自洛阳向南到临汝、鲁山、方城、南阳，在计划中也要开辟汽车道。这两条官大道，到现在还成为洛阳一般人的交通要道，他们往往骑着牲口，沿着大道前进，每一次旅程，总得继续着几天的奔波；在洛阳和附近各县间公路的建筑是很少，只有一条通到洛宁的汽车路，其余通到各县去的道路，虽然都比汽车道还阔，可是只通行着牲口拉的篷车或是手推的小车，十分笨重而纡缓。这全在乎将来的建设，只要把旧有的道路修筑一下，那么到处都可通行汽车了。

洛阳水上的交通，只有一条洛水有一点用处；此外伊水太急，涧水和瀍水太浅，都不能通舟楫。而洛水，在天旱水浅的时候，因为河床不很深，船只也不能通行。如果在雨水调顺的季节，那么自洛阳向东到偃师、孝义、黑石关、巩县各地，向西到宜阳、洛宁，全可通航。这水上的交通多半是运输货物，把洛阳附近各县的土产全都运到陇海路沿线的各站去，预备装上火车向外埠运销。

洛阳的城围，自古以来，历代都有建筑，商、周、东汉、魏、隋、唐、北魏、宋，都曾大规模的建造过，可是年代久远了，到后世已完全湮没。现今的洛阳城，是筑于明代洪武初年，照金元的旧址砌造而成。城周有八里多长，高四丈，东南西北共有四门，在明朝正德年间，又引了瀍涧二水筑为城濠，在崇祯十四年，闯贼入寇，全城攻毁殆尽。到清朝顺治康熙两朝，屡经修筑，才恢复了旧观。

自从国民政府一度迁都洛阳，又把洛阳定为行都以后，洛阳的各种事业，都有了新的进展，道路的建筑，水道的修浚，以及各种电气交通事业的建设，使洛阳在荒落中渐臻繁荣，自衰颓中重复了健康，新的洛阳正在经营与建设中，今后洛阳的地位，也一天一天的重要起来了。

三 洛阳古迹志（上）

洛阳是一个古城，所以遗留下来的古迹也特多。我们试在旁晚红日将落的时候，到洛阳城东去小立片刻，便可以看见在瀍水以东的一片大平原上，尽是罗列着许多断碑残碣，在夕照中，令人感着苍茫的古意。

因为古洛阳城的遗址是建在现今洛阳城的东面二十里地，因此洛阳所有的古迹，也大部偏处在城东，洛阳城里却反而很少。旅客们坐着洋车或骑着牲口一出了洛阳东城，车轮或蹄痕从那灰土满积而低洼的大道上走过去时，在一片农野间，到处可以看到古洛阳城遗留下来的痕迹，在无意中看到一片瓦，拾到一块砖，说不定就是千年前的遗物。有时在田间遇着几个大土墩，若仔细把它考据起来，说不定便是某朝某帝的陵寝。那当地的农人们，在他们种植的时候，随时都会从农田间锄出古代的器皿和殉葬的土俑来。古洛阳的繁华，是随着时日的久远，埋没在泥土层中去了。所谓洛阳古迹，大半已只具了一点古的传说，真迹都已很模糊了。

古代洛阳城内最大的建设便是寺庙，因为佛教在东汉明帝时首先由印度传到洛阳，所以洛阳便首先建起寺院。从东汉经过魏晋六朝，至隋唐五代，当北魏建都洛阳的时候，因为胡太后笃信佛教，洛阳城内外的寺院，大小共有四百二十一所之多。照杨衒之的《洛阳伽蓝记》上的记载，城内外最著名的寺院，有三十二处：

城内——有永宁寺、建中寺、长秋寺、瑶光寺、景乐寺、昭仪尼寺、胡统寺、修梵寺、景林寺等。永宁寺最伟大，为熙平元年灵太后胡氏所立，寺内有一座九十丈高的宝塔，这座九十丈的塔建在十丈高的殿屋上，共高一千尺，在洛阳百里以外便可看见。寺内有僧舍千余间，极尽富丽。

城东——有白马寺、迎恩寺。

城南——有景明寺、报德寺、追圣寺、菩提寺、高阳王寺、崇虚寺等。

城西——有宣忠寺、光宝寺、法云寺、开善寺、大觉寺、永明寺等。

城北——有禅虚寺、疑玄寺等。

这许多寺庙，在当时全是帝后或朝内的大臣阉宦所经营的，都极尽富丽雄伟，可是传到今世，所留存者不过只有一个平等寺的遗址，和白马寺的破落门楣而已。其他在当时堪称美奂美轮的大寺院，都跟随着时代的变易，连遗址也无从找寻了。

现在将洛阳城内著名的古迹，分述于下：

（一）文峰阁

文峰阁，在洛阳城的东南隅，高九丈九尺，是一座三重檐式的楼阁，兀立在洛阳城东南的大街上。那阁顶上已经圮毁了一角，看上去带着一种颓废美。阁基全是用大石块建筑的，上面是大砖砌造，中间留着一个拱形的门圈，门下便是一条广阔的大道，人在阁下走过，便好像穿过一座城门一般。拱门上正中有块横石，写着"步接三台"四个字。台壁上全染着古红色，门窗虽破，可是看上去全阁的样子还是很美观。如果登上阁顶，可以俯瞰洛阳全城。在文峰阁北面有一个大水潭，水深数尺，水面上密布着绿茸，照映着文峰阁，显得十分苍老。在文峰阁附近，还有一所文庙，红色的围墙间流露着琉璃瓦的屋顶，和文峰对峙着，十分好看。本地人叫文峰阁为"魁星阁"，这是科举时代遗留下来的名字。

（二）铜驼巷

铜驼巷，在洛阳东关内，相传这是东汉时的一个古迹，从前称作铜驼街。陆机的《洛阳记》上这样记载着：

"洛阳有铜驼街，汉时铸铜驼二枚，在宫南。"

所谓铜驼街。就是从前汉朝宫门一带，铜驼是一种官门前的装饰品，好像后世的石狮一般。相传这铜驼街的得名，还有一段有趣的故事：当晋朝时，有一个人，名叫索靖，他是一个见识很广的先知者，他知道天下将要作乱，便走到洛阳宫门前去，对着那二只铜驼感叹着说："铜驼啊铜驼！恐怕我下次再见你时，你一定是处在荆棘中了。"后来，天下果然大乱，西晋的帝都为刘聪所破，便成了六朝的纷争局面，后人就把这一带题名曰铜驼街。而这"铜驼"二字，在后世就当作了一种寂寞凄凉的形容字，所谓"铜驼荆棘"，是后人对于前代的繁华，不胜沧桑之感的意思。

现在洛阳东关的铜驼巷里，非但没有铜驼，而且连荆棘也看不见，只是一条荒僻的小巷。称作铜驼巷而已。我们如果要把它考证一下，那么这里所称作铜驼巷的地方，决不是汉代设置铜驼的宫门；因为东汉时的宫城是建在白马寺之东，白马寺离现今的洛阳城有二十五里路，相去得很远，无论怎样也不会把宫门造到现今的东关来的，这一定又是后世人牵强附会的题立了这个古迹的名目。

（三）老子故宅

老子故宅，就在洛阳东关铜驼巷里面，相传是老聃故居的所在地。现在在巷内植着一块石碑，石碑上刻着"老子故里"四字，另外还有一块石上刻着："孔子下车问礼至此"。孔子问礼于老聃，这是春秋时代学术界上一件韵事；那时洛阳是周朝的王城，老聃是京城里的学术大师，因此孔子从鲁国特地到周天子的京城来问礼乐。在东关路北，也有一块碑上刊着"孔子入周问礼乐至此"。这又是后世人们巧立的名目，当初谁也没有见过孔子和老子，又谁能确知"孔子下车问礼至此"和"孔子入周问礼乐至此"呢！不过现在游客们到洛阳去的，一定要到东关铜驼巷去看看老子故里，和竖立着的几块石碑，在游客们的脑海里，也许会幻想出一个当初"孔子下车问礼至此"的图形来。

（四）夹马营

夹马营在洛阳东关双龙巷北头，这是宋朝开国皇帝赵匡胤的遗迹，所谓"夹马营"，便是宋太祖的屯兵处。那里有一所宋太祖庙，规模很小，里面奉祀着宋太祖和他的兄弟宋太宗。现在这庙已经破落不堪，中间是一座正殿，殿的中央有座神龛，神龛的四周用高粱秆围着，涂上泥把，中间留个一尺见方的小洞，从小洞再望进去，暗黑中可以看见端坐着的一个泥塑像，白皙的面皮上，满染着灰尘。殿内也没有门窗匾对，看样子是早已给乞丐游民们做了寄宿舍了。在宋太祖庙的东面，有一块石碑，大书"夹马营"三字。

（五）八孔窑

八孔窑在宋太祖庙西，相传是宋太祖赵匡胤的诞生处，又名八孔破窑。这是洛阳平民们惯住的一种土窑，样子很像穴居时代的土穴一般。赵匡胤便在这个破窑里诞生了；传说当他降生的时候，天空里彤云密布，遮蔽了天日，孩子生下来以后，那窑里忽然发出一阵异香，经过几天几夜不散，当时的人们便称那地方叫"香孩儿营"，直到赵匡胤称帝以后，便改曰夹马营。到宋真宗时，在那里建起一座伟大的应天寺，纪念着他们的皇祖；后来又改称发祥寺，表示是宋朝帝业的发祥之地。现在那八孔窑只是一个破落的大土窑，里面住着许多贫户，说不定已不是当年赵匡胤降生的八孔窑了。

（六）贾公祠

贾公祠在洛阳东关双龙巷西，这是奉祀汉代的大儒贾谊的专祠。贾谊是汉初的洛阳人，幼年时受李斯之学，汉文帝召为博士，后来升为大中大夫；他那时年纪很轻，可是才识过人，对于当时的政治，他曾主张大加改革，因此为当朝的大臣所忌。后来改为长沙王和梁王的太傅，因此世人又称他贾太傅。所做的文章，气势很壮，有名的《过秦论》就是出于他的手笔，死的时候很年轻，才三十三岁，因此世人又称他贾生。这一代的才子死后，世人都很纪念他，因此在洛阳，特建了贾公祠奉祀他。现在那祠屋已改成为校舍，不过里面贾太傅的塑像还是保存着。

（七）迎恩寺

迎恩寺在洛阳东城夹马营之东，俗呼东大寺，是五代后唐时所建，明清时屡加修筑，现在已经荒芜得不堪了。从宋太祖庙走过一重破落的巷门，便可以看见东大寺前部的建筑，那门殿和围墙都建造得十分伟大，门殿前有一个大池，东西两旁有两座门坊，那池子已经干得没有水滴，只是一片瓦砾满积在池底，那东西的门坊也已破坏不堪，只剩下了一个残坏的墙干。

门殿的样子却仍是很雄伟美观，建筑和北平故宫的式样相类似，下面是白色花岗石作基，上面砌着红砖墙，顶上盖着蓝色琉璃瓦，很是坚固，在檐栋间都镂刻着细花，染成彩色图案，不过因为已经多年的荒芜，没人料理，正门已堵住，从侧门进出，门殿的外观虽然如旧，可是里面却糟蹋得肮脏不堪。

进了门殿，接着便是天王殿，里面也是空无所有，只剩了一个屋架子。天王殿东西两旁伟立着两座高楼，东面是钟楼，西面是鼓楼，洪钟和皮鼓还依旧悬在楼头，可是已经不能再听到钟鼓的声音了。

从天王殿再向北去，便是一片广大的庭院，完全用大石块铺设的，石隙间已蔓生着野草，院内到处是瓦砾的痕迹，荒凉不堪入目。正中便是大雄宝殿，殿内只有梁上的匾额，和菩萨坐的青石莲台还保存着，此外座上的菩萨和殿内的门窗，均已不知去向。那殿屋很高大，当年的陈设一定也是很华丽的，现在只是被一班农人们，作为歇工时的休憩所了。

大雄宝殿再内进，两旁的庑廊已经完全倾圮，殿后又是一片广院，四面的僧舍全都没了屋顶，只剩下许多断垣残壁，好像经过一次火烧似的，但是却丝毫找不出火烧的痕迹。据说这许多屋顶都是从前驻军拆毁的，他们的部队驻扎在东大寺里，要做饭没有木柴烧锅，第一步先把门窗拆下来烧，门窗烧完了，接着就烧菩萨，菩萨烧光了，就把僧舍的屋顶拆下来，把梁柱椽子劈做柴烧，前面的三座大殿，因为建筑的雄固，所以没有被拆。在这种人力的毁劫之下，东大寺便完全变成一个破落不堪的样子了。到现在，游人们在东大寺前伫立片刻，便可以看见那些已毁的破壁，和荒落的门墙，依旧危立着，在风风雨雨里，度着凄凉的残岁，令人会感到劫后的意味。

（八）周公庙

周公庙，在洛阳城西南，那是奉祀周公旦的一个专庙，原在金墉城，后来迁移到此。周公是周朝开国时的一个贤臣，当武王死后，他扶着幼小的成王处理全国的政事，对于当时政治上和文化上建立了不少功绩，后世人敬仰他，便在洛阳立庙奉祀。庙内有定鼎堂，相传是周公和武王打下了商朝的天下，铸成九只大鼎，把全国的山川形势，都刻在鼎上，这是周朝建立帝业的一个极崇隆的仪式。

周公庙的庙屋，在从前也是荒芜不堪，自从一·二八之役以后，国民政府一度迁都洛阳时，周公庙便改为考试院的院址，因此便大加修葺，焕然一新；后来政府迁回南京，便把周公庙辟为一个中原文化馆，做洛阳实施社会教育的地方。

从周公庙街向西去，走到街市的尽头，便到周公庙，庙门已改建了一座半西式的门楼，前面是一片水泥广场，阶台下左右立着两只青毛大石狮，对门有一堵照壁，壁上雕刻着极美观的花卉图案；从大门进去，便是一个石台，样子好像北平的天坛，不过上面没有屋子，只四面有石级和栏杆。再进去，便到定鼎堂，有戴传贤题书的"定鼎堂"金字横额，堂内塑着周公旦的像，建筑很宏丽。堂前院内有一颗古树，树干上系着一只大铁钟，不知是何年的遗物。

定鼎堂后面又是一座殿，现在已改为办公室，再后去一列又是五座大屋，便是寝室，那里古木垂荫，很饶古趣。

洛阳城内的古迹，除了上述八处外，在周公庙旁，还有范文正公祠，奉祀着宋朝的贤臣范仲淹；二程先生祠，奉祀着宋朝的理学大家程颢和程颐。此外还有邵康节和朱文公的祠庙，都在周公庙旁，本来都已荒落不堪，成了乞丐们的留宿所；自从周公庙改为中原文化馆以后，这一片祠屋都重加整理，预备将来开办民众学校。

四　洛阳古迹志（下）

洛阳城内的古迹，一半集中在东关双龙巷一带，一半集中在西关周公庙一带。前者多帝王的遗迹，后者为历代名贤的享祠。至于城外的古迹，大都散处在东南西北城的四周，城北以邙山为集中的区域，那里多历代帝王的陵墓。城东以白马寺为中心，那里多佛教的遗迹。城南以洛水为中心，那里兼有风景的秀美。城西以西宫为中心，那里富有园林之胜。再向南去以龙门为中心，那里具有艺术与诗的意味。凡是到洛阳去的人，这五个地方是不能不去的，便是：邙山、白马寺、洛水、西宫和龙门。现在将这五处的古迹，分述于下：

（一）北邙山

北邙山在洛阳城北四五里，这是洛阳富有历史性的一座名山，山岭不很高，可是连绵不断，看上去好像一条长堤，又好像一列高冈。它沿着黄河南岸，东西横走，占地二三十里；在历史上称作郏山，又称北山，或称芒山。山石很高峻，但是大部分全是土质，很适于耕种。因此那山麓一带，聚居着很多的村落。那班村民们大半以邙山为天然的住所，在山麓凿着土穴居住，而就在山麓的一片高原上种起棉花或麦子来，生活十分

简单勤朴，好像远古时代的遗民一般。那山上著名的古迹便是
历代帝王的陵墓，当后汉时，城阳王祉，首先葬在北邙山上，
后来的王侯公卿们，就都卜葬于此，几乎成了一座王族的公墓
一般。游人们若在傍晚时节到邙山山麓去走一遭，那么一定会
得到一种古远和苍凉的感觉，仿佛是回复到数千年前的古老的
境域中去一般。唐朝王建的《邙山》题诗上写着：

> 山头涧底石渐稀，
> 尽向坟前作羊虎。
> 谁家石碑文字灭，
> 后人重取书年月。
> 朝朝车马送葬回，
> 还起大宅与高台。

这可说写尽北邙山一种苍凉的意味，仿佛和《古诗十九
首》上的"古墓犁为田，松柏炊为薪"一般地意思。不过在北
邙山麓的古墓，现在还没有犁为田，尚剩有几抔荒土，任游人
们凭吊。

（二）汉唐诸帝陵

在北邙山东南麓，多汉唐晋三朝帝王的陵墓。汉明帝显
节陵在邙山东麓，靠近平乐村。向北去便是汉桓帝的宣陵；在
桓帝陵西南便是唐明宗陵，还有汉章帝敬陵，和帝顺陵，都
在附近一带。汉灵帝陵居全山最高处，规模也顶大，陵周有
三百六十步，高四十步，远望竟如一座小山。民国以前，每逢

春秋祭日，官员多派人祭扫，现在已完全废止。还有晋宣帝司马懿的陵墓，便在北邙山东麓，在一座大土陵的前面，立着一块石碑，碑上刻着"晋宣帝平原之陵"数字。除了一碑和一墩外，别无所有，四周全是农田。邙山下的帝王陵大都是这样的，有几个比较像样一点的，墓前还有几对石兽雄踞着，可是大半已毁坏，被农夫们当作磨刀石了。

（三）成周西城遗址

成周故城的遗址，在现今洛阳的城东。从东大寺再向东去，远望可以看见一条土冈，相传便是成周西城的城址。这个古迹真是只有一点痕迹而已，而这痕迹的可靠与否，便不得而知了；因为洛阳城东到处都能看见许多土冈子，散处在农野间。可是这一带在历史上是古洛阳的城址，大概是不会错的。

（四）金墉城遗址

金墉城故址，在洛阳城东三十里，现在称为金墉镇。俗名又呼曰李密城，因为在隋朝末年，李密曾一度据守此城的缘故。在古时，金墉城是洛阳城外的一个要镇。这金墉城是魏明帝曹叡（魏文帝曹丕之子）所筑，到魏朝禅位于西晋，便把金墉城作为魏朝王族的居留地。晋朝时候，竟把它当作流放废帝废后的场所。当晋惠帝时，王室作乱，贾后和怀愍二太子，都被禁在金墉城里。后来赵王伦起兵，自称皇帝，把晋惠帝也一度禁闭在金墉城。从此以后，每当王族起哄作乱，都以金墉城为失意的王族们的居处。南北朝时，金墉城为驻兵的要地，称为河南四镇之一。现在城址早已完全倾废，只是历史上的名称，还是留存着。人们一到金墉镇，便会想起古代的金墉城来。

（五）白马寺

白马寺在洛阳城东二十五里，是中国佛教史上最早的一个寺，也可以说是佛教流入中国的发源地。当汉明帝时，命蔡愔到西域去求经，有印度僧人摩腾、竺法兰二人，携了佛教的《四十二章经》，用白马驮着，一同回到洛阳来；汉明帝因此就兴筑佛寺，题名曰"白马寺"，纪念白马驮经的意思。那寺在历朝曾屡经修葺，建筑的规模很大，佛教的塑造尤精。最近已由国民政府出资修造，内部焕然一新。寺前遥对白马寺村，四周是一片农田，很是清幽。如果在月明之夜，在白马寺近处看着一片白茫茫的月色，月光下传来一声两声的钟磬梵音，真使人会发生出尘的意想。

（六）平等寺遗址

平等寺遗址，在洛阳城东北三十余里，这便是《洛阳伽蓝记》上所载北魏四百余名寺之一；是北魏时广平王怀建立的。在当年寺屋建筑得十分宏伟，而且林木萧森，颇有古意。相传在寺门外有一座金色的佛像，当北魏孝昌三年十二月间，这座金佛忽然满面悲容，眼睛里淌下泪水来，而且在佛像的周身，都沾湿了。当时的人都把这个奇怪的现象称作佛汗，京城里的男男女女，大家都争先恐后的去围观；有一个和尚用棉花替他揩拭眼泪，连那棉花都湿透了。这佛身上淌泪出汗的现象一直过了三天才止，一时传为洛阳城里的奇谈。现在那金佛早已不知去向，只有一段神奇的传说，被后人作为谈资。而平等寺的屋舍，也早已圯毁，现在只留存着一个荒址而已。

（七）天津桥

天津桥，在洛阳城南洛水之滨，离城西南二里许，到洛阳去的人，一定要去凭吊一下天津桥的遗址。天津桥是隋炀帝时的遗物，当隋炀帝大业元年（公元六○五年），把洛阳帝都改营为东京城。将旧都大加扩充，南面接到伊阙口，北面靠近邙山，东面越过瀍水之东，西面横渡涧水之西，这一个大城域把伊洛瀍涧四水完全包围在中间，城壁的周围有六十九里三百二十步，可以称为历史上唯一的大城。当他经营这帝城之初，又把洛水与黄河之间，开筑一条通济渠，接通河洛的水流。那时，因为洛水刚好横贯在城中，大有天上的银河一般的气势。这位喜欢大兴土木的隋炀帝，便在洛水的南北，建起四座高楼，把许多大船连系起来，用铁锁钩连在南北，名之曰"天津"，意思好比是天河上的津渡，故命名叫"天津桥"。后来到唐太宗贞观十四年（公元六四○年），命石工用方石筑为桥基。宋太祖建隆二年（公元九六一年）洛阳留守向拱又重加修葺，四面用巨石砌造，基址十分坚固，横跨在洛水上，共有七十二孔。现在所遗留着的天津桥遗址，只剩一个桥孔了。两端都已圯毁，只一个桥洞孤立在洛水中央。据当地人传说，这座桥很是神异，会随着洛水的涨落而浮沉；如果洛河水浅的时候，桥面也就降低，洛水高涨甚至把两岸的堤堰都淹没了时，天津桥的桥洞总是高高的跨在水上。这也许是一种迷信的传说，事实上并不可靠。

（八）金谷园

金谷园，在洛阳城西五里许，这是中国文学史上很有名的一个文人的别墅，当晋朝时，石崇在洛阳城西金谷涧筑了一个花园，名曰金谷园，是当时文人们常常叙会做诗写文的地方。石崇在他的《金谷诗序》上说：

> 余有别庐，在河南界金谷涧中，清泉茂树，众果
> 竹柏药物俱备。又有水碓鱼池。

从这段记载中，可知当年的金谷园，确是一个十分清幽的去处。那时，石崇有一个美妾，名叫绿珠，也被石崇藏娇在金谷园中；后来石崇受了孙秀的暗计被害，绿珠便从金谷园中的清凉台上跳下来，堕楼而死；人死楼空，金谷园便渐渐荒芜下来。到现在，只是一个城西的荒村而已。唐朝的诗人杜牧，曾有一首金谷园的《怀古诗》，可为荒芜了的金谷园写照：

> 繁华事散逐香尘，流水无情草自春。
> 日暮东风怨啼鸟，落花犹似坠楼人。

（九）帖木儿墓

帖木儿墓，在洛阳城西金谷园之北，是元朝察罕帖木儿的陵墓，察罕帖木儿死在元顺帝至正二十二年（公元一三六二年），死后葬在洛阳。墓的周围约四十丈，高约十五丈，墓前有

一块断碑，埋在泥土里，碑上还刻着"帖木儿之墓"数字。石人石马分列在两旁，石人的头都已被击断，只剩几个残躯还挺立着，景象非常荒凉。那坟墩上，已被军队毁去了一半，作为打靶的"标的"，而帖木儿墓四周，也已成为打靶场了。

（十）安乐窝

安乐窝，在洛阳城南三里许，适当天津桥以南。这是宋代名儒邵康节的故里。邵康节是宋范阳人，名雍，字尧夫，是一位精通易理的道学先生，和大程夫子小程夫子是同时候有名的学者。宋神宗召他去做著作郎，他不去，寓居于洛阳四十年，名其所居曰"安乐窝"，而自号安乐先生。他常常到洛阳城里去游玩，当代的士大夫都争相迎迓，一时名声很大。现在当安乐窝的村边，还竖着一座石坊，坊上写着："邵康节夫子天津故里"。

在石坊后面，有一所祠庙，奉祀着邵康节。祠旁的村落，便是邵康节的子孙的居处，现在安乐窝中姓邵的很多，大半都是当年邵康节的子孙。

（十一）白乐天墓

白乐天墓，在洛阳城南二十五里的香山上面。白乐天是唐朝有名的诗人，所著诗以通俗平易见称。他早年虽曾做了几年官，因为他生性浪漫，所以常常是郁郁不得志。晚年更尽情放意于诗酒之间，自号醉吟先生，深居在香山上，每天饮酒赋诗，遨游山水，自称香山居士，因此后世的文人，都称他为白香山。他一生过着诗酒的生活，结果也死在诗酒里面，死后就葬在香山上。

出了洛阳南城，循着龙门大道南行，二十五里而至伊阙，渡过伊水，便到香山西麓。白乐天墓就在香山东面，那里群山环抱，苍翠宜人。中央的一片高墩顶上，就埋葬着这位浪漫诗人的遗骨。墓地周围占地一百多亩，前面有一座石亭称曰白侍郎亭，每年常常有许多洛阳的文人和他乡的骚人墨客，逢到春秋佳日，到墓上去凭吊。那一片的山色非常清雅，苍黛的峰峦，下临着一流清浅的伊水，满含着诗意，令人沉醉。

（十二）二程墓

二程墓便是宋朝的理学大家程颢和程颐兄弟两人的墓。程颢名明道，又称大程夫子，程颐号伊川，又称小程夫子，这大小两位夫子，在中国教育史上曾握有极大的权威。他们生前都是洛阳人，因此死后便卜葬在洛阳城南。墓地在去洛阳城六十里的府店村，是一个极饶风景美的地方。当府店村的西首，那里岗陵西绕，伊水东带，在群谷间矗立着三个大冢，周围都用砖壁圜抱着。正中是他父亲伯温先生之墓，左右才是程明道和程伊川的墓。墓地很广大，丛生着古柏，十分森严。

洛阳城外的古迹，大略是如此。在这许多古迹中，充满着学术与历史的意味，游人们能到洛阳去作一度访古之游，实在是很有意思的，最好是把那些古迹所包含的人物故事，先细细的研究一遍，然后再去和遗址一一对证，一定很有趣味；否则所看见的尽是许多荒塚残址，定会感到失望的。

五　洛阳名胜

有人说洛阳好比是一部历史教科书，到洛阳去游历一次，随处会接触到历史上的景物，如同在温习中古时代的历史一样。这是确然的，洛阳是一个古城，因此随处都是古迹，游人们如果从现代热闹的大都市里，一旦赶到洛阳去，那么便好像回复到好几个世纪以上，在做着荒古的梦一般，几乎疑心这个时代还在两汉和隋唐之间呢！

整个的洛阳城是蒙在一条古老的大被中，随时随地令人感到古色古香的意味。纵然有几处已经有了近代化的建设，但是这是无伤于大体的。游过洛阳的人，定能知道洛阳除了古迹以外，也有许多名胜。不过这许多名胜，大半也都是充满着历史性的；不像其他的城市那样，大部分的名胜，都是近代人工建筑的产物。在洛阳的所谓名胜，却是兼具了形式的美，和历史的伟大性，决不是近代的完全用人工和金钱来堆造的名胜所可企及的。

洛阳自古以来有二多，一是寺院多，一是名园多。古寺现在仅存的只有一所白马寺，而名园的遗址也大半湮没，只有汉明帝时的平乐园，现在还有一个平乐村存在，可是已不是园而是村了。晋时石崇的金谷园，现在也已变成了一个荒村，早已成了游人们凭吊的遗迹。所谓洛阳的许多名园，在宋朝李格非的《洛阳名园记》上所记载的，在当时一共有著名的私家花园十五所，这十五个园，便是：富郑公园、董氏西园、董氏东园、环溪、刘氏园、丛春园、天王院花园子、归仁园、苗帅园、赵韩王园、李氏仁丰园、松岛、东园、紫金台张氏园和水北胡氏园。这许多名园，到现在已完全荡然无存，连个遗址也无从找寻。这大概是因为全是私家花园的缘故，虽然在当时是很有名，可是年代一久，或是家运衰落，没有人去管理，便被自然力所消灭了。这便是因为那种名胜缺乏了历史上的伟大性，它的著名只是暂时的，而不能远垂永久。

现代洛阳的名胜，几乎完全分布在洛阳城外，城内只有几条泥泞的街，和一城古老的房屋，简直无名胜可言。仅有一所中山公园，也只有一个有"名"而不"胜"的公共游乐场所。地位适居于全城中心，地方倒还宽敞，广植着各种花木，有几间屋里陈列着古物和碑铭之类，这是城内居民在生活感到厌弃时的一个消烦的好去处。

至于城外的名胜，以散处在城南一带为最多，城北和城西也有几处，现在分述于下：

（一）洛水

这是值得记载的一个洛阳南城的胜地。洛水之滨，是颇饶有文学与诗的意味的。如果是在清晨，你可以看见阳光，泛照着水面的微波，起着粼粼的涟漪，那两岸的绿树，不高，也不矮，恰到好处，而且是丛生着的，远望去，好像两条绿带，中间夹着一流平波。朝阳里，时常有几只渡船，在水面浮过，十分轻快，平静。若是在傍晚时分，一轮红日散出金黄的光，把洛水染成了满河的金液，几行归鸦在水面上空飞过，一阵"呀呀"的鸣声，冲破了沉寂，令人不禁兴起"古城日暮"的长想。最好是在黄昏逝去以后，明月照临的静夜里，寒雾笼罩之下，洛水上如蒙了一层轻纱，月光在轻纱里微微的照着，七分光明带三分模糊，水面如同镀了银似的，雪白发亮。两岸边不时隐现着一点两点的灯火，一声两声的犬吠，这境地沉静而美丽，好像一章诗。

游洛水的人，一定会联想起洛神的故事来。洛神在传说中是一个极美丽的女神，相传是伏羲氏的女儿，溺死在洛水中，后来便做了洛水之神，现在洛水边上还有一所洛神庙，奉祀着这位美女神。

洛水非但在风景上很美，对于洛阳以及附近各县的水利，也是有莫大的关系。在洛阳南城外面，适当洛水的曲折处，水势很急，常常要冲毁两岸的房屋和土地，国民政府迁都洛阳时，对于洛阳的唯一建设，便是修筑了一条洛水的长堤，这堤筑在洛水北岸，适当南城和洛水相接处，工程很是伟大；堤基和堤面全是用大石和水泥筑成，堤身很高，堤面也很阔，仿佛像一条混凝土筑成的汽车道。人在堤面上溜溜，最有意思，一边是洛阳古城壁的影子，和交错的住房；一边是洛水的浅流，和南岸的一片大平原，凉风吹来，飘飘欲仙。这堤岸的筑成，使得本来时常要受洛水侵袭的洛阳南城，从此不再遭受水害，而洛河的水，也不致再泛滥到两岸去。

（二）新洛阳桥

新洛阳桥又称新天津桥，在洛阳城南洛水上面，位在天津桥之西。这是吴佩孚在洛阳时所建造的，现在成为洛阳向南去的唯一要道。桥基完全用水泥和巨石砌造，有七十二孔，桥面平铺，可通汽车，两旁有石栏，远望去有点像钱塘江边码头上的栈道一般。因为洛水的水力很大，所以时常要毁坏，每年要加以修葺。相传当吴佩孚筑成了这座大桥以后，在桥上举行落成典礼，忽然洛河的洪水飞滚而来，把桥的两端冲断，吴佩孚正在桥的中间观望，急得毫无办法，后来由两岸的步兵用竹竿编成竹排，撑到中间去，把他救出来，这才脱了险。

在新洛阳桥上看看风景，也是很有趣的；当水浅的时节，你可以看见洛河内一泓清浅的水流，在桥底轻轻流过，桥是显得那么高，两面的原野也显得格外平广。北岸西宫广场的一片丛林，青葱可爱。南望在那平原的尽处，隐现着龙门和香山的一抹淡蓝的影子，十分平远。如果是在春夏之交，洛河水涨，那么又是一番景象。那桥身好像浮在水面上，几乎与河水相平，而洛河却显得非常广阔了。若遇河水骤涨或骤落，那么更有意思，你可以看到平日很安静的洛水上，此刻也会翻起波涛来。

（三）西宫

西宫，是洛阳城内的一个大市集，那里有宽阔的洋场大道，两旁夹着青翠可爱的林木；有巍峨的大楼，四周围着美丽鲜妍的花草，可以说是洛阳近代建设的一个胜地。

在历史上，西宫是曹魏建国的都城，那里有秀伟的翠微宫，美丽的芳林园。晋朝时，石崇曾筑过文学史上很有名的金谷园，就在现今西宫的北面。到隋朝时，当隋炀帝大业年间，大兴土木，筑成一所大花园。当唐高宗时，便就隋朝洛阳宫城的西南隅，筑了一个宫院，南临洛水，西距涧水，东接宫城，北连西苑，园内有别殿亭观九所，称为上阳宫。隔着涧水，在西面还有一座西上阳宫，两宫间有一座虹桥连系着，横卧在涧水上。当时的上阳宫，就是现今西宫的故址。在那时宫里面全住着许多宫妃，是唐代帝王们行乐的所在，在历史上，有所谓"上阳宫红叶题诗"的故事，后人都相传为一朝的佳话。

"红叶题诗"，这是一件极艳丽的故事，相传在唐僖宗时，有一个人名叫于祐的，在宫外的御沟里拾到一张红叶，那叶上题着诗句，于祐于是也采了一张红叶，题了一首诗，放在御沟的上流，随着水流到宫中；这张叶子被宫女韩夫人拾到了，后来唐僖宗把上阳宫的宫女完全放出来，那个姓韩的宫女恰好嫁给于祐，在定婚之夕，两人都拿出一张红叶来，他们互相惊叹着这样的奇缘。原来当初于祐所拾到的红叶，就是那位姓韩的宫女所题的诗，这种天成的巧合，使他们把红叶认为是天作的媒人，韩氏有句诗说："方知红叶是良媒。"后世人传诵这件佳事，就把"红叶题诗"作为新婚贺喜的佳句。

自唐代以后，西宫就渐渐冷落，直到民国初年，袁世凯开始大规模的兴筑西宫，辟道路，建大厦，成了中原唯一的热闹场所。后来吴佩孚驻守洛阳时，又大加修葺和扩充，于是历史上的西宫，一变而成近代化的大庭园。

到西宫广场上去散步，也是一件很感兴趣的事，最好是在夏季；那两旁的行道树和丛林都染上一片浓绿的时候，人在树下走，绿荫荫蔽着，纵然太阳光是强烈的灼射着，也不会感到丝毫的烦热。

（四）关林

关林，在洛阳城南十五里，这是三国时蜀国的大将汉寿亭侯关羽的墓；关羽字云长，也称关公，或称关夫子，是中国人对于英雄崇拜的偶像之一。他的陵墓，就在洛阳城南的关林里面。关林，又称关公墓，或称关帝陵，因为那里古柏成林，故称关林。这和曲阜的孔子墓称作孔林是一样的意思。

从洛阳南门出城，渡过洛水，坐车子登上城南大道，经过八里路程，在一片大平原的前面，便显现着一个苍绿的林子，四周围着一列整齐的红墙，这便是关林了。

那大道直通到关林的西面，车子在林边停下，那里有一个小村落，几家简陋的小茶馆，可供游人们取饮。从大道循小路向西行数十步，便到关林的正门。

关林的大门，建筑得十分宏伟，比西湖的岳庙还要伟大。两旁有一对白石的大狮对踞着，向正南有一条石板大道，大道尽处建着一座戏台，这是每逢关公的祭日，演酬神戏用的。从大门进去，穿过一个大庭院，便是二门；那二门后半部是一座门殿，左右的木栅栏内，有关公所骑的赤兔马的造像，那马正在作雄奔的姿势，马旁有几个马夫伺候着，塑得很生动。从二门进去，便望见正殿，殿前有一条石甬道，越过一条小河，直通到殿下；甬道两旁有石栏杆，栏杆柱头上都雕琢着小石狮，高大的古柏掩映着，幽然的散出清香。走尽甬道，便到正殿前面，殿的建筑，完全是中原的古宫殿式，和北平古宫建筑一样，表现着雄壮的美。檐头和柱间雕镂着很细的花纹，饰着彩色图案，含着古色古香的意味。

走进大殿里面，正中便是关公的文装塑像，关公衣着华服，手执着朝天笏，双目凝视的安坐着，这像约莫有一丈多高，很是伟大，两旁分立着关平和周仓，一个捧着印，一个执着刀。像前的巨鼎里，不断地缭绕着青烟，幽静的，令人肃然起敬。

从正殿再走向里面去，又是一个较小的庭院，后面便是二殿，二殿内供奉着关帝的武装像，关帝穿着战袍，危坐在神龛内，这像和正殿的一般高，左右也有关平和周仓侍立，不过这像显得更是威严。二殿再后去，便是后殿，那殿内一共有三个关公的塑像，中间是一座铜质的塑像，这像很富有艺术上的价值，比正殿和二殿的塑得好。关公的脸容含着英雄气概的苦闷，双眉紧锁着，眼仰望着天空，五行细长的须，垂在胸前，双手支按着两腿，这神气真有点像关公当年战罢归营后闲坐着的样子。在像的后面，是一个雕龙的屏方，颜色灰暗，大概年代已很久了。在三殿的左面，还有一座关公的卧像，右面有座关公秉烛观《春秋》像，塑造得都很有精神，不同凡俗。

三殿后面，便是关公的陵墓，墓前有几重石牌坊，左右有两座八角亭，正中有一块石坊上面写着"忠义神武灵佑仁勇威显关圣大帝陵"等字样，再向后面去，便是关墓的陵门，门上写着"钟灵处"数字，两旁刻着的联语是："神游上苑乘仙鹤"，"骨在天中隐睡龙"。关公的坟墓是一个大土墩，周围约莫有百余步，紧围着短墙，墓顶露在短墙外，丛生着野草。墓的两旁全是参天的古柏丛，风吹过来，萧然长鸣，好像在替这位一世的英雄叹息。

关于关公墓营建的历史，相传当关公从麦城突围出来，被吕蒙擒住以后，便被孙权杀死；死后，孙权恐怕刘备怀恨他，要联合了曹操去攻打东吴，所以他便想了一个嫁罪之计，差人将关公的头，送给曹操；那时曹操正在洛阳城，接到了关公的头，知道是孙权的嫁罪之计，因此他便用沉香木雕了一个躯体，把关公的头装上去，用王侯之礼，葬关公于洛阳城南。同时并营建了一个极伟大的坟墓，使当世和后世的人们，都知道曹操对于关公的厚意。因此现在洛阳的关公墓，只是葬了关公的一个头，至于关公的躯体，却是葬在湖北当阳县。

（五）伊阙

伊阙，在洛阳城南二十五里，这是洛阳最有名的一个胜迹。那里，广阔的伊水从两山间通过，把山岭截成一个缺口，

龙门东山擂鼓台

龙门东山（一）

西面是龙门山，东面是香山，两山对峙，好像一重天然的石门。龙门山上有许多石佛的雕像，大小不下数万，都是北魏和唐朝时所雕凿的。龙门山对面的香山上，也有许多石窟，还有著名的香山寺，和诗人白乐天的墓。这伊阙是以形势的雄奇和

龙门东山（二）

佛像的伟大出名的。凡是到洛阳去的游人，一定要到伊阙去玩一次，因为这里非但风景是这般幽绝，而在艺术上的建筑，也是十分伟大的，可以与山西大同的云冈石窟相比，同是东方佛教上最伟大的建筑。

（六）平乐园

平乐园，现在称作平乐村，在洛阳城西北二十五里，这是汉明帝平乐观的旧址。当东汉时候，洛阳的宫城建在现在的洛阳城西，平乐园位在皇帝内宫的旁边，是汉明帝时常去游览的一座皇家花园；现在那里却是一个极大的村庄，这村庄的规模竟和一个小城市一般，有纵横的街道，有高大的广厦，村内颇饶有花木之胜。居民都很勤俭，到处显现着自给自足自养自教的自治能力，可以说是一个模范村。在那里可以看到中原农民的生活情形；虽然是一个村庄，却也很有可观，尤其是研究社会学或农村经济的人，如果到洛阳，不得不去平乐村玩一次，一方面去玩，一方面可以领略到中原农村间各种实际的生活知识。

（七）上清宫

上清宫，在洛阳城北邙山的翠云峰上，适当邙山的最高处，相传老子曾在这里炼过丹。老子是姓李，到唐朝时候，因为唐朝皇帝也是姓李，便把老子认为他们的老祖宗，就在翠云峰上建起一所"玄元皇帝庙"，规模十分伟大。唐朝灭亡以后，庙屋便渐渐圮毁，不知在什么时候就改名曰上清宫。到明朝嘉靖年间，重行修筑，虽然已没有从前那么雄伟，可是也算得上是一个胜地。明朝末年，流寇张献忠攻陷洛阳城，洛阳城内外的建筑大部都毁于兵火，而上清宫独存。现在只剩有殿阁三层，古柏数十株；若是登阁一望，伊水、洛水，如在眼底，而北望黄河，如在白云之间，景色十分清幽，是城北唯一的名胜。

（八）吕祖阁

吕祖阁，在洛阳城北五里，那里有数十间瓦屋，高高的筑在瀍水上面，阁内奉祀着仙人吕纯阳，后倚邙麓，前临瀍水，形势很幽胜。阁后是一片山岭，登岭远望，北面的太行山，躲在黄河北岸，若隐若现，和云天相连。南望洛水，好像一条长蛇，蜿蜒的盘绕在洛阳城南。四面一片空旷的大平原，青绿得可爱。在平原上，到处散布着村落，从村舍间，飘出阵阵的炊烟，如果是在黄昏时分，那村野间蒙着一重灰色的轻雾，苍然意远，令人如同置身在仙境一般。

六　白马古寺

在洛阳的许多古迹和名胜中，有两个地方是应该特别提出来讲的：一个便是"白马寺"，一个便是"龙门"。

现在先讲白马寺。

白马寺是我国佛教史上第一个古寺，它的建立，远在一千八百余年前，那时是适当东汉明帝永平十一年（公元六十八年），读过历史的人一定知道在东汉时有所谓"白马驮经"的故事，这就是白马寺创建的史实。

关于佛教传入中国，和汉明帝创建白马寺的历史，有一段类似神话的传说：说是当周昭王二十四年四月初八日，昭王正在皇殿上坐朝，忽然天空里飞进一道白光，把殿屋照得通明，昭王很是奇怪，就招太史苏由来占卜一下，得着一个卦是：

"乾之九五，飞龙在天。"

苏由对昭王说："有一个大圣人，今天在西方产生了，再隔一千年，这位大圣人的声教便要流传到中国来，这一条白光，便是一个朕兆。"周昭王就叫人把这件事情记载起来，刻在石碑上，把石碑埋在南门外面。这位大圣人，便是印度佛教的始祖释迦牟尼佛。

隔了几十年以后，传到周穆王时，有一年，天地忽然震动起来，天空里飞起十二道白虹，穿过太阳。周穆王便叫太史扈多占卜一下，那扈多说："有一位西方的大圣人，在今年圆寂了。"

这事情传了一千年，便到了东汉的时代，东汉的京城建设在洛阳，现在白马寺一带，正是京城的繁华之区；那时正值汉明帝当国，因为政治修明，全国都很太平。当明帝永平七年（公元六四年），正月十五日的夜里，皇帝做了一个奇怪的梦：他梦见一个金人，身高一丈六尺，项间围着一圈日光，走到殿前来，向皇帝致礼说："将有一种伟大的经教，要从西方传到这儿来。"明帝醒过来，一早便召见群臣，把这个奇怪的梦，讲给大家听，他不知道这梦是一个什么朕兆。

那时有个博士名叫王遵的，上前回答说："臣从前看过《周书异记》上说，西方有个大圣人出世，一千年以后，他的教义便要传播到中国来。陛下晚上所梦见的，恐怕就是这回事。"

于是汉明帝就差王遵和蔡愔等十八人，到西方去求经。这蔡愔等走到月氏国，遇着摩腾和竺法兰两个菩萨，他们在白氎上画了释迦牟尼佛的像，带着《四十二章经》一部，用一匹白马驮着，一同回到洛阳来。那时离开起程去求经刚好三年，正是永平十年的十二月三十日。

当时皇帝便命摩腾和竺法兰在宫殿外面的鸿胪寺里住下，翻译《四十二章经》；后来就把他们译经的地方，改建为白马寺，这便是佛教传入中国的第一个古寺。

关于这一段传说，我们如果用历史的眼光来下一个判断，那么上半段完全是不可靠的荒诞不经之谈，释迦降生于周灵王十五年，和传说中的年代相差了四百六十四年。这或许是佛教徒特意虚构了这荒诞的事实，来做他们宣传的工具。至于汉明帝使蔡愔和王遵到印度去求经，却是一件可信的事实；同时摩腾和竺法兰的自印度来中国，并且用白马驮经，和翻译《四十二章经》典，也全实有其事。在现今的白马寺里，还有当时遗留下来的古迹。

所以，白马寺，可以说是中国佛教的一个发祥地，历代的帝王们，对于白马寺都很重视；自从东汉以后，经过魏晋六朝，以及唐宋各朝，都曾屡加修葺，因此洛阳的王城虽然全毁，而白马寺的古迹却能独存，这不得不归功于宗教势力的伟大，使这数千年的古迹，还能保全下来。

从洛阳城里到白马寺去，中间隔着二十五里路程，可以从城里雇辆洋车，或是骑个牲口去；从洛阳东关出去，曲折的走过二十余里的大道，经过许多村庄，才到白马寺村，远望去，平原上兀立着一片土黄色的广大的寺屋，适位在陇海路的北面，和铁路离得很近。走到寺前，前面是一片大草场，中间留着一条石道，直通寺门，那寺门是三个拱洞式的门坊，正中的门额上刻着"白马寺"三字。寺门左右有一对青色的石狮对峙着，墙壁上都粉着朱红色，可是已经变成灰黑色了。门坊左右是两列很宽广的墙壁，在东西折角处，建了两座新式的炮楼，高高地对立着，好像是白马寺的两个武装的侍卫。

从大门进去，里面便是一个广大的院落。两旁新建着客屋和配殿，这建筑是在民国廿二年由国民政府出钱兴造的；当国民政府没有迁都洛阳以前，白马寺是糟蹋得不堪了，因为历年来无人管理，所以一切的建筑、佛像，都已破坏，成了乞丐们的寄宿所。因为旧的白马寺的寺舍，还是明朝嘉靖年间修筑的，是一个太监名叫黄锦的出钱六十万贯所修。那黄锦是洛阳东乡龙虎滩人，和白马寺离得很近，幼年时常常到白马寺去玩，后来他在京里做了大官，有人告诉他白马寺毁坏的情形，他便独自捐钱，把全部的殿屋重建，同时重塑佛像，这才恢复了旧观。后来经过明清，传到民国，白马寺又一直没人修理过，因此又日就破落了。自国民政府一度迁洛的时候，政府里有几个信佛教的要人，便开始建议重修白马寺，当时预算的修理费是三十万元，预备把白马寺附近的数百亩田地都收为寺产，广植林木，同时把殿宇和佛像也重行修理；这工程只进行了十分之一，便又搁起了。但是从此本来没人管理的白马寺，总算有了负责主持的人，殿屋和佛像也大略的整理了一下，这样，白马寺的寺容，也算比较的整齐了一点。

在那大门内的院子里，适当着东西两座炮楼的底下，有两个坟堆，这相传便是当汉明帝时，把佛经传到中国来的印度二高僧摩腾和竺法兰的墓，墓前都有碑记，墓上丛生着青草，很是荒凉。

从院子内走进去，中央便是天王殿，一进殿门，迎面便是一座皆大欢喜的弥勒佛，满身虽然被着泥灰，可是却很有神气，怀着一个慈和的笑容，似乎在欢迎着游人。两旁，便是四大天王的造像，脸部的塑容极好，和普通一般的佛像不同。后面是一尊韦驮佛，手撑着金鞭，面北而立，很有骨气。走出天王殿再向北，东西两边有短墙拦阻着，要从两旁的拱形侧门转进里面去。那里面又是一个空广的大院落，左右是短墙，中间围着一片空场，石隙间也长满了荒草，正中便是一座大雄宝殿，殿的两旁有两座配殿，那大殿内，中间供着三尊三世佛像，左右靠壁塑着三十六尊阿罗汉，三世佛前站着两尊伟大的塑像：左面的一个，是白脸，御着盔衣盔甲，左手托着一把戟；右面的一个，是酒红色的脸，也御着战衣，两眼很有精神的圆睁着，脸部的肌肉好像要绽出来似的坚实，很有气概。那莲台上的三尊三世佛，微瞑着双目，安然的盘坐着，十分安祥慈和。左右侍立着几尊小佛，都拱着手，斜立着；那些佛像的面部都塑得很好，表情极为深刻。尤其是靠壁的三十六尊阿罗汉，有的发怒，有的憨笑，有的正襟危坐，有的支颐着打盹，憨态百出，其塑工之美，是不亚于苏州角直报国寺和贵州毕节竹节寺的塑像。因为这些佛像都是明朝嘉靖年间出于名家的手塑，是极有价值的艺术作品。

白马寺里的许多佛像，我们如果用艺术的眼光来批评，的确堪称中原少见的塑像，也可说是一种不同凡俗的作品；每个佛像的脸部，都有一个不同的表情，这种表情是十分的深刻，和一般专事模仿、千篇一律的面型不同。而全身轮廓的正确和设色的调和，以及肌肉衣式，处处都具有艺术的价值，所以假使一个爱好雕塑艺术的人，到了洛阳，是必须到白马寺去游览一趟，一方面去探求古迹，一方面还可以欣赏中国固有的雕塑艺术。

从大雄宝殿再向北去，又是一片更大的院落，中间独立着一座礼佛殿，里面也供奉着佛像，看上去，好像全是铁铸的；在礼佛殿后面，便是一座高台，台南是一片广大的场地，当平地和高台接壤的地方，建筑着一列城墙式的壁垒，台上又是一片广大的殿屋，这高台名叫清凉台。

走礼佛殿后面，步着石级上去，从石级的尽头再折向北去，便是一座旱桥，经过了旱桥，便是一重墙门，进得门去，登上一个大石台，那里又是一个院子，四周是很整齐的殿屋，正中有一座重檐式的建筑，便是毗卢阁。院内长着两棵高大的古柏，凉荫满地。那毗卢阁内也供奉着菩萨，和尚们便在阁内诵经。

这是很有意思的，你若高兴到白马寺去住一宿的话，白马寺的夜，好像一个幽古的梦一般，会使你沉醉。当暮色笼罩着清凉台和清凉台下的一片殿屋和平原以后，白马寺便浸入了一个模糊的烟景中去，风吹着毗卢阁檐角上的小铃，叮叮作响，而一阵两阵幽远的钟声，从毗卢阁内传出来，在暮烟里散布开去，冲破了周围的沉寂；夜深时，明月照在中天，把大地染上了一片银白，从清凉台上望下去，可以看见附近一带的村舍里，不定的星火忽明忽灭，台上是一片清冷，静寂得没有丝毫声息。那伟大的古寺的影子，浸沉在月光下，愈显得幽寂。这种清静的夜色，使人会忘掉了一切地，如超脱了凡尘在悠忽仙境中一般。

在白马寺的西面，还有一座著名的舍利塔，相传这是中国的第一座塔，塔的形式，和一般的塔不同，是一种四方立体型的建筑，外表是红色的砖石所砌造，共高十一级，没有顶，也没有檐，中间塞着泥土，已不能登临。

传说这座舍利塔，也是汉明帝时所造的，当摩腾和竺法兰到了洛阳建起白马寺以后，汉明帝时常到寺里去顶礼，那舍利塔的原址，先前刚好在皇城外边；每一次，当汉明帝经过的时候，看见那里的泥土在向上鼓动，变成一个土堆，明帝便叫人削平；但过了几天，那一块土又鼓动如故，仍旧变成一个土堆。汉明帝很奇怪，便去问摩腾和竺法兰，他们抢指推算了一下，说这是"舍利子"要在这块土上显灵，要仿照佛国的式样，建造一座宝塔。于是汉明帝便吩咐土木工人，即日动工，在那片土上建起一座宝塔来，完工的那天，那塔顶上现出一圈五彩的光，好像一个轮盘似的旋转着，光内显现着释迦牟尼的佛像，满天照耀着红光，隔了几个月才渐渐的散去。因此便取名曰舍利塔。

在舍利塔的西南，适对着白马寺，有一个白马寺村，村的四周围着一个土城，东南西北辟着四重城门。村内有街道、住宅，很是整齐，这种村庄和江南各地的村巷完全不同；江南的村落，最多只有几十户人家，随便的散处在各地，而在中原，所有的村都像一个小城，最少得聚着几百户人家合住在一起。这因为中原一带多匪，人民不得不聚宅而居，四周筑的土城，完全是为了防御土匪而筑的。现在，白马寺村和附近的几个村庄，已由中国社会教育社和河南教育厅，合办了一个洛阳实验区，预备用教育的力量，去改善人民的生活，创建一个中原的新村。

在白马寺村南面还有一个古迹，叫做焚经坛，相传是佛教和道教焚经的遗迹。在佛教没有传入中国以前，道教的势力已经很普遍，等到佛教传入洛阳以后，当时的皇帝和人民都去相信佛教，于是一般道教的信徒便大起恐慌，大家起来毁谤佛教，说佛教是一种骗人的邪教，要求皇帝把佛经和道教的经典来比试，用火烧着，看那一种经烧掉，便算邪教。汉明帝答应了这个请求，便建起一座焚经坛，约期召集了文武百官，和佛教道教的信徒，当众将佛经和道教经典焚化，结果，道教的经是烧光了，而佛教的经典，在着了火以后，变成一个光明的轮回，在天空里旋转，隔了一会，变成无数的鲜花，纷纷地落下来。经过了这一次的试验，人们便格外信仰佛教了。这便是焚经坛古迹的来历。

在白马寺的附近，差不多全是佛教上的古迹，这因为白马寺便是一个佛教发源地的缘故。游人们很容易在白马寺内和附近找到许多关于佛教上的古迹和传说，这些传说都是含有神话色彩的。若能把它一一仔细的考证起来，一定会感着十分兴趣的。

七　龙门佛崖

白马寺和龙门，同是中国佛教上的两大伟迹。白马寺以历史的久远，而且是佛教发轫的古寺，因此见称于世；而龙门，乃以形势的雄奇，和佛像雕刻的伟大，同为世人们所赞重。凡是到洛阳去的人，没有不去龙门的。

龙门奉先寺全景

奉先寺卢舍那大佛（一）

奉先寺卢舍那大佛（二）　　　　　奉先寺菩萨

奉先寺天王　　　　　　　　　　奉先寺力士

在洛阳，所谓名胜，大半是有名而不胜，所谓古迹，仅存着一个残废的躯壳；纵然也有像西宫那样秀美和繁华的地方，但那里毕竟是一个近代的市场和政治区域，没有山川的胜景可寻；唯有龙门，既有秀美的山水，又得欣赏艺术的伟迹，可算得是洛阳城南唯一的好去处。如果我们要把洛阳所有的名胜古迹，来排成一个优劣的次序，那么，龙门是应该放在第一位，可以称为洛阳诸胜之冠。

龙门敬善寺洞拓片

在中国地理上，称作龙门的地方，不下十余处，在四川、广东、山西、黑龙江、湖南、江西、河南各省，都有所谓龙门，尤其是在四川的长江沿岸，更多龙门的称呼。大概这些被称为龙门的地方，在形势上，都有一个相同的形式：一定是中间有一条水流，水旁有两座山峰，那水一定流得很急，那山一定生得很奇，好像用刀劈开似的，壁立千仞。人们在赞叹着这种天然形势的雄奇之下，便给它题上了一个龙门的名字，把这个伟大的境地，比作神龙出没的门户。

而同时，在地理上称作龙门的地方，都同样的传说是夏禹王治水时用神力所开凿的。他们传说着当夏禹王治水的时候，用一把神剑，向地面上划去，便变成江河。龙门便是夏禹的神剑划成的。因此在每个称作龙门的地方，都有禹王庙的建筑，奉祀着这位三代时的治水功臣。其实我们假如用地理的目光来研究一下，那么所谓龙门的奇境，无非是历年来受了水力冲激的缘故，把山峰渐渐的冲断，才变成了一个奇峰壁立的缺口。

在全国十余处的龙门中间，以山西和河南的龙门为最有名。山西的龙门，在山西省的河津县与陕西省的韩城县之间，这是黄河中流的一个要隘。黄河的水，自绥远的河套平原，绕了一个半圜流向南来，冲入山陕的山原地带，适当梁山山脉拦阻着，因此经过了多少年的水力冲蚀，渐渐把山岭冲开。在《禹贡》上说："导河积石，至于龙门。"这大概在夏禹时候，曾就梁山的缺口处，加以开凿，使河水能通畅地流过。这龙门便成为黄河上的一大伟迹。那里水流很急，黄河里面盛产着鲤鱼，传说鲤鱼如果能游上龙门，便化为神龙，所谓"鲤鱼跳龙门"，是一件极难的事情。

至于河南的龙门，便是当洛阳城南伊水缺口的地方。相传也是夏禹治水时所开凿的。那里，非但有山河的奇胜，而且在历史上富有艺术价值的龙门石刻，和山西的云冈石窟，同称为中国雕刻艺术的两大伟构。黄河的龙门是以伟大雄奇闻名，而洛阳的龙门乃以艺术上的价值见称；一般人往往容易把黄河的龙门和洛阳的龙门混为一谈，以为龙门就是"鲤鱼跳龙门"的所在，同时也是伟大的石刻佛像的地方。其实这是一个绝大的错误。

关于洛阳龙门的成因，我们也可以很简明的分析出来。原来伊水发源于河南西部的熊耳山，沿着嵩山山脉向东北流入洛阳境，两岸都是山岭，因此水势很急。谁知流入洛阳南境时，龙门山和香山的山岭却把伊水的去路拦住了，于是，经过若干年的水力冲激，把山峰冲开了。后世再经过几次人工的修凿，便成了一个雄奇的阙口。因为它位在伊水上面，故又名伊阙。

洛阳的龙门是以佛像著名，那里满山都是石佛，整个的一座龙门山上，完全是石佛的痕迹，有百尺高的，有几寸长的，从山顶到山麓，只要是有石头的地方，差不多完全凿成了佛像，大大小小，也计不清有几千几万个。这一个伟大的艺术，是不知经过了几多年的经营，多少人的心力，才能建成现在这个样子的。

我们如果要把龙门石佛建造的历史来研究一下，那么关于龙门的建设，约可分为三个时期：

第一个时期，是北魏景明年间的建造龙门石像，这是龙门石佛的创始期。那时离今是一千四百余年（公元五〇〇年），北魏自山西大同迁都到洛阳，这一个自北方崛起的拓跋氏，对于佛教，怀了极大的信心。当他们建都大同时，曾开凿了伟大的云冈石窟。待他们迁到洛阳后，便又开始在龙门的山崖间凿刻佛像。这龙门的造像比云冈的造像刚好后了五十年。当世宗景明初年，皇帝令在龙门山北部建了三座大石窟，以纪念北魏的太祖文昭皇后。这三座石窟内的石佛，每座都有百尺高，雕刻的风格，和云冈的造像很相像。

第二个时期，是北魏熙平年间的建造龙门十寺；这是龙门石刻的完成期。当熙平二年，北魏正是胡太后当权，这位太后笃信佛法，便在龙门山石窟前面，建起一座石窟寺，极尽了土木的华丽。同时并建龙门十寺，把龙门的山间，完全建起了佛寺和佛像。这样，龙门在石刻之外，还添上了许多寺院，便成为洛阳佛教的中心地。京城里的许多官绅们，都以龙门做他们游乐的地方，大家都承着太后的意旨，各自在山间凿起大大小小的佛像来。在当时到龙门山上去凿佛，竟成了一种迷信的风俗：有钱的贵绅人家死了人，便到龙门去造个佛像，施舍几万贯钱，在石像旁边把死人的墓铭传记刻上，这样做了以后，那个死去的人，便会成佛。经过这一种迷信的提倡以后，于是龙门山上的小石佛，便无形的增加了不知若干，全山便成了一座石佛的山。

第三个时期，是唐朝武则天称帝时，在龙门重造佛像，这是龙门石佛更伟大的一次建设。当武后在洛阳建立了京城以后，这位好胜的女皇，便在龙门山中部的山岭，凿成几百尺开广的一个大窟窿，靠石壁上刻成九尊大佛，同时在石佛的上面，建起了伟大的九间房；这时的建筑，比北魏时更要伟大，那佛像也凿得更高，现在龙门最大的石佛，便是武后时所造的。

龙门，经过了这三次的建造，于是便完成了一个极伟大的石窟。传到后世，那许多寺庙，都经不起年代的久远，完全圮毁了。而独有那几万尊的大小石佛，却依旧在风吹雨淋中留存着，虽然经过了千百年的时间，有些给后世的人们用人工毁坏了，可是大体上还是没有什么影响。

从洛阳城到龙门去，中间相距二十五里路程，有人力车可通；自洛阳城南，渡过洛水，便登上了赴龙门的大道，沿路经过几个村庄，凡八里路到关公墓，从关墓再向南行，远远地便可以看见两山对峙的奇景；再经过一小时的旅程，便到达了伊水之滨，那龙门的天然景色，便似一幅图画般的呈现在目前了。两个庞大的山头的影子，中间夹着一片白茫茫的浅水，急湍地流着，水滨长满了成列的果树，树下散处着一群牛羊，安闲地啮着青草，这情景正如走进了一个画境中去，在伟大中感着温存。

　　沿着伊水的曲流向南行，穿过一个小镇，便到了龙门山下的一条大石道上；这时候，便是游人开始投入龙门的伟大的怀抱中去了。那石道右面，是壁立森严的龙门石壁，道左便是宽阔的伊水，这水是终年不断的急流着，水波冲激着水底的乱石，自南向北流过，发出一阵淙淙的巨声，好像一片军马在奔腾。对面，隔着伊水便是香山，那山坳里悠然的吐着雾气，倒影吻着伊水，十分好看。这景目便叫做：

　　　　双峰对峙，一水中分。

是龙门第一个奇景。

　　南行数十步，穿过两座石坊，在一座上写着"龙门胜概"四字，一座上写着"伊阙云连"四字，都是陆润庠的手笔。再向南去，前面便是一座山崖，从山崖向上去，便是一所荒落的寺屋，这便是潜溪寺，寺内有一个方形的池子，便是禹王泉，相传是夏禹开凿龙门时的遗迹。这泉又名光绪泉，因为当庚子八国联军之役，光绪帝和慈禧太后避难到西安去，归来经过洛阳，曾到龙门去游览过的。池前有一条水道，叫做"虾蟆嘴"，泉水由这水道间向下泻流，坠空的落在下面的石块上，溅成一串碎珠一般，因此又名珍珠泉。

在山崖的东面，靠山建着一座亭子，名叫翠花亭，形势很奇险，高高的临着伊水，如同飞去的一般，那亭上有一副胡金淦题的对联，描写龙门的景色，是很入神的，那对联是：

> 同是宦游人，到此一空天地界。
> 坐观垂钓者，苍然遥对海山秋。

从潜溪寺再上去，便到北魏时建造的三大石窟，北面的一个叫宾阳洞，里面雕刻着三尊大石佛，高约五六丈。中间的

宾阳洞外壁

一个叫莲花洞，龛顶上凿着莲花，里面也是三尊石佛，和宾阳洞相似。在潜溪寺南面，还有一个锣鼓洞，如果用草把下面塞住，水从上穴涌出，便会发出锣鼓的声音来，故名锣鼓洞。

自潜溪寺下来，循着石道再向南去，一路山壁间全是石佛，凿成无数小龛。有些石佛的头已经没有了，据说是当地的土民凿下来去卖给外国人的。向南不多路，就到九间房的下麓，山道很崎岖难行，爬到岭上，便是一个空旷的大山壁，那壁间凿着七尊大佛，这是龙门石佛中工程最大的一部分，也就是唐朝武则天所建造的。正中是释迦牟尼佛，瞑目端坐着，约莫有十几丈高，两旁侍立着两个较小的石佛，也有七八丈高，左右便是四大天王的石像，雕工的精美，是较胜于北部的三个石窟。尤其是那正中的释迦牟尼佛，靠着西面的山壁，那雕刻的轮廓十分正确而柔和，那衣褶，和背后的图画花纹，都雕镂得极精，可说是艺术上稀世的至宝。从那山壁间，还可以看见许多长方形的洞穴，这是从前建筑九间房的遗迹。现在九间房早已毁完了，而石佛却永远留存，不过经过了千百年的风化作用，那大石佛的下面，已渐渐地销蚀了。

九间房再向南，又有一个大石窟，叫做老君洞，相传这是老子修炼的地方。洞的正中有一座石像，石像后面有一个山穴，传说是深不见底的一个无底洞。石窟的四周全是佛像，石壁上镌着"魏正始时造弥勒像"，这也是北魏时所建造的。顶上有著名的龙门二十品，那些当地的土民，多架着梯子用纸拓下来，卖给游人。

最南面还有一个万佛洞，雕刻很是奇异，里面的小石窟，好像蜂房一般，石佛的数目，不可胜计。万佛洞北面有一所看经寺，相传是唐僧晒经的地方。

万佛洞腰壁

万佛洞门口

从龙门渡过伊水，便到香山，那香山的南面，有一列很高的石阶，是清朝乾隆皇帝登山时所筑。半山里便是香山寺，寺前有三间凉厅，壁间嵌着很多的名人字迹。寺后再上去，山路愈高，循着石阶上去，便到九老堂，这九老堂是白居易的遗迹，相传这里从前是白居易的故宅。在当时，他集合和他年纪一般大的老者，一共九人，组织了一个尚齿会，这九老是胡杲、吉旼、刘贞、郑据、卢真、张浑、李元爽、如满和尚，都是当年的有名人物；他们集合在九老堂里饮酒赋诗，欢度他们的晚年。现在九老堂的门屏上，还刻着白居易做的《修香山寺记》。九老堂旁边还有一座千手佛殿，形势都很佳胜。白香山的诗上有所谓"前台花发后台见，上界钟声下界闻"的咏句，便是当年香山寺的写照。

从九老堂再向后去，便是乾隆帝的御碑亭；再上数百步到山顶，东望峻秀的嵩岳，高与云齐。北视邙山，横亘东西，而伊洛二水，好像两条水晶带子，绕在洛阳城南；那山下便是白香山的墓，群山环抱，绿树丛生，景色十分清幽，竟如诗境一般。

八　洛阳附近胜迹考

河南，自古称为中州。我们如果除掉了边陲的几省，把本部十八省来作一度观察，那么河南省差不多是适居在中央。因此，历史上惯用"中原"两字，来称呼河南附近的一带地方。

中原，这是汉族文化的发源地，在上古和中古时代，这里是汉族文化的菁华所在。在元朝以前，中国的京城几乎完全建立在河南和陕西两省，因此在河南省境以内，遗留下来的古迹也特多，随处可以看到古代名城的遗址，或是一世的谋臣和英雄的陵墓；如果加以细细的考查，那么，随时都是丰富的历史资料。那许多遗迹中，有些包含着可歌可泣的壮烈故事，有些遗留着风流雅逸的一朝佳话，曾经在历史舞台上出过场的那班王侯将相以至佳人才子，在中原一带，大半依旧替他们把遗迹保留着，留待后世好事的人们去凭吊。

洛阳，尤其在历史上是一个中原的中心地点，因此洛阳境内和洛阳附近，所遗留下来的古迹，却是又比河南省的别处来得多。它在历史上是曾建过好多次的都城，在地理上至今还是河南西部的首邑。在它附近各县所遗留下来的古迹，也的确不少。这里，我们把洛阳附近有名的古迹，作一个综合的叙述。

（一）缑氏山

缑氏山，在洛阳东面偃师县南四十里地，这是一座神秘的山。相传在周灵王时（离今二千五百余年前），周灵王的太子晋，是一个喜欢修仙的人，他从着师傅浮邱公学道，常常在伊水和洛水间游览着，缑氏山便是他们习道的地方，在山顶上辟着石室，开凿泉池，当王子晋在山顶上吹着笛子时，便有一对仙鹤飞到缑氏山顶上来饮水。后来他们的道学习成了，在一个七月七日的晚上，王子晋告诉家里人说，他将骑着白鹤在那天夜里升仙。家里的人都到缑氏山来观望；当弯弯的月光在星群间放着银光的时候，王子晋便骑上仙鹤的背，振翼高飞，飞翔到白云间去了。现在，缑氏山顶上有一座石室，相传便是当年浮邱公和王子晋修道的地方。还有一个泉名叫饮鹤池，相传便是仙鹤饮水的遗迹。在缑氏山下，还有一个缑氏山镇，是洛阳、偃师、登封三县的交通要道。

（二）成汤陵

成汤陵，在洛阳西面偃师县北七八里，这是商朝的开国皇帝成汤的陵墓。偃师县在历史上是帝喾建都的古西亳国，后来商汤和盘庚都在此建立朝廷，统治他们的臣民；当商朝最末代的君王商纣无道的时候，周武王便从西伯起兵讨伐，进逼到西亳，把暴虐的商纣赶掉了。他建立了周朝的天下以后，便在那里把从征的军队解散了，偃旗息鼓的回到他的新都去，于是古西亳地便称为偃师。因为商朝的都城是在偃师，所以成汤死后，便卜葬在那里了。现在所留存着的成汤陵，只是一个荒落的小山邱而已，说不定已不是当年成汤的埋骨处了。

（三）首阳山

首阳山，在洛阳西面偃师县的西北十五里，这是历史上一座极有名的山。据说就是史籍上所载的"伯夷、叔齐，饿死于首阳之下"的首阳山。在首阳山下面还有伯夷、叔齐的墓，伯夷、叔齐是兄弟俩，当他们的父亲孤竹君临死的时候，遗命立叔齐为王。父亲死后，叔齐让伯夷，伯夷不肯王而逃，叔齐也便随着逃去，传为历史上"夷齐让国"的美谈。当周武王伐商的时候，这两位固执的兄弟，曾向周武王叩马进谏，因为他们是商朝的臣民，后来周武王灭商以后，他们便义不食周粟，逃到首阳山上，采薇而食，结果便饿死了。现在首阳山顶还留着这兄弟俩的墓。但是据一般人的考证，都以为首阳山在山西蒲州南雷首山。那么这里的首阳山和夷齐墓，也许是后世人们附会上去的一个古迹。

（四）刘累故城

刘累，是夏朝时一个含有神话性的人物，他是陶唐氏之后，跟豢龙氏学养龙的方法，学会以后，便替夏朝的皇帝孔甲养龙，能够喂东西给龙吃，王后很嘉奖他，便赐名曰"御龙氏"。把本来豕韦氏的国废掉，而以御龙继之。在现今缑氏山镇的西南有一个夏后村，村上还有豢龙氏的遗迹，相传就是从前刘累学养龙的故城。

（五）伊尹墓

伊尹是商朝的开国宰相，帮助商汤诛灭夏桀，统治天下，这是历史上有名的一个政治大家。商汤死后，其孙太甲无道，被伊尹放逐到桐，过了三年，太甲悔过，便重归亳都做皇帝。这位在商朝具有非常权威的宰相，活到一百岁才死。死后，帝沃丁以天子之礼葬之。现在洛阳西面当偃师东站西五里，有伊尹的墓。还有一所伊尹庙，便建在陇海铁道的南面。

（六）苌弘墓

苌弘是周敬王时的大夫，孔子曾经向他问过乐理，是一个博学多能的人。晋国的范中行氏作难，苌弘也参加在内，后来晋人责问周朝，周敬王便把他杀死。另外有个传说，苌弘是一个神人，生在周灵王时，那时有一个异方人进贡了一个玉做的人和石做的镜子，苌弘在周灵王面前赞美说这是王的圣德所致，周朝人都以为苌弘想谄媚于君王，便把他杀了；谁知一刀砍下去，流血都成碧玉，尸首却不知去向，这当然是一种神话。相传苌弘的墓，就在偃师县北的灵龟山上。

（七）田横墓

田横是汉朝初年反抗刘邦的一个勇士，当韩信打败了齐王广以后，田横就自立为王，后来汉高祖统一天下，建立了帝业，田横就和他的从者五百余人避到海岛上去，图谋乘机抗汉。汉高祖知道田横是一个义士，便差人到海岛上去召他进京，田横就和从者二人，随着使者一同到洛阳去，走到离洛阳三十里的地方，便拔刀自杀了。汉高祖感他忠义，就封他的二个从者做都尉，同时以王者之礼葬田横。当葬事完毕的时候，那两个从者也都拔刀自刎而死，其余五百人在海岛上听到了田横身死的消息，也全都自杀。在现在陇海路的东端新浦县内，有田横五百壮士墓，而在洛阳城东三十里地，适当偃师车站西面，便有一座田横的墓，和伊尹的墓相去二三百步。这两个对立的古墓，一个是得志的政治大家，一个却是失意的爱国志士，在洛阳城东，成为历史上的胜迹。

（八）杜预墓

杜预是晋朝一位博学多能的人物，最初做河南府的府尹，后来升任度支尚书，掌理全国的财政，他是一个理财专家，在任七年，把国内的财政治理得十分清楚，收入增加，国库大富。他又懂得水利，熟知兵法，因此后来又任为镇南大将军，自己虽然不会骑马，不会射箭，但是用兵制胜，诸将莫及，可说是一个文武兼全的人。他对于学术上也有很伟大的贡献，当他晚年时，做了一部《春秋左氏经传集解》，成为后世习《春秋左传》最好的注本；死后，便葬在洛阳东城。现在当偃师车站西面五里，铁道南面有一个土楼村，村上便有一座杜预的祠，名曰杜元凯祠；在祠后便是他的陵墓，墓碑上题着："晋当阳侯杜公讳预之墓"。

（九）许远墓

许远是唐代为国而牺牲的一个英雄，在江淮各地，至今都建有张巡和许远的祠庙，纪念着他们为国牺牲的功绩。当唐玄宗时，安禄山造反，许远做睢阳太守，合着张巡死守睢阳城，被困三月余，兵尽粮绝，终于城陷被杀，死后便葬在洛阳东南。在偃师站的西南五里，有许远的墓和祠庙。

（十）杜工部墓

杜甫，是杜预的十三世孙，也是唐代最伟大的诗人；生在杜陵，因此自称为"杜陵布衣"，或称"少陵野老"，曾官至工部员外郎，因此世人都称他杜工部。所做的诗，都以当世战乱、流亡的事实做对象，描写十分动人，后世称为诗圣，又称诗史，因为他好写纪事诗的缘故。他的故乡在陕西长安。大历中游耒阳县，大醉而死，死后便卜葬在杜预墓旁，现在当杜预墓西南百余步，便是杜工部的墓，墓前碑上题着"御题荩臣诗史唐工部拾遗少陵杜文贞公之墓"。

（十一）府店

府店，在偃师县东南三十里，这是唐朝初年扩充武备时的遗迹，曾驻扎辕府兵于此，故名府店。现在已成为嵩山、洛阳、临汝、郏县往来的要道。附近有砖塔八座，参差地排列着，当地的人们称为砖塔林。

（十二）少林寺

少林寺，在洛阳东南境登封县的少室山北麓，北魏时所建。隋文帝改名曰"陟岵寺"，到唐朝复名为少林寺。寺内有唐武德初年秦王告少林寺的主教碑，寺的东廊后面有一棵秦槐，相传在秦朝时曾封为五品。寺的右面有面壁石，石上有吴道子画的达摩像。西北三里有一所面壁庵，相传就是达摩面壁九年的地方。又有一个说法：少林寺是创建于隋朝，有一个天竺的和尚迦佛陀禅师，在隋朝时到中国来，隋帝便在嵩山上建起少林寺，后来迦佛陀的徒弟昙宗等帮助唐太宗平定王世充之乱，有功于唐朝。寺里的僧徒都熟习武艺，称为"少林拳"，是中国技击上最有名的一派。

（十三）霍山

霍山，在黑石关站东南十五里，又名青龙山。群领环绕，好像一堵天然的城壁。山上有龙潭，北流入石子河，还有一所慈云寺，相传是汉明帝时印度高僧摩腾和竺法兰所创建。

（十四）黑石山

黑石山，在霍山的西北，适当洛水东岸，隔水和邙山相对，好像一重天然的门户。是洛阳向东去水陆交通的咽喉，舟车运输必经之地。从前有黑石渡，现在那渡口已建起了洛河大铁桥，工程很是伟大；附近的风景也很幽美，有江南的气象。

（十五）宋代帝后陵墓

宋太祖赵匡胤是洛阳人，因此北宋的祖陵便营在洛阳附近。宋太祖父亲的墓，便在巩县西南四十余里，称为宣祖安陵。从前那地方称做訾乡邓封村，现在都呼曰八陵村。在村的东南，便是宋太祖的永昌陵，和宋太宗的永熙陵；在太祖陵北十里，便是宋真宗的永定陵。此外还有宋仁宗的永昭陵，宋英宗的永厚陵，宋神宗的永裕陵，宋哲宗的永泰陵，都在芝田镇北面的罗水左右。附近还有宋朝名将狄青的墓。洛阳附近的古迹，除了以上所述外，在洛阳西面的，还有慕容山、八陡山、汉函谷关、玄帝庙等诸胜，和洛阳相去稍远，所以不再赘述了。

九　洛阳城乡一瞥

洛阳是一个中原的文化域，它给与人们的印象，是古老与陈腐。因此，在洛阳城里，我们能看见的，大半是百年的老屋、数代相传的老店，和旧式的泥泞的街道。市面上很少有新的气象，虽然也有好多大规模的百货公司，但是也并不见怎样兴盛；因为洛阳大半的人民，对于洋货并没有感到兴趣，他们还依旧保守着一世纪前的旧生活，对于物质的享受，大半还是取给于自己，帝国主义的商业侵略，对他们并不生什么影响。因此，整个洛阳城还完全保留着一个中国内地旧式城市的本来面目。

洛阳的城基，在历史上曾经了几度变迁，在汉魏六朝时，洛阳城是建在瀍水以东，隋唐以后，便建在瀍水和涧水的中间，隋朝的城围最大，周围有六十九里三百二十步。到宋朝，洛阳为西京，分内外二城，外城周五十二里九十六步，内城周十八里五百二十八步。北宋灭亡迁都杭州以后，洛阳城就荒芜下来。到明朝洪武初年，就依照了金元两朝的旧址，建造了一座新城，周围只有八里九分六厘，和从前隋唐时代相比，只合十分之一还不到。那地位适当从前隋唐故城东南的一角。城壁高四丈，全城共设四关，这四关是：

东关——建春门

西关——丽景门

南关——长夏门

北关——安喜门

到正德年间，又引凿瀍涧两水，作为城濠，这可说是现今洛阳城最初的样子。到明末崇祯年间，闯贼李自成作乱，洛阳城曾一度被毁，到清朝顺治康熙年间，就原来明朝的故城，屡加修葺，这便是现在的洛阳城。

洛阳的城周虽然不广，可是气象却很雄壮。那城壁也有四五丈高，建筑得很坚固，城外绕着壕沟，在四关都有桥梁通过。那四关的城楼建造得特别好，式样和北平的正阳门等相仿，只是样子稍为小一点，朱漆红柱，画栋雕梁，非常好看，而且有气势，近年来因为没有人修理，所以显得破旧一点。

陇海路在洛阳有两个车站，靠近北关外面的叫东站，靠近西关外面的叫西站；东站很热闹，西站要冷落得多，旅客们大半在东站上下。从东站下来，站屋外面便是一片大广场，场上停满了人力车，旅客们要进城，可以雇个车子拉去。从那车站南面的几条大街小巷，曲折的转了几个弯，就能看见洛阳的城垣和北关的城楼，那一列高大整齐的城墙上面，涂着各种商品的大字广告，把这座古城壁上，染上了一些近代商业化的色彩。

洛阳城内和附郭，可以划分为五个区域，这五个区域，大概是这样分布着：

（1）交通区——北关及北关外车站附近
（2）文化区——西关内附近
（3）政治区——西关外西宫附近
（4）商业区——城中及南关附近
（5）住宅古迹区——东关附近

现在先说北关内外的交通区。因为陇海路的东站是设在北关外面，所以洛阳的商贾运输都以北关为中心，北关外面的街道，比较是很宽广的。商业不十分繁盛，可是旅馆和运输公司却很多。那些旅馆的设备都很简陋，大半是民房改的，门口墙壁上照例写着"安寓客商"等字样，令人会忆起那旧小说里面所描写的宿店来。每天从洛阳车站来往的客人很多，因此旅馆虽陋，可是住客常满。至于那些运输公司，是专门代客转运的机关，洛阳每年向外输出的农产品很多，同时从外面输入的商品和工业品也不少，因此运输事业也很发达，这就是车站附近多设运输公司的缘故。那车站的气象，比起别处是要差一点；车站的房屋，还是光绪年间的旧建筑，红砖红瓦，却是中国的平房式样，因此远看去，竟同一所古庙一样。

再说西关附近的文化区。西关又称周公庙关，从西关进城，有一条街道，商业不很发达。靠近西关门口，有一个河洛中学，规模颇大。在西关外面，便是周公庙，周公庙内是中原社会教育馆的办事处。那一片本来是很荒凉的祠庙，在近几年来，已经完全开辟成一个文化的区域，广设民众学校，招收附近不识字的民众，施以教育。同时开办各种工艺训练班，使人民一面识字，一面从事生产，这可说是洛阳城内近年来的一个新设施。只是地方太偏僻，力量还嫌薄弱一点，不能收普及的成效。

西关外面，便是西宫的政治区，那里北面有陇海路的洛阳西站。东面自西关和周公庙都有大道可通，周围七八里，广植林木，成了一个森林花园；在绿林从中，建筑着许多军事和政治的机关。军事机关比较的多：有中央军官学校的洛阳分校，和各师团士兵的营房；其余便是国民政府驻洛办事处。街道非常广阔，像棋盘一般交织着，两旁都是丛丛的林木，新绿可爱。十字街的旁边，都建有蓄水池，池水清冽，倒映着绿树的垂影，格外美丽。在街道上也时常有一辆或二辆的汽车驶过，仿佛是置身在一个近代的大都市里。所以，如果把洛阳城内的景象和西宫广场作一对比，那么至少要相差了一个世纪。洛阳城里所看见的是古老与陈旧，而西宫广场却是新鲜与明快。仿佛一个是老夫；一个是少年，充满着蓬勃的气象。

洛阳城内最古老陈旧的地方，恐怕就要算东关附近了。那里虽然有街道，可是没有市面，冷清清的，只是支持着几个破旧的住家的门面，所有洛阳城内的古迹，也大多集中在这一带，因此可算是洛阳的住宅古迹区。这些住宅里所居住的人民，都是洛阳的所谓世家，那住宅的建筑，差不多是千篇一律的：每座住屋门前，一定有一个凉棚，从门口突出来，用木柱排列着，远望去，一条街的两旁，便好像一列深邃的走廊。那些房子是比街道高出数尺，用大块的石卵砌成高高的屋基，从屋子里走到街上去，中间有一座桥梁式的阶台，阶下有泄水沟，看上去好像江南人家的水码头。

那房屋的布置也很特异，屋檐下满挂着许多匾额，有些是表扬功名的，有些是祝贺人家的。各家大门上，一定贴着一副梅红金字对联，联句大都是很美丽的诗。进了大门，便是一条宽阔的胡同，弄底向外，有堵小照壁，壁的四周是浮雕着图案的花砖，中间写着一个红色的"福"字。从照壁转弯便是一个庭院，客屋在进门靠弄的一面，再进去是二重门，门内便是三面院屋，这是当作宿舍和厨房的。这是东关住宅区内的大概情形。

至于洛阳城中和南关，便是洛阳商业最繁盛的区域，尤以城中的朝阳街为最，那一带多做内庄批发的生意。在全城的中心点，有一个旧式的商场，很是宽大，和上海城隍庙、开封相国寺一般，有各色的食品担，和玩具铺子，还有买卖书画的店家，卖艺的和卖唱的，到处都是，洛阳城乡的居民，都以此为游乐消遣的地方。在朝阳街上，还有一种特有的商店，便是古董铺。一连有十几家，那些铺子里，都是陈列着出土的古物，大部分都是仿造的赝品；虽然有些是真的，可是价格很贵。这些古物的样子，都很好看，足以代表古代中国的艺术美。凡是到洛阳去的人，大半都要到朝阳街的古董铺里，买几件古物带回去，这几乎就变了洛阳的名产一般。

南关附近的居民最多，在从前是数省的通道，因此商业很繁盛，近年已渐次萧条，可是因为靠近洛水的缘故，所以从水道上运输的物品，都以南关为屯聚所。在洛水上流，宜阳产米，卢氏产木，洛宁产竹，都以洛阳南关为转运的中点。因此每逢洛河水涨的时候，上游各地的产物，都用竹筏运到洛阳来，南关的商业，在那个时间，是格外的繁盛。

以上是洛阳城区的大概，至于洛阳乡间的情形，那么我们可以拿第三区内的平乐村来作个代表，藉此可以知道一点关于中原农村现况的梗概。

平乐村在洛阳城东北三十里，与其说它是一个村，毋宁说它是一个小城来得确当些。村的四周，是一个极大的土围子，周围有四五里，分设着东南西北四个城门。土围子的外面，是一条很深很宽的壕沟，沟的前面拦着一道铁丝网，这种工程完全是防御土匪的袭击而设置的。在洛阳乡间比较大一点的村庄，都有这一种设备。

那土城上面，到处还设着碉堡，遇到匪警时，这碉堡便是探望敌情和报警的一个地方。全村的武力很雄厚，比较富裕一点的人家，都有枪械，那些枪械都很新式，有快枪、盒子炮、手提机关枪等。村民平时都受有相当的军事训练，一旦土匪来袭击时，大家便紧闭四关，在城上和匪众抵抗。平时对于治安也十分注意，村门口有保卫团站着岗，对于陌生人进出，查问得很严，村内没有大商店，在离村三四里另外有一个市集，因此土匪要想暗地里潜伏进去，也是一件极不容易的事。

平乐村里面，有很整齐的街道，两旁夹植着绿树，树荫里建着住屋，那些房子都建筑得很高大，内部的陈设也很精美。平乐村在科举时代曾出过许多文人，因此和别的乡村不同，处处显着文雅的气象。村的中央，是第三区区公所的办公处，很像一个小衙门，村内发生了事情，都到这里来解决。因为村内的防范很周密，村民都有自治和自卫的能力，所以很少遭到土匪的抢劫。有好几次，洛阳城里遭到兵灾匪祸，有钱的人都逃到平乐村去，这无非因为平乐村武力的充实，有枪阶级的确是有些不敢去招惹。

村民的职业，大半都是种田为活，他们自耕自食，克勤克俭，很少游浪的人。除了农民以外，还有许多棉花商人；在平乐村大街上，普通的商店是绝无仅有，可是棉花打包厂却是特多。因为棉花是洛阳乡间很有名的农产，农民们每年收获以后，便都送到打包厂里去，卖给棉花商人，或是合伙运销到各大埠去。这些打包厂的内部，全堆着棉花，有的在称，有的在打包，打好包以后，就送到火车站，再由火车运销到郑州或汉口去。

村内的教育也很发达，全村居民七百余户，办了一所男子完全小学，和一所女子完全小学，男女都有均等的向学机会。除了这两所完全小学以外，还有一所区立的乡村师范学校，规模也很大，专门造就一般从事乡村教育的教师。在洛阳一般的乡村间，虽然都有小学的设立，但是师资很感缺乏。在以前，大半都以前清的老学究去充任，因此所办的学校，还脱不了私塾的雏形。近年来，乡民们对于这班老先生们也失了信仰，都从事改良，请乡师毕业的教师充任。

所以像这样的村庄，可以说在中国现阶段的农村中是少见的，他们富有"自卫""自治""自养""自教"的能力，和古时封建制度下的部落一样。洛阳乡间的大多数的农村，全和平乐村一般，这是因为这些农村还没有直接受到帝国主义经济侵略的影响，因此，只要年岁丰收，没有战争兵祸，人民们还能过得一时平安的生活。

洛阳的城内是古旧的，好像一个曾豪富过一时而现在已经衰落的破落户。而洛阳乡间，虽然也是保有着封建社会的古老形式，可是在古老中，还到处宣示着壮健的蓬勃气概。假如把洛阳城比作一个残病的老者，那么平乐村的确堪称是一位精神矍铄的老少年呢！

十　洛阳生活写真

在洛阳，新极的人们是住着洋房，坐着汽车。极旧的人们却还是穴居野处，营着原始人的生活。在这新与旧极度的差异中，我们来观察洛阳人民的生活，那么好像在读着一章人类生活的进化史。

我们试用综合的眼光，来分析洛阳一般人民的生活状况，可以概括的分为五种方式。

第一种便是政务人员的生活。这也可以说是洛阳最新最高贵的生活。在这种生活下过度着的人们，大部分都集中在西宫广场一带。他们都是政府机关里的要员，在西宫广场的绿树丛中，建着他们的住室。那房屋，是西式的建筑。住室的四周，全是一片草地，青草上点缀着各色的花卉，草地四周又遍植着浓绿的洋槐，好像一座花园，又好像一座别墅。那房屋饱满地承受着阳光，屋外的空气，终日是那样新鲜。在清晨，他们听着群鸟的鸣声，红日当窗，夹射着一丛丛树叶的碎影子，仿佛是在一幅幽美的图画中。太阳升高了，四周显得格外轻静明快，于是他们才起身，向屋外转上一个或大或小的圈子，然后吃了早点处理公务。一天虽然在这样似乎很忙的过去了，但晚来，却是一个更好的时光。太阳在林隙间慢慢儿下沉，平地上生出一阵淡淡的烟，把四周的树林子显得模糊疏淡起来。于是一群群的归鸟在林间呼噪起来，近边营房里传出一阵阵清脆的军号声。这时，心灵上会感着肃然的气概。一到夜里，住室的四周由模糊而变了黑暗，而室内却反而明亮起来了。这时如果从林子外面看进去，那么可以看见一颗颗细碎的光芒，从树叶间透射出来，夜是那么静静地，时时从窗隙里传出一阵阵的笑语声来。

如果是在夏夜，那就更有意思，林间受着一天烈日的熏蒸，此刻热气发散出来，室内确没有室外凉快，于是，坐个汽车，沿着西宫广场的大道上疾驶，好在西宫四周，全是大道，纵横交叉，路路可通，好像棋盘一盘，车子行来行去，总不会驶出西宫的范围以外去。

不过这种生活，是洛阳的最高级官员才能享受。至于普通下级的政务人员，生活也是和普通的人一样地忙，一样地劳苦。虽然生活在西宫的境域以内，至多只能在公务完毕时，沿着绿荫大道散散步，或是在林间的草地上坐着谈谈天。但能这样，总算也够称得上幸福了。这种可以说是洛阳乐园式的生活。

第二种便是交通工人和从业员的生活。洛阳是陇海铁路经过的一个大站，在那里建有规模极大的机厂，以及东西两个站台。于是，交通工人和铁路职员，在洛阳生活着的也很多。他们生活的大本营，一部分是集中在洛阳城北，一部分是集中在洛阳城西。他们在车站或机厂附近租着民房做住宅，每天依照着规定时间到办公处去办公，生活是随着机器和车轮很规律的动作着，划成一种很刻板的方式。在机厂里的放工号吼鸣以后，或是站台上换了班以后，这便是他们一天内自由生活开始的时间了。各人用了各种不同的方式，去追求各种不同的娱乐。工人们便是去喝酒，或是打牌，以消去他一天工作的劳苦，职员们大半是上运动场练习球戏，或是进城上街溜着玩去。遇到星期或假日，这是他们休息的日子，便结着几个伙伴，到洛阳附近的名胜古迹地带去游览一番。

这许多交通工人和铁路职员，大半都是异乡的客人，而有许多，都是刚从学校里出来的青年，因此，他们在异乡作客的生活中，显得格外活动。虽然洛阳的物质享乐是那样简陋，但是他们却随时要从苦中作乐。他们平日组织球队，去参加各种比赛，组织旅行队，去漫游各处的胜迹，生活的环境给他们是很枯寂的，但是他们却处处能冲破这枯寂的环境，而享受着内心充实的生活。这种生活，可以说是很有意义的进取生活。

第三种便是一般洛阳世家的生活，洛阳自来就是一个文物之邦，因此，在科举时代，洛阳是人才辈出，他们靠着读四书五经，从八股文中取得了一官半职，于是在当时就营起高堂大厦，过着舒适的生活。传至后世子孙，大家便永远只知贪安享乐，不想再求上进。自从科举废止以后，于是所有的世家，都渐渐变做破落户了。他们没有职业，不事生产，只是靠着祖上传下来的遗产度日，生活却是一向舒适惯了，一时改不过来，到最后，只有出于衰落贫困的一途。

在洛阳的南城到东城一带，尽是这些所谓世家集居的地方。在他们的大门上面，还依旧悬着"敕赐将军府""敕赐少宰府""文魁""武魁"的大匾额。这些旧牌子在这个时代是当不了钱用的，但是门口既挂了这种牌子，就表示他是一个世家，世家得有高堂大厦，因此他们的房屋依然是很高大的，公子哥儿们走出来，还要装个阔绰的模样；他们只要有些遗产可供挥霍，生活在暂时还是舒适的。祖宗们在显贵的时候曾替他们置下许多田地，这些田地都叫乡下的农民们种着，按年收租，生活如果不太花费，暂时还能过得去。因此，他们的生活基础却完全建筑在一般农民佃户的身上，他们不必种田，但有好的吃；他们不必做工，但有好的穿。景况较好一点的人家，每天就是吃喝，或是上街喝茶听书，再不然在家里养只鸟儿，以供消遣。晚上迟唾，早上晏起，是他们生活的一定方式。空闲时便是赌博吸烟，合在一起谈笑终日，把生活过得很悠闲。但若是已经流为破落户以后，那就很难再享清福了。衰落贫困以后，接着便是典屋卖房子，到最后流离死亡，生活便从此终结，这种生活，可以说是洛阳有闲阶级的一种堕落生活。

第四种便是洛阳农民的生活，在洛阳的农民之中，还可以分成两类：一类是自耕自给的农人，只要年岁好，田里的收获好，他们便可以度着简单的安乐生活。一类是自耕而不能自给的农人，他们一年辛苦到底，把大半的收入，完全去献给了他们的地主，债主。自身连最低限度的苦生活还过不下去。关于前一类的农人，便如平乐村的居民一般，他们都是自耕农，自己有田地，自己有牲畜，自己有人力，每年按时种麦种棉，麦子收起来供给一家的食粮，棉花收起来卖了做全年的零用，农闲时再帮人家去做点散工，或是自己经营一点副业，挣几个钱，便有一点积蓄，他们的生活当然很苦，但是却很快乐，所谓"出自己的汗，吃自己的饭，自己的事自己干"。他们的生活就是工作，工作就是为了生活，终年为着求生活的温饱而劳动着。

后一类的人，大半都是佃农，他们自己有田，但是已抵押给地主，每年要缴纳租粮，或是偿还债主的利息。因此他们辛劳了终年，从地主债主剥削余剩下来的，还不够一家人吃的。在洛阳乡间，这一类的佃农很多，他们所以会变成佃农，或是向人家借钱的缘故，大半是为了家庭里当了婚丧大事，一时筹不起现钱，便向富户去商借，把田权作抵。借钱的利息又重，四分钱和五分钱在洛阳乡间是极普通的借贷利息，而且这利息在借款付给时先行扣去的。例如借一百块钱，以一年为期，说明周息四分，那么债主在付给款项的时候，预先扣去四十元，那债户实际只得到六十元，可是在一年期满偿还时，便得十足还出一百元。在这种苛虐的条件之下，借了钱便很难于偿清，结果便只得把田权交给人家，自己做佃户。

关于洛阳的农田，有井田和非井田两种：所谓井田，便是在田边有井的，这井便是灌溉田亩用的，普通一口井，大约可以灌溉二十亩地；而一口井的开凿费，至少要在二百元以上，因为洛阳的土层很深，开凿不易。如果田边有了井，便可以藉着牲口的力量，汲水灌田。那井上的水车，也是洛阳所特有的，它的构造，是用两个大铁齿轮，一个平放着，一个竖放着，在竖着的轮上，套着一大串活动的木槽，这木槽直通到井里。那平放着的轮上有根木杆，汲水的时候，把牲口拴在木杆上，拉动平轮，转着圈子，那平轮便推动竖轮，竖轮一动，跟着那活动的木槽也上下循环的转动起来。转到井里，不断的汲满了水上来，到上面再自动的倾在水沟里，由水沟再通到田地去。像这样灌溉的方法，可以说是十分困难，因此井田的价值也格外高，每亩要在一二百元之间；但是井田的出息也很好，每年可以种麦子和棉花两熟。如果是"非井田"，那么完全只好听天由命，风调雨顺的年头，便可丰收，如果逢到旱年，便会颗粒无望。且"非井田"每年只能种一熟，种了麦便不能再种棉花，种了棉花便不能再种麦子，田价也比井田便宜得多，每亩只要四五十元。

所以在洛阳做一个农夫，生活是十分辛苦的，辛苦的结果还是不堪温饱，他们一年的生活费用还抵不到都市里一夕的盛筵，如果把两方面对比起来，的确是差得太远了。所以洛阳农夫的生活，是可以作为中原一带农民们一种艰苦辛劳的代表生活。

第五种，我们便要谈到洛阳最低落的穴居生活了。这种穴居生活，只要从陇海路一过汜水县向西去，沿途的山间，便到处建造着许多洞穴。在洛阳，大部分的穴居户都集中在北邙山下麓；此外在洛河沿岸的一片高原上，也有散居着的。在北邙山上，有好几个村庄全是穴居的，甚而至于把小学校也办在洞穴里，这些穴居人家住室的布置，形式大都是相同的。他们在一片高原上或是山上，在土层的旁边开着一个洞，上面据着高冈，前面临着平地，在平地上筑一堵土墙，这便是他们的外院。那洞口凿成一个门框的样子，上面也装着门，从洞口走进去，里面是低洼的一片土地，黑魆魆地，全是天然的泥土墙壁。那洞顶，前部较为高敞，越向后就越低，低到最后便与地面相接。比较讲究点的人家，在洞口也开着几个窗户，那洞的空间，大约有一间屋宽大，前面是放桌子和家用器具的地方，最后面便是一张土台做的床铺，白天里如果天晴的话，大家都坐在院子里，露天烧饭或是做活，晚上便走进洞里去住宿；如果是雨天，就只得终天在洞穴里，好在中原一带的雨量很稀，天是常常晴着的。所以他们尽管利用洞前的一片场地做他们工作的地方。那土层很是坚固，而性质非常胶黏，不论天晴或下雨都很干爽，不比江南的泥，一下雨就变泥浆，也不比山东一带的泥，经太阳一晒就会变成灰沙。尤其是在夏天，走进那洞穴里去，便会觉得寒气袭人，如同在一个冰窖里一般。

居住在那洞穴里的穴居民，大半都是贫困的农人和苦力，他们因为没有钱盖屋子，所以便用了自己的劳力，向土层里去挖出一座居室来，营着类乎原始人的生活。

以上是洛阳人民五种不同的生活方式，我们如果用另一种看法，来观察一下洛阳人民一般的生活状况，那么也有许多很值得记载的事情。

先说洛阳人的"食"。一般人以面粉为大宗的食料。做饭时把面粉做成包子，合着面糊汤一同吃。他们的菜蔬也有一种特殊的口味，喜欢加辣，加酸，和加异样的香料。普通农户人家，每天就是吃烙饼，放些咸菜和辣椒下饭。这种饭食携带起来很是方便，当他们去田间工作的时候，往往就把烙饼折成一大卷，放在口袋里，在工作以后，便在田间取食。吃米饭的也很多，因为在洛阳南面当伊水的两岸，全是产米的区域。可是只限于有钱的人家，并不普遍。而他们的吃米饭，却并不如南方一般的吃粳米，他们却是用糯米煮成饭，吃起来十分黏糊；至于吃粳米的也有，大都是异乡的居民。

洛阳人对于衣，并不讲究华丽，他们身上穿的，全是自家布机上织出来的，乡下人时常穿着青布大袄；城市居民至多也只穿着些较为美观的洋布，或是本国绸缎。外国的衣料在洛阳完全是无人过问，这因为洛阳人还没有沾染着近代奢靡的习性的缘故。

在洛阳城里，街道都比人家的房屋要低下几尺。因此一遇到雨天，人家屋檐上的雨水尽向街道上淌，无处宣泄，便把街道变成了一条小河，泥泞满街，行道不易。如果一到晴天，太阳一晒，街上的泥就变成干灰，若不幸而再刮起大风，那么便会黄尘蔽空，不见天日，室内室外，全都染上灰土，这种"大风起兮尘飞扬"的景象，不独洛阳为然，在中原各省含大陆性气候的城市，都是这样的。

末了，我们可以总结一句，洛阳的生活，是古老的，是保守的；如果一个过惯了都市生活的人，一旦到洛阳去住上几天，那么他定能感受着，他如同生活在一个荒古的梦中。

倪锡英著《洛阳》，中华书局1939年3月版

洛阳游记

倪锡英

一　中国的巴比伦

巴比伦是四千年前欧洲的一个古城，洛阳是三千年前中原的文化中心；一个挟着幼发拉的河的奔流，建树了古代欧洲的伟大史迹，一个挹着黄河洛水的精灵，开创了古代中华的文物纪元。这历史上的两个古城，在前后一千年间对立在东西两半球，各有一段光辉的历史。

时轮一转三四千年，巴比伦城已沦入百尺深土以下，只剩得些破碑断柱，还记忆着昔日的繁荣。洛阳城也已被近代的文明所摈斥，孤冷冷的撇在中原，无人过问！

所以，我们可说：洛阳是中国的巴比伦城，它们是同样的在历史上受过人们的颂扬而后来才冷落荒芜了的。

现在，我们开始来谈谈这中国的巴比伦——洛阳城：

在河南省西境，陇海路平行着黄河西进，穿过黄河大三角洲的一片平壤，便能看见古老的洛阳城，蹲在洛水之滨，因为它位在洛水北岸，所以便享有了"洛阳"的名称。

距今四千多年前，商汤王在洛水北岸上筑起了两座城市，一个叫"郏"，一个叫"鄏"，这便是古洛阳的前身。这古城又经过了六百多年，几历兵戎征战，到了周成王十四年，宰相周公旦大修洛阳城，一时便成了古时诸侯聚会的政治中心。那时周天子的京城是设在古长安，从周武王到周幽王又经过了三百多年，诸侯互相并吞，中原烽火连天，西方的犬戎大举进犯，占领了长安，周幽王也在乱火里烧死了。在这样国运系于一线的时候，平王便奉着先帝的神主文物，舍弃了古长安，东迁到洛阳。这事情离现在已二千七百余年，洛阳城便被历史家尊为古代文物发轫的古都。

从此以后，洛阳便变成了古代政治军事必争之地，它左右拥卫了成皋、函谷二关，前后环抱了伊、洛、瀍、涧诸水，南临嵩山，后顾大河，有这样一个稳定的形势，便使后世的帝王们，常常想在洛阳城阙建造他的帝都，从东周以下的八百四十余年间——东汉、曹魏、西晋、后魏、后唐——的许多帝王，都在洛阳城建了帝业，这可说是洛阳全盛的一页。

自从唐宋以后，中原的文化自黄河流域繁衍到长江和海滨一带，渐渐的洛阳便被一班帝王们忘记了。他们不再在洛阳筑起皇城，而把他们的金銮殿安到北京或南京去，于是洛阳的繁华大衰，当日的光荣大都被后来的帝王带到他们的新京里去了。

这样，悠悠的岁月流逝过去，洛阳城里大半的文物都埋入了百尺以下的泥土里去，那些昔日伟大的建筑，渐渐的和着风风雨雨同归物化，即使有留存着的，也只是些破坏不堪的骸骨。居民们也渐渐的离散；而尤其是连年的征战，兵燹的流毒把它形成更不堪的残废。

——洛阳已成了一个荒芜的废园，死去的城市，没有人再去理会它了。除了少数四万个土民，还依恋着他们的田园，照样执着犁耙在田间为自己工作而外。——

再过了一千年。在民国二十一年的一月二十八日，日本海军陆战队在上海天通庵路发出第一声枪响，接着忠勇的十九路军便开始了浴血的抗日斗争。当淞沪一带两军酣战的当儿，也正是中央政治舞台上的要人们最忙的时候。

记得那时，我正在南京励志社做事，天天看见在办事室的楼顶上，许多政治领袖成天成晚的集会，讨论怎样应付这个严重的局面。二十九日，半夜里忽然传出一个消息，说国民政府要迁都到洛阳去了，实行对日长期抵抗。过了一天的清早，接着看到了许多政治领袖发的皇皇电告，满纸上宣扬着"枕戈待旦""长期抵抗"的意旨，那时，首都各政务机关，都派了人到洛阳去找房子，励志社也立刻派了三个人前去。在这样紧张的空气之下，全国各报上用特号字登载了迁都洛阳的文电和启事。真大有西周末年，犬戎进迫到长安，平王扶着遗主东迁之概。再过些时候，南京各机关大门口，都已换了招牌，在原来的名称下面添上了"驻京办事处"几个字，这是表明首都的确搬走了，搬到一千多年来无人过问的洛阳去了。

于是，洛阳道上便充满了要人们的专车，洛阳城里也顿时呈现着活气，生活程度也骤然增加了好几倍，洛阳又从荒凉中热闹起来。

政府迁都后的第一件大事，便是在洛阳举行了一个国难会议。聚集了全国的英才，共商国是。会议的结果，决议了许多案件，政府表示"长期抵抗"，民众表示"愿为后盾"；在一片悲壮的呼声中，国难会议闭幕了。接着便是上海我军退守，政府和日本订立停战条约，在双方代表举起香槟酒共祝和平以后，日本便把上海的军队撤退，又调到东三省去攻打义勇军了。

于是，江南一带充满了和平景象，不再见旭日徽的飞机在空中翱翔，人心大定。政治领袖们忘怀不掉冷搁在洛阳的首都，于是在同年十二月一日，便重复搬回南京。同时便把洛阳定为行都。

洛阳总算热闹了十个月，又渐渐的冷落下去了。

二　前夜

一·二八以后，接着南京下关狮子山炮台和停泊长江的日本军舰开炮对击。这炮声震撼了全国，京城里起了大混乱，励志社立刻下解散令，我们的一些同伴，便在乱纷纷中各奔前程。我便重来到徐州。

记得四年前，我曾在徐州住过半年，到泰山和曲阜去玩了一趟。至今，那泰山绝顶的浴日奇景，还常常在我记忆里炫耀着。在去年十二月三十日，偕着璧（作者妻子徐植璧）一同到济南去；那时，山东中部一带正在大雪以后，车过泰安站时恰值黎明，一抹蓝天隐现着日光，在寒气侵袭中，我们拥着大氅在站台上闲步。抬头猛看见泰山，披戴着白雪的袈裟，背映着满天红光，好像"金镶玉嵌"的，十分庄严而又美丽。

从济南游罢大明湖归来，我们便常常想做西行的企图，那时第一个目的地便是古都汴梁——开封，再远一点便想至东周的旧城——洛阳，做一度观光。好几次，我们是和陇海路上的几个朋友约好了，但结果不是为了事，便是为了人，有时又为时间耽误，终未果行。

还有些时候，在朋友家里看到了几个洛阳新出土的"土俑"，有些骑着马的卫士，有些捧着笏的祭司，更使我们怀念着这古城巴比伦式的洛阳，想找一个机会，去实现我们中原探访古迹的夙梦。

机会毕竟来找着我们了。在今年六月初旬，中国社会教育社理事会来了一封信，要我们在最短期间到洛阳去实地调查，当光涛把这个信息告诉我们时，大家都乐得跳跃起来。在极忙中把各人的事务作一结束，准备着，只等六月五日来到，便动身出发。

那时，出发到洛阳去的全班人员，计有：光涛、增善、可染、汝熊、连我一共五位，在出发的前一日，我们把这西行的队伍检点了一下，在一个小组会议的一片谈笑声中，把各人的职务作了如下的编配：

　　　　总务——光涛

　　　　调查记录——增善、汝熊

　　　　构图——可染

　　　　摄影——我

很迅速的结束了这个会议。光涛简洁的作了两句结语：

"各人速速准备自己应用的东西，明天一早八点半钟集合。"

会后，陇海路上的李段长把两张二等六人乘坐的来回免票送来，票面上注明可前进至潼关，在沿途各大站有停留下车的便利，大家更欢乐的兴奋了一阵，才各自散去，整理行装。因为食住都不成问题，所以每人都只带了一件最简单的行李——一个手提包，放着一床绒毯，几件衣服，几件盥洗用品。此外便是一架摄影机，四打片子，还有几本预备在旅程中消遣的书。

前夜，天气很闷热，白漫漫的云，透露着阳光，天空中满布着水汽。晚间，到沧浪池洗了一个澡，乘着黑暗归来，天空里撒着雨点，一阵阵，渐渐的密集，终于倾盆，热气都逼入室内；我们的房子是西向的，日间受了半天的熏蒸，夜间热气发散出来，郁勃得难受，又加上成群结队的蚊虫侵入，在耳边嗡嗡扰动，只得闭上眼，落入半睡状态中，迷糊的做了许多洛阳的梦。

三　旅程开始

这是中华民国二十二年六月五日的一个清晨，很早很早，我们便起身了。昨夜不停的大雨此刻已经敛迹，空中的云，忙忙碌碌的向东推动，一忽儿白，一忽儿乌，把个雨后的早晨，点缀得一时光明，一时昏暗。

徐州城的初夏，是一个困人的季节，烈日照着大地，把淤黄河两岸的沙土晒得想浮动起来，大风一刮，满天飞腾，黄沉沉的一片，好像在大戈壁里。偶然经过一夜的雨水以后，眼前要光洁得多，精神上感着异样的爽快，好像在大暑天的正午饮了一杯冰淇淋。

陇海西行车是在上午十时三十五分启驶，璧替我理好行装，赶制了几件衬衣，吃过早餐，便齐集到办事室来。过了一会，可染提着一只大皮箱，从南关急急忙忙的赶来，因为还得赶制一面旗子，于是便在匆忙中，可染画，我写，在半小时内完成了。又把东西检点了一下，光涛已在隔室里发着总动员令了。

"快，要出发啦！已经十点一刻了！走吧！"

于是在一阵扰动中，五位旅客都提着行装，雇了街车向车站出发了。那时，天空中正飘着丝丝濛雨，树梢叶上被风吹动了洒出一片夜来的水渍，大气中微微传播着寒意，点缀着一个暂离的场面。在一扬手间，我们便和站在门口的送行者分别了。

西北的丛林间已传出一片汽笛的吼声，车子已从北站开向东站去，车夫会意着时间的局促，个个挺直腰杆，迈开脚步，向东站飞奔。

迅速间到了东站，急促的登上陇海月台，一位手执红绿旗的站长早在等着我们：

"请上吧！车快开了！我已替你们预备好了一个包房！"他谦抑的含着一个笑靥。

"谢谢！"大家同声地回答，接着在同一的步伐下，轻捷的跨上了车。在一个头等包房坐定以后，时表上的针，正指着十点三十五分。

"哆！哆！哆！哆！……"站台上清冽的发出一阵胡角的鸣声，接着站长手里的绿旗高扬起来，车头咆哮的吼鸣，车便蠕蠕的驶动着，当东站的房屋、行人、天桥，一样样的从我们窗口向后方退却时，我们的旅程便开始了。

车慢慢的驶出了津浦叉道，便打个弯向着正西进发，在极稳定中，穿过了几重白杨的行列。那里，在一片油绿中衬着几幢红瓦的洋房，好像西欧的一片牧野。

车已在北站停了下来，原来陇海路在徐州有两个站，一个是合着津浦路交叉点的叫东站，一个在北关外的称"铜山站"，又叫北站。因为交通上的方便，旅客都在东站上下，北站上显得很冷落，除了车到时有十几个站上的公务人员在蹀躞着。

戴着黑色眼镜的李段长早已守在站上，他轻捷的跳上车来，走到我们的房间里。大家照例寒暄了一阵，对于他的致送免票道了谢，接着便是坐下来促膝谈天。

车门口走过一位黑衣的稽查，李段长便扬声叫起来：

"劳先生！"

"噢！"那随车稽查折过身来，走进我们的房间里。

"你值班上洛阳吗？"

"是的！"

"这里是我的几位朋友，上洛阳去。"李段长把我们一一的介绍了。

"好吧！"他说着露个微笑转身便去了，他正在忙着检票。

李段长又谈了一些洛阳风物，介绍了几位洛阳站上的熟人，接着他又振起嗓子叫：

"老温儿！"

"有！"车门口闪出一个胖硕的影子，一位穿着蓝布路工制服的茶房便走进来打招呼。他是完全一个北方茶役的典型，挺着大肚皮，说着一口北平话。

——"这是温又才！——温生才的老弟。"李段长打趣的解释老温的名字出处。大家都陪了一个大笑。

接着他又吩咐老温：

"这里几位先生是到洛阳去的，你一路上好生照顾！"

"是！"

老温把剃得雪光的圆头颏点了一点，含着一个谦抑的笑脸退了出去。

站台上发出一声银角，押车夫的绿旗簸动着，车又蠕蠕的开行了。李段长便道个再见下车去了。

车一直向西驶，渐渐的加足速力，老温递进一壶茶来，大家又促着膝谈了一会。我和可染、增善便走出房门，在车窗口看野景。

现在，一幅动人的图画开始在窗外描绘起来。这几天正是农人收获的季节，铁路两旁的麦田里，男男女女都聚着，有的在割麦，有的在驾牲口车。女人和孩子们俯着头拾麦穗，可染指着几个拾穗者说：

"这是多么美的一幅图画啊！"

"真是米勒的《拾穗者》啊！"我说。

于是大家的谈资又集中到这位法国田园画家米勒的身上去。使我们联想到他的成名作品《晚钟》和《没水者》，大家都不胜为这位潦倒一生的大画家表着同情的叹息。米勒的画现在落到大腹贾的手里是论着"几十万法郎"做买卖的，可是在当日，这大画家是穷得连面包也没得吃的，颜料更没钱买，挨了饿，为了他自己的艺术殉难了。

可染又谈起他几位流落在沪滨挨饿的艺术朋友，不禁黯然。

车子在漫长的绿杨丛中飞驶着，田野间传出一阵清挹的气息，我们都倚着窗棂，托着腮，向目前流驶的绿荫出神。过了一会，车子在一个站台上停下来，这是过徐州后第一个小站——"郝寨"。——急促的停了一分钟，便又继续向西开行了。

从徐州西行，铁道的建筑很是美丽。原来陇海路的本身是"汴洛铁路"，从河南开封到洛阳，在光绪二十九年动工建造的，那时承造的是处在欧洲角上的一个小国，人家不甚重视的比利时驻华铁路公司。后来，到民国元年，汴洛路向东西两头延展出去，向东从开封接通黄海沿岸的海州，向西计划绕过六盘山直达甘肃的省城兰州。这横断中国延长一千五百余里的长线，仍由比利时承造，命名曰"陇海铁路"——因此沿线的建筑，含着西欧的气息。——青灰色的水磨砖墙，盖着一个暗红色的顶。墨绿色的大窗框上牵引着青色的树藤。周围密密而瘦长的洋槐环抱着，好像一所别墅。叫人看到了发出亲切之感。

看了一会风景，大家又回到房里坐下，靠在沙发上；因为昨夜我几乎熬了一个整夜没能安睡，此刻，随着车轮的律动，我第一个便落入了睡乡，在呼呼中，隐隐的听得他们正谈着天。

当我醒来时，车已停了。可染探着窗口，朗读站台上的牌子：

"杨楼！"

我便跳了起来走出房门，看见在另一条轨道上停着一列很长的车，有五六个车头拖带着。在每一辆机车上，都显明的写着"北宁"两个字。后面接连着有二十几节车厢。

一个疑问便发生了。"怎么北宁路上的车会驶到陇海路上来的呢？"我们便去问茶房老温。

"嘿嘿！"

老温惋惜似的轻笑了一声。

"这车辆是从北宁路上逃难过来的，已经在归德府搁了两夜，这些车头都是损坏了的。"

"那么车里坐的是东北难民吗？"我们问。

"难民哪里有这么讲究的车坐，还不是那些北宁的护路队吗。"老温说。

"笑话！北宁护路队怎么护到陇海路上来了呢？"

大家都同声的叹了一口气，接着对面的北宁列车便东驶了，后面附挂着许多头、二等车座，车厢里满满的装着一堆悠闲的军官们，还有些女人孩子们，喝着！笑着！依旧是及时行乐。东三省的烽火是早已给他们忘掉了的，他们护着自己的妻子儿女，金钱财产，悠悠然的进了山海关过升平日子了。这一群便是所谓北宁路的护路队。

我们再看那车时，有几处的玻璃都已粉碎了，车头的铁包皮上尽是窟窿，这可以想见当时日本飞机轰炸北宁车的惨状了。

北宁车出了月台，我们的车接着也就前驶在轰轰隆隆中，经过了黄口、李庄。大家的肚子里都感到空虚了。光涛摸着表，瞧了一眼，说：

"该吃饭了！"

于是便叫老温到前面餐车上去叫人来备饭，老温答应着，去了不多时，后面跟来了一个斗鸡眼的饭司务。我们点了菜，老温收拾东西，准备摆饭。

这时已近正午，窗外的天又像阴，又像晴，大气中好像有一束郁燎在燃烧，感到异样的气闷。一会儿，饭来了，大家都大嚼起来。平生第一次尝到了海州的大龙虾，味道不恶。

饭罢，车已在砀山站的月台边停着。砀山是个较大的站，停的时间比较久些，大家都想下车去透透气；光涛第一个跳下月台，口里呐喊着，好像诵着舞台上的台词：

"砀山！我的第二个故乡！"

因为他以前曾在此地做过事，旧地重来，好像投入了一个亲人的怀里，格外的感到真切可爱，他竟兴奋得忘形了。

砀山是一个著名的水果产区，尤其以"砀山梨"为最著名，可惜当我们路过的时候，离开梨落的季节还早三个月，否则少不了又可大嚼一顿。

天空里洒着细细的雨丝，渐渐的密了，我们只得回到车上去。大约停了半个钟头，又继续的前驶。

从砀山再过去是杨集，杨集是陇海路在江苏境内极西的一个小站。过了杨集，便是河南地界。因此当车子驶过杨集车站时，大家都在仔细的查看地图。

"看啊！这里有一条白色的分界线。"

我独自靠在窗口叫唤起来，实在，我是一个人太无聊了。

接着，可染和增善都奔出来，怀着一团信任，急促的问：

"在哪里！"

我忍不住笑了起来，他们知道受了我的骗，都陪着我笑了一阵。但仔细看看窗外，的确和江苏境内显然有些不同了。铁路两旁已没有成列的洋槐，田野里也呈着荒枯的景色。虽然在地面上没有一条分省的痕迹，但天然的景物却好像划了一根线条似的，完全改变了样子。

四　老温

老坐在车厢里，实在有些不耐烦，一靠上坐垫便想入睡，真是无聊。所以我和可染、增善，总不愿意坐在房间里纳闷，宁可挺着两条腿，站在车角落里谈天。

这一回，我们找到了茶房老温。

老温是个四十多岁的北平人，长于世故人情的，怀着一张"很有把握"似的脸，默然的靠在窗口伺候着。

"这是黄河吗？"

我们发现在正北有一条长堤，各人用望远镜侦查的结果是堤上还建着好几个村庄，堤再向北去，便看不见了，只露着一丛丛绿油油的树梢。于是大家都去请问老温。

"是的！"老温说。

"有水没有？"

"哪里还有水？这是只剩了一个河底啦！黄河水早已在几千年前跑掉了！"

老温说着，好像曾经看过黄河的水迁移过似的。

"你不看见那河底都长满了树，人家已经种了地吗？"

"噢！原来就是淤黄河！"

我们都恍然大悟。因为在徐州城南城北都围绕着淤黄河的故道的。

"这还不知是什么朝代，黄河就搬了家，反正这是神仙的事儿，咱们都管不着！"

老温又补充了这么一段。

谈着，笑着，车子已越过两个小站，前面已是商丘县了。

商丘县自古便是一个军事的要冲地带，从历史传说中，帝喾建都以后，历代相传，便成为征战斗争之地。

老温告诉我们，商丘县便是归德府。于是大家的记忆中便泛出一个归德之战的幻影来。

大概是民国十九年吧！老冯的军队曾和中央军在归德附郭恶战了一场，中央军的教导师全军覆没在冯军的地雷爆裂中。这回战争，在中国战史上造成了一个惨烈的记录，这样以中国人买了外国的枪炮杀中国人，同时靡费了许多财力和人力，不知到底为些什么？

"归德府都给打仗打穷了！"老温说。

的确，百姓们要求的只要不再发生战事，但那些带兵的官儿们，偏偏不这样想。因为一打仗，百姓虽然穷，官儿们的腰囊却肥满了。所以我们中国永远不会消弭战争，而归德府便更得穷下去。

大家昂首望着窗外，一群小贩们嘈杂的正在叫卖。车站的北面有一列荒凉的市屋，显得很衰落似的。

"这归德府从古便是个战争的地方呢！"老温说："记不清是哪一朝代的事，有个张巡爷曾经和贼兵在这里拼过死战！"

大家的记忆都回想到一千多年前，历史上唐将张巡死守睢阳城的一页：

——在唐朝末叶，玄宗皇帝爱着宠妃杨太真，整日夜在后宫里闹着唱《霓裳羽衣》，把国家的大事都交给了外戚宦官们。杨国忠以国舅兼握了相国的权威，于是天下大乱，外藩安禄山和史思明集了数十万众造反。把大唐天子从长安撵到四川省，杨贵妃在兵马倥偬中到马嵬坡自缢了；贼兵从洛阳开封一直向东推进。张巡合着许远、雷万春、南霁云等在睢阳城死守，贼兵铁桶似的围着几重。经过几个月的时光，睢阳城里绝了粮，吃尽了树皮草根以后，勇敢的张巡爷便把自己的爱妾杀了，给部下的将士们做饭吃。结果，在救兵还没有赶到以前，睢阳城便给贼兵攻破了。张巡、许远一行人等，都给贼兵用了极刑处死。睢阳城虽破，因为经过了几个月的相持，唐朝的大兵不久便把贼兵消灭了。江淮的半壁河山，都藉着张巡的拼死，赖以没遭贼兵的蹂躏。民众们在感激中都纪念着张巡，在各处都盖起庙来奉祀他，尤其是在江南一带，无论城镇或乡下，到处都有"张中丞"的庙屋，其势力超过佛殿以上。沿传千余年，江南各乡中，张巡爷依然是握着神的权威，受乡民的礼拜——

我们遥望着这曾经血战的古睢阳城，脑海里飘浮着一片英雄崇拜的憧憬，在车轮蠕动中，便和商丘站——大家称呼它"归德府"，历史上的睢阳城——分别了。

从商丘再西去，经过"小坝""柳河"两站，柳河也是军事重地，北伐军当年的一次柳河战争是很有声色的。那里著名的出产是木材，每年向陇海路沿线输出得很多。

从柳河再向西去，便是民权县。

"民权"是国民革命军奠定中国后的一个产儿，以前并没有这个县治。若要推究它的历史，那么它过去的名字叫"李坝集"，是属于睢县的一个村庄。在民国十七年，划了睢县和宁陵两县的地方，设立了"民权"县治，直接隶属于河南省政府。所以，睢县和宁陵是民权的父母县。民权是新近产生的一个时髦孩子。听说民权县也很穷，原因也是为了战争。

从民权越过了"野鸡岗"站，再过去便是内黄县。

当我们向窗外探望的时候，只看见一片荒地，疏疏落落地长着几根麦秆子，又小又瘦，可怜得好像一群乞儿；地面上满铺着一层灰白的土，远望去，真好像一个"稀毛癞痢"。有几个农夫正在困苦的工作着，再看，村庄上建着冷落的几幢住屋，庄前庄后尽罗列着许多坟墓，显然似一个死的世界。

于是我们又问老温：

"怎么这里的地都不长庄稼的呢？"

"地薄，有碱，怎么能长庄稼呢？"老温反诘。

"你说这地里有碱么？"我问。

"是啊！你不看见地上尽是白色的土么？老百姓们把泥土括下来，放在锅里一熬，便变成碱啦！"老温说。

"这倒也奇怪了！那么这里的碱，一定便宜得很啦！"

"碱便宜啦！又不能当粮食吃，这地方的老百姓才苦呢！"老温说，他一面摇了一摇头。

"这几年来，这一带的老百姓们都逃光啦！"老温含着兴奋的一张脸。"先前这地方的住户也是很富的，后来，连年的打仗，军队一到，把老百姓们的牲口都抢走了，男人家拉去当夫子，这么一来，把地都荒了！人都杀了！这地方就穷了！"

"那么后来呢？"

"后来在军事结束以后，老百姓们都落了一双空手回到家，房子毁了，牲口没了，家伙叫军队劈柴烧锅，地就没法儿种，也没钱买肥料，一来几个荒年，上面官厅里又加着重重的税，就使种了地的还不够完钱粮，哪里还来吃的呢？所以只得出外逃荒去了！"老温下了最后一个结论。

我们听完了老温的一段话，看看窗外那荒凉的一片地，不禁叹了一口气，默念着孔老夫子的一句话：——"苛政猛于虎！"——

五 狂风暴雨

一天没有透露过阳光，这时已快近六点钟，天色显得格外灰暗。窗外，田野中吹着呼呼地风，夹着丝丝的雨。

大家真有些倦了，因为从上车以后，大半的时候，是消磨于直立在车角头谈天。尤其是我和可染、增善三人，在房间里坐着的时间实在太少，所以这时候，也格外的觉得疲倦起来。

一走进房间，三个人互相偎依着，六只眼睛渐渐地失了神，随着车身的颠动，不知不觉中，各人都平稳的睡过去了。

忽然，在梦中，觉着大雨淋头，惊叫着醒来，房间里已经有老温来上了灯。——（陇海路的列车中，是照例没有电灯的，头、二等车每个房间里点着一盏铜美孚灯；三等车，在一辆车里挂了一只风灯，似明似灭的，好像一团鬼火。）——在黄暗色的光亮下，听得狂风掠着车身怒吼，暴雨已从铁丝窗的空隙中箭一般的飞射进来，于是大家都惊醒了。连忙关上玻璃窗，只看见窗外的树木，在雨中摇曳着好像一群披发的孩子，狼狈的弯着腰在挣扎。

车已在兰封站上停下了。

大家呆看着窗外的雨水，忘掉了疲倦，忘掉了饥饿，直到车子又冒着狂风驶动时，光涛便提议吃晚饭。

在火车上听雨是够有意思的，一片水响，把机轮的声音都冲散了，大家都好像犯了"重听"，对面讲话只看得嘴巴动，却听不出声音。淡淡的灯光浅照着，好像在做着梦。

茶房把菜饭递来，菜比中午吃的要丰富得多，龙虾片够嚼一个大饱。吃完了晚饭，天更黑了，室内便显得光亮些。窗外的雨也渐渐的息了声，谈笑又开始活跃起来。

光涛怀着一张酒红色的脸，开始演述他过去的生命史：他背诵着他小学时代的第一册课文，他重读五四运动时瞒着学校当局拍发的通电。他谈着人生，谈奋斗，于是大家又落入一个紧张的情境中去。

增善忽然哼着上海小曲，引得大家都笑起来，于是室内便转入一个欢笑的场面，光涛引着喉咙，歌唱着"大鼓书"。在一阵杂音交奏中，光涛突然停了声，好像一辆放足了马力突然刹止的汽车，他掏出裤袋内的时表，向大家打个照面。表上正指着十点钟。原来车子已经驶过了两个小站：一个"罗土"，一个"兴隆"。离开封只有一站路了。

"十点钟了，睡吧！"我提议。

"睡吧！"大家同声的应和着。

"可是……怎样睡法呢？"光涛一查人数有五位，卧铺只有四个。

"？""！"大家都讷然。

"一个人睡在地上好了！"可染说。

"谁愿意睡在地上呢"汝熊反诘。

"睡在地上也不合适，还是两人合睡一个铺，其余三人，一人一铺。"光涛说，他好像计算着一个算术题。

"那么谁愿意两人合睡一个铺位呢？"汝熊又非难的说。

这的确是一个很难解答的题目。我们盘算着，在我们五个人中，至少要有五分之一睡在地板上，或是五分之二合睡一个铺位，才能解决这个悬案。

"抽签吧！"我提议。

"赞成！"大家附议。

光涛照例经过了大家的谅解，让他一人睡一个下铺，因为他今天讲得太吃劲了。还留着三个铺位，四个人来分。

协议的结果，请可染写签码，签共四张，分两种写法，两张写"1"，两张写"2"，抽着"1"的独睡上铺，抽着"2"的合睡下铺。

可染在车的一角上秘密的写好了签码，揉成四个皱纸团，向桌子上一扔。

"欸！……"

大家用力的向桌上的纸团拈去，好像一群饿狼猛扑一只小羊。每人手里都拈了一个纸团。战战兢兢的，像赌徒掀开"摇宝"的盆盅似的，怀着一颗侥幸的心，把纸卷撕开来看。

"1！"我第一个得意洋洋的喊出来。

"1！"可染接着来个回响。

那就不用说了，汝熊和增善都得了"2"，是要两个人合睡在一个铺位上面。

于是大家便忙乱的收拾东西，把箱子里的毯子都取了出来，叫了老温，把两个上铺打开，我和可染将身向上一耸，上去了。俯首看着增善和汝熊俩，他们正在安排着怎样合理的拼睡，我们都笑起来了。

一年三百六十五天，天天睡惯了平稳的眠床，一旦换上卧铺，好像失了惯性似的，闭上眼睛总也睡不着。车子已经在开封停下来了，于是大家又活跃起来，我和可染在上层俯伏着，掀开了窗帘布，在窗隙里张望着开封站的一角。强明的煤汽灯的白光，耀耀地照射着，地上映着一个瘦长的列车的影。

可染是曾经来过开封的，他便大谈其开封的古迹和名胜。

开封是宋朝的京都"汴梁城"，汴梁在宋朝被称作东京。那时中国有两个京城的称谓"东京汴梁""西京长安"，正好像我们以前称呼"南京""北京"一样。北宋便建都在东京汴梁城，读过《水浒传》的人，定能想到在《水浒传》上描绘的东京是怎样的一个繁华地方！

"有大相国寺吗？"我问可染。

因为我记得在《水浒传》上，花和尚鲁智深曾经在大相国寺的菜园里和众泼皮打过架的。

"有的！"可染回答，"有趣极了！大相国寺好像上海的城隍庙，什么耍子都有。现在已经改名叫中山市场，把殿屋都改成了革命纪念馆；那完全是老冯干的。在大相国寺旁边，还有一所人民会场，大极咯！可以容纳好几万人呢！"

可染又讲：铁塔的建筑是如何的美丽，龙亭的式样是如何的壮伟。使我恋恋的眷念着这北宋的古都城，恨不得下车去过一宿。

车在开封停了有半个钟点以上，换了一个车头，然后又向西驶动了。

在一片白热的灯光下，我们又匆匆地离开了开封站。

老温进来掐暗了灯，把门带上，在若明若暗中，大家都静默了，随着车轮的律动，呼呼的寻着旅途的梦。

六　汜水日出

……

车轮机械的叫着轧轧，

鼾声幽然的节奏着，

大地无声息的转动，

黑色的天从暗灰中吐露着白雾。

宇宙在歌着神秘的一章诗；

梦魂,

挟着疲劳飞出了天外去。

……

这是一个车中的夜,睡得昏沉沉的人们,满室中吐着忧郁的气。也不知道已经越过几个站台,西进了多少路程,大家只是仰着脖子呼呼的睡。

车中的夜宿是够有意思的,规律的颤动,把铺位形成一只摇篮,好像重投入婴儿的梦中,落在母亲的怀抱里一样,感着异样温甜的滋味。

东方渐渐的吐着白色的光,大地奏着黎明的小曲。

"啊!……喔!……"我第一个醒了过来!腿上奇痒,铺位内怕都是臭虫,一夜来两腿上咬得尽是疙瘩!

灯光似乎显得更凄黄,敌不过窗外晨光的照耀,茕独得可怜!我偷偷的拉开头边的窗帘,从窗隙中向外窥探了一眼。

——啊!外面是多么可爱的一个境域啊!

"起来!外面是多么美丽的一个地方啊!"我高叫着。

可染第一个应声爬了起来,本能的掀开他头边的窗帘,他喊得更高声。

"多么好看啊!"

接着下铺的三位同伴,窸窸窣窣的动起来。汝熊揉着两只焦黄的眼,把房门打开了,大家都一哄的拥到车廊下。

这是一幅最美丽的图画,现在是呈露在我们的眼前;那里:赭色的土层峻峭的壁立着,接着灰白的天,像是用利斧劈过了的,连接不断。像上海的摩天大楼,一幢一幢,浴着滋润的雨色。

在土层的中间,便是深深的一个谷,满布着新绿的树,树梢上吐着白烟，好像八大山人的山水幅。

那时候，太阳还浸沉在云海里，东天泛起一片鱼白色，愈显得眼前的世界好像一个仙境，一个幽美的梦。

车已驶入一个土层的隧道中去了。两边尽是壁立的土山，机轮显得更嘈杂，加足力量在狂驶着，大家看得有些呆了。

不久，车已在前面的一个站台上停了下来。在红色的砖墙上画着一个白色方块，上面写着"汜水"两个字。大家都知道已经到了离黄河最近的汜水县了。

那汜水车站是矗立在路南，它完全是一座中国古式的建筑：红色的瓦覆着红色的墙，墙顶四周露着朱色的圆柱头，好像一座小宫殿。背面倚着壁立的土层，自然的打成了一个围墙，这是显然和东部的河南大不相同了。东部河南只是一个平旷的原野。从郑州向西来，地土受了黄河水的冲积，变成一个掺杂错综的形势。车站的式样也完全带着一般的古香气味，和昨天所看见的几乎要相差了一个时代。

原来这一般铁路的年纪要比河南东部的铁路大上十二年，所以一切的设备，都含着老式的色彩。

"看！黄河啊！"

汝熊架着望远镜，正在向北面探视。

"黄河！不错！"

老温交叉着两只手点点头。

于是，大家又舍弃了路南的车站，来看北面的黄河了。果然在离我们几里路的山间有一流白漫漫的水，浮荡在云间。

太阳的第一线光刺向大地，暄照上来了。满天都是红光，满地铺遍了金色。雨后初晴的汜水站两旁，格外显得妩媚，好像一个健美的少女，在清晨澡着"日光浴"。

前面土山的岗峦起伏中，阳光夹射着一面光亮，一面阴暗，衬托着远远的黄河。在白色的云雾中，可以看见水的泛光，好像一片碎银子。

"黄河远上白云间，

一片孤城万仞山！"

我歌着王之涣的诗，路旁的小贩踏着水渍在叫卖，大家都觉得有些饥饿了。

车在汜水站约莫停了五分钟，我急促的拉开镜箱在窗口向远处的河山照了一个相，车便向西驶去了。

从汜水站过去，两旁的景色更好看了。好看得入了神化之境，你能相信我这支笔实在是难于来描绘这种境地。你看！那两旁的山，峻峭的壁立着。太阳的光照射过来，发出一重威严的气息。

我们仰着首遥看那顶点，满山都是窟窿！

"这是什么洞啊？"我们问。

"人家的住屋啊！"一个扬旗夫回答。

于是，大家怀着惊奇，凝视着这些山间的居穴。那是一层一层的山，满布着一层一层的洞，从顶一直到山谷。远望去，好像一座大楼房。最奇妙的，在每层的洞顶上，都种着庄稼。

我们快乐得拍手，赞叹观止，好像一群疯了的孩子。

"看！那边有人在耕地呢！"可染指着一个正在流驶着的山谷间。

果然，那里有人在耕地，扶着一柄犁，一头黄牛拖带着。那个人好像一只蚂蚁，那头牛好像一只小虫，在微微的蠕动。

土穴前已照满了阳光，近处有许多人都荷着犁耙到田间去。谷间流露着一阵清挹之气。这真是一个天外的世界，世界外的天。我凝视着那山谷，那山谷里满布着的土穴，那土穴前麦田里悠闲工作着的农人，默念着《击壤之歌》：

"日出而作，

日入而息，

凿井而饮，

耕田而食，

帝力何有于我哉！"

"轰！……""轰！……"

机轮骤然爆炸似的加高了音度，含着震激性的刺入耳鼓；接着眼前忽然阴黑起来。那些土山，溪洞，人物，一切都消失了。原来车子已驶进一个山洞。大家默然的看着乌黑的窗外，失了神似的露着强笑。在黑洞中流驶了约莫两三分钟，渐渐地露出光亮来。最后便豁然开朗。眼前又复现着那些旧景。过了山洞的土山，更险恶得可爱，大家凝着神，一句话也不讲。

"轰！……"

接着又是一阵阴暗，车又驶进第二个山洞。

"好奇怪！又来一个山洞，真是趣儿！"我说。

"前边儿多着啦！一共要经过十一个山洞呢？"

一个扬旗夫插嘴，他是一口北平音。

"一共有十一个么？"

大家不禁咋舌了。

"好伟大的工程啊！"

前面的山势越来越险。车有时一面临着壁立的土山，一面俯视着峭崖的深谷，好像在一条栈道上行驶。有时两面都是百尺的峻崖。那些黄土层好像经过大铁铲切过似的；崖壁上挂着水痕，好像在一个稀湿的衙衕中驶过。在千般变化中，猛烈的穿过了十一个山洞，好像一群山羊逃出了恶狼的巢穴。车行渐渐地松缓起来，最后便在一个站上停下了。

七　李青田

"巩县"红色的墙上露着的白石灰方内写着。

这也是历史上一个很古老的城，它最早在夏朝，被称为"有洛国"。因为它的位置，恰好当着洛水从黄河衍支的地方。从汉代起，才有了巩县的名称。那地带离黄河很近，历年来受了水力的冲激，把地土积成一片沃野，闪耀着棕色的光的土山，山内围着一小片平原，人民是在山内过着部落生活。

车站正设在两个峭壁中间，停了车，能看到北面的土壁屹立着，那些壁脚上都安着门，门里开进去，便是天然的住室。

车停了约莫有十分钟，又向西驶动了。

现在，太阳已经升得很高，那金黄色的光，普照着大地，连幽暗的山谷中也蒙上一层光泽。泼了油似的绿树，在山间欣欣然的欢迎我们，洞水悠逸的流着，奏着玲琮的小曲。

从汜水西行，铁道的建筑完全是穿凿了山洞前去。从巩县再西去，全是打山头上架越。可以说，从汜水过来多山洞，巩县西去多桥梁，不过那些桥梁下面照例是没有水的，只是一片低原，若从车厢上向下望去，好像一个枯旱的深渊。那些渊中，有人家，有麦田，有树木，当火车在桥上驶过的时候，那一片低原上的人家都会急急忙忙的从他们的巢穴里奔出来，仰着头，注视着，好像看一架飞机在空中掠过。

现在，我们是在那些桥梁中最伟大的一座上驶过了，这便是陇海路全线有名的"五一公里铁桥"。你可以看见，那桥面是高悬在两个山头之间，纯钢炼制的四座桥桩，又瘦又长，支持着桥面，远望去好像无线电台的铁塔。当火车在上面驶过的时候，发出一阵鐾然的鸣声，山谷里传出一片回响，好像集合了万种乐器，合奏着一支惊人的交响曲。

车行的速率渐渐的迂缓，小心翼翼地从桥面上驶去，我们探首窗外去，只看见轮底下数十尺深的地面在流动，想象中，好像一架飞机快要着陆时一样的感觉。

车驶过了五一公里铁桥，到达了对面的一个土山头时，远远的望见在一脉高原的顶线，露着一座工厂的影子，几个并立着的烟囱，正在迷糊的冒着黑烟。

"咦！怎样前面有一所工厂呵！"

我惊奇的问。因为在一路上来，我们所看到的穴居野处的情形，真梦想不到会有一个工厂出现的。

"不错！那是一个兵工厂！"老温回答。

"兵工厂！"我有些不明白，"这是个什么去处呢？"

"这是巩县兵工厂，是当初吴佩孚造的。"老温怀着得意的神色，"除了东三省沈阳兵工厂和汉阳兵工厂以外，这个兵工厂也算有名儿的。"

于是大家都注视着前面那一片黑色的厂屋，铁道向西南拐着弯，渐渐的那兵工厂的影是显然了。一片红色的建筑，雄伟的矗立在铁道的右面。不多一会，车子在一个站台上停下来，那兵工厂恰好位在站台正北的数百步外，另外接着一条分轨，可以直达到厂屋门前。

这个站台的名字叫"孝义"。

车停了以后我们问老温：

"这里要停多少时候？"

"得半个钟点吧！"老温说，"因为这里是一个较重要的站，车头要驶到兵工厂前去装煤，耽搁的时候多一点！"

于是我们都想活动活动。当光涛说着"咱们下去溜溜吧！"以后，大家都争先恐后的从车上爬下去，好像一群出笼的鸟。的确，从昨天上午十点三十分上了车，到现在至少也有二十小时了。我们是等于困居在一间狭窄的牢里，要不是人多热闹，真要闷出病来了。

现在，我们是跳跃着，登上了孝义站台上，一夜来闷住在心口的宿气，此刻都在阳光中吐尽了。

我们从站屋旁边，转向后面去，爬到一个土墩上，细看那兵工厂的形势。

在土墙边，我们碰到了一位有趣的老头儿。

他戴着一个麦秆织的凉帽儿，阔阔的帽檐，向上反卷着，好像渭水滨钓鱼的姜太公。他是一个六十多年纪的乡佬典型，长着清秀的一撮白须，身上穿着一件藏青色的大马褂，钉着古式的大铜胡桃扣，一条大黑布裤，裤脚是扎着的。潇洒的立在站台后的土墙边，东张西望，独自个在出神。

"嗨！老先生！你是这孝义地方人吗？"光涛先去搭讪他。

"是的！我就是孝义村上人。"那老儿打着一口河南土话，质实而沉重的口气，一个字也不含糊。

"你一定是当村上的村长咯！"光涛开着玩笑说。

"不是！"那老儿笑了一笑，露出一口残缺的牙，他好像是有些被人恭维错了的不好意思，"我哪儿配当村长呢？"

"我看你的样儿真像一个村长，你要不是个村长也定是个村上的老先生。"光涛说。

"岂敢！"老儿滑稽的笑了一笑。

大家看过了目前那座兵工厂的伟大的形影，都转过脸来，集中在那位老头儿身上去，于是那位老儿几乎被我们包围住了。他也怪高兴的，一路从土墙边渐渐的走向月台前面。

"你识字吗"光涛问。

"识字！"老儿回答。

看他的样子便是文质彬彬的，好像一个满腹文章的乡下佬儿。

"你贵姓？"

"李！——木子李！"老儿解释着：他用食指在手堂上画了一个李字。

"大名？"

"是问我的名字叫啥吗？"

"是啊！"

于是，他把左手的大衫袖撩起，在那皱瘪的臂面上，露出三个青紫色的刺花的字。

"噢！原来你叫李青田，好一个文雅的名儿！"光涛说。

"孝义村离这儿有多远？"光涛接着问。

"三里地。"

"你做什么生意呢？"光涛谈得入味了，索性调查他的家世职业来。

"你说我做个啥事？我也不做生意，年纪老啦！每天出来溜达溜达，看看站台上有没有差事，要是有客人下来，便去帮个小忙。"李老儿说。

"你家里还有儿子吗？"

"有！四个！"李老儿伸出四个手指，含着很得意的神色。

"全福！有孩子了吗？"光涛问。他真也像一个有年纪人似的，和他叙起家常来了。我们都出神的站在一边笑。

"都娶了媳妇，养了儿子啦！"

"老太太还在吗？"

"还在一起！"他怀着一张神秘的笑脸。

"儿媳妇多了，家庭很难处啊！"光涛说。

"那倒还好！不过现在的女孩子不比从前了。都会说懒做，我每天一清早起来，她们还是躺着。我便拿着漱口水在院子里高声打'格格'，这么一来，把她们都弄醒了，不好意思再躺着，一个个便起来了。"他说了一大篇，接着是他滑稽的笑。

站台上立着的闲人，和车上探着首的兵士，听得都笑了起来。李老儿越说越高兴，他扯起两个袖口，眉毛向额际一扬。他又继续的说了：

"我的儿子在兵工厂里做活，那厂真大呢！都是造的新式快枪，可了不得！"

他一面说，一面指着那北面的厂屋。

"当初吴司令来到河南，他就住在兵工厂里了。吴司令真好！真爱老百姓。没有事儿，他便打兵工厂里出来，一个卫兵也不带，溜达到咱们孝义村上来。一点也没有当官儿的架势，看见咱们老百姓，便扯着谈起天来。"李老儿谈出了神，把多年前的些许旧事都重提起来。

"你说的哪个吴司令？就是吴佩孚吗？"

"不错！吴司令，吴子玉司令！"他是含着一团忠诚的信仰的神色，解释了再三。他又开谈了：

"当初吴司令被革命军围困住了，东面起汜水、巩县，西面起黑石关一带，都叫革命军占去了。吴司令便整天镇守在兵工厂里不动。外面的敌兵也不敢进逼过来。这样困了有一个月，外面没有救兵到，于是他就把队伍解散了，每人发他们遣散费。自己带了卫队，向北边退去。老百姓的东西一点也不许动。——吴司令真是个英雄！"李老儿好像中了疯狂似的，追叙着过去的往事。

"这兵工厂造了几年啦？"光涛问。

"亦有十几年了吧！可记不甚清白。反正这儿是个军事要地，所以当年吴司令便在这儿造了一个大兵工厂。你看这一带的山，敌人是不轻易攻得进的！"李老儿说。

我们随着李老儿指点着的四周看去，尽是一脉崇山，生得确是险恶。

八　孝义村

孝义站古老式的房屋前，配照着一位古老的李青田，从他口里演述着一页一页古老的旧事。我们对于这古香古色的河南，发生了异样的趣味。尤其是对于目前那位指手画脚的李老儿。

他问我们从哪里来的，我们回说是从江苏来的，他又要问光涛的名字，光涛检了一张名片递给他，他眯着眼朗读了一遍。

"原来府上是江苏徐州。江苏真是个好地方啊！"他赞美的说。

"还不是彼此一样！"光涛回说。

"这里去徐州很远啦！有二千里地！"李老儿说。

光涛偶然想起在旧剧中有一出"孝义村"的故事，他便请问：

"这孝义村是怎么得名的？"

"你说这孝义村吗？那可说来话长呢。这孝义村是个有名的古村啊！

"这是当东汉的时候，皇帝在洛阳坐朝廷。这一带的村庄都是京城的地。那时，这村上有兄弟三个：老大叫田真，老二叫田广，老三叫田庆，他们三口子勤勤恳恳，在庄子上起了一份大产业，后来这兄弟三个，因为一有钱，便渐渐的疏远了。各人又都娶了媳妇，听了自家媳妇的话，不免闹起小意见来。不是老大说'这份家私是他一手挣的'，便是老二说'有这些田地全是他的力量'。你争我夺，家庭里闹得不安稳起来。于是老大田真说：'我们把这一份产业分了吧！看大家均分了谁再有话说？'那老二老三是巴不得老大说声分家。于是大家便都应承了，把田地房产，都分为三股，老大老二老三各人得了一份儿没有话说。

"这田家屋前，祖上传下来长的一棵紫荆树，高高的枝叶，荫遮着宅子，这兄弟三个便想了，好大的一棵紫荆树，分给谁呢？

"老大田真说：'应该属于我，因为我是长子！'那田广、田庆哪里肯答应呢？同声的说：'那怎么使得！这是祖宗传下来的，大家有份儿，哪能给你一个人独占了去？'

"于是兄弟三个吵闹不休。

"没有法儿想咯！于是田真说：'不争了罢！把树砍下来，分作三份儿均分！'那老二老三当然答应了，当晚议定了，说明在明天一清早起来斫伐，称了斤量公分。

"谁知，怪咯！一到明天清早，本来那棵长得绿油油的紫荆树忽然枯死了，好像用火烧过一样的焦黑，再也没有从前那么长得好看了。那兄弟三人各执了一把斧，走到树下来一看，不禁大吃一惊，原来树已不等到他们去斫伐，便自己枯死了。于是感动了那位老大田真，他丢下斧头抱着树干哭起来，对两位兄弟说：'这树本来是一个根上长的，听说我们要把它斫做三段，所以它便枯死啦！现在我们整天闹着分家，我们不是本来从一个爹娘传下来的同胞手足吗？现在要一分三家，那我们这辈子简直不及一棵树了。'于是那小兄弟俩听了老大的说话，也都感伤得哭出来，大家扔掉斧头一同拜在树根上说：'我们对不起爹娘祖宗，我们不分家了。'

"谁知，更怪咯！当他们弟兄三人说完这句话时，那紫荆树便应声的繁荣起来了，仍旧长着满枝碧绿的叶，开着煊红的花。

"兄弟三个从此便不再闹了，把所有的田地房产都合了起来，这一家子又像从前一样的和睦起来，而且格外亲爱。那老大田真后来做了大官，一时义声传遍了天下，大家都赞扬他们，都替这个村起名为'孝义'村！"

李老儿说了一大篇故事，大家对于这孝义村的由来，怀着十分的趣味。这老儿在我们看来真好像童话里的一个丑角。

"我说，以前这儿没有修铁路的时候，你们有事要上开封和洛阳，该怎么走啊？"光涛问。

"那时候吗？这里都是些连连的山路，没有洞的。人要上开封，便得骑了牲口去。那些大官儿们坐轿，或是骑马。这前面的一带山上都是驿道，那些过路人们都骑着马在驿道上溜，要跑得快些，便在马背上加上一鞭，那马儿便个使劲儿跑腿了，真威武啊！"李老儿说着，把两腿跨开，做了一个坐马势，右手向旁扬着鞭，左手提在胸前，好像握了一根缰绳似的，把身体不停的上下摆动，一面嘴里还在说：

"要快走便多打几鞭，马儿便跑得快了！"

他的身体格外摆动得快，两眼直视着前面。

"要慢些溜，只要放松了缰口，溜达！溜达！"

他正大得其劲，大约他以前也曾骑着马儿在驿道上溜过的。我们对着这一位可爱的老头儿只是笑，看他兀自摆着像骑马架势在摆动。光涛提议替他摄影留个纪念。他同意了便退到一根电杆木旁边，润一润胡子，整一整反边的帽，跨着坐马势扬起鞭，勒着缰，我连忙拉出镜箱，对了光。光涛在他旁边笑着任导演，车头已发出一阵急促的催唤声。

快门一扳动，这位精神健壮含着幽默趣味的李老儿的影，便收入我们的镜头中了。照完照相，他便问："什么时候能看？"光涛对他说："等我们到了江苏洗好了再寄给你。"于是他便说寄到孝义村×××店号转交李青田收。

我们点头匆促的和这位李老先生分别了。

"再见！"我们同声的说。

"再见！"李老儿含笑的送了我们一阵。

于是我们便重新踏上火车，李老儿抹下他的那一顶阔边麦秆帽，双手一拱，我们对他扬手，车便急促的驶出了月台，孝义站的影子渐渐模糊了，李老儿的影子便在模糊中消失了去。他大约是正在一步一步托着大阔边帽迂缓的回到孝义村去了。

九 洛阳

大家不能忘怀于李老儿，虽然车子已和孝义站离得远了，各人的脑海中常常盘桓着这个老儿的影子。

光涛把刚才在孝义站上和李老儿谈天的一回事，出口成章的作成了一副章回小说体的对语：

"吴子玉被困孝义村

李老儿车站说风情"

老温又进来了，他替我们打了洗脸水，大家都杂乱无章的洗了脸，因为很早的起身又在孝义站上耽搁了一大会，这时候肚子里饿得咕噜的叫起来，光涛第一个忍不住闹着要吃早饭，于是餐车上又走来那位斗鸡侍者，他替我们煮了五碗麦片粥，端过车里来，只听得刀子在盘上打响一会儿，大家都已吃个精光。

窗外的阳光更显亮，大地怀着温煦的气息。吃饱了的我们，好像加足了油的机器似的又活跃起来了。可染踏上卧铺把一只大皮箱打开，取出一把胡琴来。

这么一来，光涛的嗓子立刻便痒起来了，他等不得可染和上弦，已经张着嗓门调起音来。

可染的京胡是得了名师传授的，他的岳父是海上很有名的评剧家，他自幼得着他的教导，把一架京胡的确拉得很够味，光涛常常称赞他，说他好像一根钢丝，好像一个下霜的晨天，发出一片金铁的声音。

现在，琴调和着车声，嗓音跟着琴调，在一间小室内爆炸出来了。光涛第一支唱了《打鼓骂曹》，这是他唯一的拿手好戏，大家都应声喝彩，把车里的那些侍役和护路队，都吸引到我们门口。于是他们两人，一拉一唱，愈加来劲儿了。

这正是短短的一刹那，车已到了黑石关。我们正在奇怪这车为什么竟驶得这样快，怎样一会儿工夫已驶了一站路程？

老温说：

"从孝义到黑石关只十一里地，所以一刻儿便到啦！在先前，本来孝义是不设站的，后来因为那里安了一个兵工厂，才添设了一个站。"

我们看着车窗外的黑石关站，望着这个名字实在有些生畏。据说黑石关的天险，只要有一队人守着，敌人是不容易轻易攻进来的，这是李老儿在孝义告诉我们的话。现在再和目前的事实来作个对证，的确不错；那黑石关南面临着水，北面倚着山，形势确是险要。

从黑石关站过去，这时，大约已经在早上八点多。从昨天起程到现在足足已近二十点钟，我们好像一群关在笼内的小鸟，渐渐的感到无聊，由无聊而憎厌这个漫长的旅程。

无聊的时候只有探窗外望是比较顶有意思的，我们三个老搭档——可染、增善和我——又站在北窗前了，正在站得有些不耐烦，老温又过来了。

"到洛阳还有多少路？"我问。

"只八十多里地，还有三站路就到啦！"老温伸出三个手指头。

"车今天晚上一直开潼关么？"

"不，在洛阳歇了，隔一天，后天再开回去。要到潼关去的话，明天早上七点多有车。"老温说。

"这路程真够受的了！足足坐了二十个钟点，还没有看见洛阳的影子。"

"前面不快到洛河桥了么？"

"到洛河了么，这就是通洛阳的洛河不是？"

"怎么不是，看！来了！"老温指着窗外说。

大家探首向窗外看去，车头已经驶上了桥的东端，渐渐的发出"空隆"的回声，好像闪雷作响！由远及近，车已在倒悬着的铁架中穿过去了。向下望去，洛河的水不十分大，但却很清冽，有几只小船正在荡漾着，河的两岸是一片大平原，土山高岗是已绝了迹的。这景色竟有点像江南的运河涯，含着一种讨人欢喜的气息。

从洛河桥西驶，车子在一片大平原间狂奔过去，两旁都是果树林，望过去一片青葱，农夫们正在果田中工作，有的在锄草，有的在浇水。他们完全用井水来灌田，所以在这棵果树到那棵果树间，都有小的沟渠连系着两亩田，连接的中间都有大沟道，分划得很整齐。在那些果树丛中间，也能看到许多麦田，田里有一群群的男男女女都在收麦子。随处都能看见绿树围绕着的村庄，一个大土围子，茅屋顶上正在飘着炊烟，已是早膳的时候了。前面已到了偃师。

偃师在历史上是帝喾建都的西亳国，商汤和盘庚也在这里建立朝廷，统治他们的臣民。当商朝最末代的君王商纣昏乱的时候，周武王从西北起兵讨伐，进迫到西亳，把暴虐的商纣赶掉了。当他建立了周朝的天下，便在那里解散了他的部下，偃旗息兵的回到新都洛阳去，因此那古西亳地便被改称为"偃师"了。

在偃师县，历史传说中有许多有名的事迹。那里，城南四十里地有一座猴民山，山顶上有一间石屋，石屋前有一个放鹤池，相传当周灵王的太子和他的师傅周浮邱公同游于伊洛之浦，到猴民山吹笛，在七月七日的晚上，当月亮在星群中露着蛾眉脸时，他便坐着鹤升天去了。此外，迂拙的伯夷、叔齐兄弟俩因为义不食周粟，而逃亡出去，采薇充饥终于饿死了的首阳山，便在东站的北面。还有那商朝一代的名相伊尹，当他在田间受了商汤王三次的礼聘，帮助商汤王讨伐夏桀，统治着天下以后，他曾在那里握着一代的威权，后来死了，便葬在偃师站的西面。那汉初反对刘邦的志士田横，自杀后葬身之地，便在伊尹墓的旁边。这些古迹虽然已成了过去，但我们知道偃师县确实也是历史上的一个名地，恨不得中途跳下车，去探访那些古国里的英雄的遗迹。

火车在偃师站停了有半个钟点，接着便向西驶动了。我们一路迎着田野的风，同声的歌起《马赛尔斯》，这曲调和车轮的訇訇，一同广布到两旁的麦田里去，农夫农妇们都停下他们的镰刀，悠闲的目送着我们西去。

"到义井铺啦！先生！收拾东西吧。"老温说。

"就到洛阳了吗？"

"是！过去只三十里地就到啦！"老温说。

"我们在东站下还是在西站下？"

"你们上哪儿！"老温说。

"中原文化馆。"

"中原文化馆？……"老温好像不熟悉的作一个拉长的疑

问口气，因为中原文化馆在洛阳还不到半年的历史。

"周公庙的中原文化馆！"汝熊说。他是记得大白来信封套印着的地址！

"唔！周公庙！在城西，西站下比较近些；但是那儿荒凉雇不到车，还是在东站下吧！下了车坐洋车穿城西去便到啦！"老温作了一度打算。

"穿城玩儿也好！就在东站下吧！"光涛说。

当火车在义井铺站小停了一会西驶时，我们便手忙脚乱的收拾东西，准备结束这个二十余小时的旅程。每个人的脑海中都在想象着洛阳，洛阳究竟是一个什么形象，再隔半点钟便能看个明白了。

老温进来帮我们收拾东西，光涛递给他五块钱的小账，他诚恳的道了一声"谢谢！"。

当大小不等的五只箱子列着队安置在一角以后，我们是无心再闷在车厢里了，因为眼看得洛阳便要到了，大家都走到车梢头上去站着看野景。

现在，洛阳东郊的景物，开始一幕一幕的在我们眼前展开了。那南面和铁道并行着的一行绿树，便是洛水，在洛水西岸一片平坦无际的原野上，远远近近的罗列着许多村庄，奇特的，那些麦田里，都高竖着碑墙，路旁圮颓了的石刻，地馒头式的土冢，好像天空里稀疏的星点，东西错杂的在田边隆起，这些都是古洛阳的过去的迹象，现在已荒芜的睡倒了。

大气静寂得像死一样，懒懒的阳光无力的照着那眼前的陈旧的迹象，我们好像走进了一个古老的死国。

车轮尽在轨道上打滚急促的前进，渐渐的，西头显现出一个城市的黑影，越行越近，火车慢慢儿缓，终于驶进了外扬旗了。

"洛阳"我们同声的叫起来！我们已到了洛阳东站。

"下吧！"光涛最性急。

"有搬脚夫吗？来一个。"可染提着他的箱——一只大号的手提皮箱——他有些提不动了。

"有！"老温说，"来一个人儿搬东西！"他对着月台上一个穿青布衣服的小工说。

接着便有一个工人上车来，他很文雅的接着我们手里的东西。这情景只有陇海路上有，在津浦、京沪路上，车还没有到站便有一群脚夫上来抢搬东西，好像强盗般的，有些地方甚而至于在未到站前的一个小站上，他们便跑上车来了。最可恶的要算津浦轮渡上，你若以前没有经历过，第一次带了行李渡江，当你到达江岸时，一定会大吃一惊，那些脚夫们跟着轮船渡了江，在刚靠岸时，大家都一无动作，这时旅客们要叫他们取，他们也回说："等一会！"只等那岸上的铁路警察把哨子一吹，于是岸上舱内守候着的脚夫，大吼一声，一齐杀向前来，把旅客的行李像饿狼夺食似的抢着就走，背到了地方要需索两毛三毛。在洛阳我们非但没有看见上来抢行李的脚夫，就是当他把我们四五只皮箱背到车站门口，我们赏他一毛钱时，他还恭敬的道了一声谢。

"洛阳真是一个礼仪之邦！"可染说。

十　中原文化馆

洛阳的车站是一个光绪年间的旧式建筑，房子很低小，进出口处有宪兵站着，当光涛到站长室去找史站长给他一封信后，我们便从站门向南出去。

第一眼看到的洛阳，虽然没有意想的那么好，但是也并不失望。那车站的外面是一块大广场，广场的南面便是一路市街，高矮错杂的房屋，客店的门面上装饰了似通非通的白地黑字文句，这光景好像在什么义侠小说里描写的中原旧式都市差不多。场上尽是黑泥巴，长得约莫有五寸深，我们踮着足趾走前十几步，没有再向前进，只得停下来了。

"车吧！" "车吧！"一群洋车夫争嚷着兜生意。那边靠着一列洋车，车上都架着一个长布篷，好像小摊上用的遮阳布，从车后一直挡到拉杠上，连拉车的也能遮着阴影。

"周公庙——中原文化馆几个钱？"

"四毛。"

"少一点行不行？"

"你说几个钱？"

"一毛！"

"太少了！至少给两毛才去！"

"就两毛吧！"我们都是一群生客，不知周公庙究竟有多远！

广场上的人们都惊奇的看我们，我们的一列洋车，便从广场穿过，向南面的一条小巷子里进去。

昨夜一晚上的雨，把这古洛阳的市街弄成稀烂一片，黏糊的满铺着一层黑色的泥浆。当一列车轮驶过时，地面上不断的好像怕痒似的发出吱吱的叫声，木板上尽是污泥。

车夫们挺直了腿胫，战战兢兢的在这污泥大街上滑过，车行得很慢，街道两旁有几家中世纪式的客店，木格的窗棂上，梅红的纸条是已退了色的。店堂里掌柜们，住家的，路上的行人，当我们一列车驶过时，一个个向我们注视着，从头上看到脚上，他们的眼色好像在说："又是一群什么人物来啦！……"其实从国民政府迁都洛阳一年以后，洛阳的人们的确已经享了不少的眼福。他们看见了一九三三式的摩托卡，新时代的政府领袖，这些会使他们回想着皇帝圣明天子一类的故事，他们多引为无上的光荣。

黑泥浆路绵续的亘亘不断，车子折向西去，走上了一条荒凉的路，于是洛阳古城的巍然的城堞便在目前了。那城墙上显明的描着大字的"味精"广告，表示洛阳人的口味也已染上了摩登味道。我们已在洛阳城北的路上驶过，两边污泥地里有几个蓬首垢身的老头儿和老妇人——爱罗先珂所说的"夜之国的国王"——他们叩首拦路，有几个还随着车奔上来，伸出一双乌黑的焦黄的手："大爷！给我一个钱吧！"

走过那荒凉的路的尽头，车又折向南去，于是那崇高的北城门的外郭，我们看见了。在城墙上建着一座古式的城楼，傲然的突立着。当我们快要经过那外门时，在那城门洞口站着两排兵丁，严肃的托着枪向我们注视着，他们并没有要检查，这大约看我们像五个什么机关里面的公务人员的缘故。

洛阳的每个城门都有两重，建造得很雄伟美观，进了城以后的街道，比较整齐一点，商店也渐渐的繁盛起来，也有许多玻璃橱窗和洋式的门面了。在那些房子的门楗上，贴着时髦的"共赴国难""勿忘国耻"等红色横幅，这或许是国民政府迁都洛阳以后的政绩，但同时也能看见和那些横标语并贴着的"姜太公在此百无禁忌"的小条子。这真是一个有趣的谜。

从洛阳北门进去的那条街，名叫北门街，从北门街直向南去，我们已到了城市的中心点，在那里有楼房，大玻璃的橱窗，每家店门口花花绿绿的悬着过街布牌，那一路可说是洛阳的"十里洋场"，确是热闹，几家洋货铺子里面，留声机器正在唱着不景气的歌。

车子又折向西去了，一直循着街市驶出了西门。

西门外是一条广阔的汽车大道，很是荒凉，远远的前面围着一带北邙山，荒野间散落着坟墓。这情景真有点像《古时十九首》上的"出郭门直望，遥见丘与墓"。我们好像走进了一个荒古的梦中去了。

"前面就是周公庙吧！"在荒凉的大道旁有一片庙舍横列着。

"不错！那是周公庙！"一个车夫回答。

车已从汽车路转入路南的一堵土墙缺口，过了土墙，那周公庙的房舍，更看得清楚了。

我们越过一个荒凉的园地，从一条土径到了周公庙侧门。

中原文化馆，是考试院的副院长钮永建发起筹办的，当国府迁都洛阳时，考试院借周公庙的房子办公，后来考试院搬走以后，就把这里成立中原文化馆。馆长是中国社会教育社的社员陈大白君，他仅仅只找了一位助手，在这古洛阳城西干那复兴中原文化的伟大工作。当我们在徐州出发以前，大白君曾有一封很长的信寄给总社，申述他半年来办理的经过和古洛阳的如何值得一般教育界人们去注意。

"找陈大白先生！"光涛对侧门边的一位门岗说。

"请进去！"那警士说。他领间扣着考试院的领章，一手托着短统马枪。

我们这一群便进去了。路上便遇到了一位南方口音的勤务，当我们说明了来意时，他便领我们到后面一列房子的正中一间接待室里坐下来了。他自己去请大白。

隔了一会，大白来了。他戴着眼镜迎着一副笑脸，一口南通话：

"好极了！"他是想不到我们这样快就到了洛阳的。当我们从徐州动身前，也没有先写信通知他，现在，他是真出乎意料，来了这一群不速之客。

大家寒暄了一阵，商议怎样到白马寺去。

"现在是几点钟了？"经过了车上一宿的我们，好像一群隔世的陌路人，忘记了时间，昏懂懂的，好像走进了梦里。

大白到隔壁办公室里去看了一眼，回来告诉大家。

"已经十点多了！"他说，"今天在这里休息一个下午，车上的生活是很疲劳的。明天早上再出发到白马寺去，在那里耽搁一天回来。"

"最好是今天下午便去，在白马寺住夜，明天上午再看半天，便回来！"光涛是个急先锋。

"这样的行程太累了吧！"大白说，"从此地到白马寺有二十五里路程呢。"

"干脆的一鼓作气干去，出门总是累的。"光涛说。

"睡觉也怕不方便吧！"大白说。

"那不要紧，在白马寺里胡乱找个地方睡下好了！好在天气热，地上也过得夜。"光涛说。他越来越急，大有非下午去不可之势。

大家也都同意于下午出发，因为在晚间，可以去看白马寺的夜色，在中原的古旧村落中去住一宿，也是很够味儿的。于是在一席谈话间，我们决定了先在中原文化馆吃饭，饭后雇车直趋白马寺。

在客屋里坐着，尽谈些噜苏话，平凡的语声好像催眠曲，旅程的疲乏把四肢都化成酥软，各人的眼皮，又涩又重，渐渐的眯成两根细线，脖子向着桌面瞌睡下去。

"出去随便看看吧！"大白说。

我们都应声起立，把五只皮箱交给勤务安置到后面房里去了。然后跟着大白，重新走出东边的侧门去。

门外是一个荒芜了的园地，现在正在修葺整治，路的两旁遍植雏菊，发出清香。当我们穿过一条漫长的路向南去，走进一重圆形的墙圈，里面便是一个很大的院落，有许多房屋正在修理中。在北面一所殿宇的墙上，用猪血红写着："墙下有地雷，行人止步！"大家都止步了，不敢再向前去。

大白笑了起来说："不相干的，现在已经没有地雷了。这还是从前驻扎军队时安放的。"

大家在院子里绕了一个圈子，脚底下踏着荒草瓦砖飒飒作响，大白指着那一带快要修好的房子说："这里是预备将来开办民众学校的，这些都是周公庙的旧屋，这里是配祀朱夫子等的祠！"

走出了院子以后，前面有一座二尺多高四面围绕的短墙，墙边满植着花草，我们疑是一座花坛，大白说："那是一个地室，要人们避飞机的地室！"

我和可染便抢上一步，走到矮墙边，中间有一条向下的石级，约莫有二丈多深，我们走下去，便看见里面是一块四方的黄色土地，在左右有两座屋，拱状的墙门，走进去好像一个土窟，一个穹窿的土顶，顶上有一个小圆洞，直达地面上层。大白等也下来了，他指着那顶上的小洞说："这是窥探敌军飞机的小孔。假使敌机来袭击，要人们便躲到这里面来。"

我们心想要人们真保重生命，从南京迁都到洛阳，还要挖起地窖避飞机，想起那一·二八战役里成千成万的老百姓，在敌军的飞机轰炸中惨然的死去，他们怎样会想到逃到洛阳来挖地窖呢？

从地窖里出来，重见到阳光普照的天空。大白领着我们越过一个荒园，直向东去，在一重土墙边打弯，走进另一个大院落去。那里的房屋也在修理中，荒芜了的庙舍，呈着复兴的气息。大白告诉我们说是城隍庙的遗址，现在预备改建民众工艺班，也是属于中原文化馆的一部分事业。

从旧城隍庙出来，重复回到中原文化馆。走到周公庙的西面去，在围墙里面是一片园地，满种着青菜，有几个工人正在蹲着工作。大家走到西墙边，一件新奇的东西给大家发现了。可染急促的说："那是一个什么玩意儿啊！"大家循着他指的目的物看去，前面有交衔的两个圆形齿轮。大白说："这是中原一带农家特有的井车，好笨重的家伙。"

大家麋集到井畔去，那井的近形便显然了。它的构造有些近乎现世的机械工程，原动力是一个平盖在上面的铁质齿轮，直径约莫有五尺，这齿轮上有一根木棒，用人力或兽力去转动上面的轮，在侧面有一个同样竖着的轮，轮的彼端拖着百多只木槽，当顶轮推动时，侧轮便交衔着转动起来，百多只木槽便从上面直下井中汲水，周而复始，转动不息，木槽里便源源的流出水来，灌到水沟里去。这方法有点像江南的牛挽水车，不过牛车的水源是河，此地的水源是井，牛车平斜轻便，井车笨重迂缓。

我们这一行连大白在内共是六个人，在光涛"试试看"的一声动员令下，大家都倒栽着上体，去推动这座木车。于是轮间发出咭咭的咬牙声，木槽吱吱喳喳的向下转动。当我们走了五六个回合，手里越来越沉重，几乎推不动时，便看见木槽里吐出水来灌入沟内，分流到菜畦间去。

大家都累了一身大汗，真是一具好笨重的家伙！

从菜园里走侧门回到中原文化馆，我们一行各自分散了，可染、增善和我三人，一同到周公庙的内部去作一个详细的观察，因为刚才听大白说，周公庙的旧址本来已破坏不堪，最近由考试院花四万元修理费重新整治，才把前前后后粉饰得焕然一新。我们走过几个花坛，转过殿角，眼前便是一座雄伟的大殿屋，那新髹了油漆的玻璃长窗，显示着它们是新近显贵了的。走到殿的正面,抬头看见一方金字的匾额,额上的题着"定鼎堂"三个大字,屋顶上绿色的琉璃瓦,炫耀着阳光,檐角上尽绘着工细的图案花纹。堂前是一块水泥广场,场的左右竖着两块石碑,字迹已经模糊了。

这定鼎堂是从前周公旦和周武王打下了商朝的天下以后,武王在洛阳造起王城,便把全国的山川形势铸成九只大鼎,同时把许多王族分封做各地的诸侯王,这些鼎有大小轻重之别,都是周公旦一手规定的,所以定鼎在古时是建立一个新国的隆重仪式。这些都是永远留给后世的帝王们的传家之宝,后世的帝王们是要努力的去守好先王的帝业,把这些鼎保存起来,直要到他们的国家灭了,这些鼎便做了另一朝帝王们的战利品。

我们走进定鼎堂,四壁上发出一阵幽郁的石灰气息,正中有一座彩绘神台,上面空空的一无所有,东西配着两座较小的神台,台上都是极精细的五彩图案,合围的四根朱漆大柱,支撑着屋顶,西边壁上正靠着一张长梯,装修还没有完全工竣。听一位工人说,中间空着的神台上,戴院长还要塑起一座周公的圣像。我们听了真赞叹不止。神权势力的流毒,将永远在我们这一班子子孙孙的血液中流传下去。

定鼎堂的前面有一棵古树,样子很奇特,好像两条虬龙探着首,顶间挂着一条铁链,链上系着一口大铁钟,树前有一块碑记,字迹已经很模糊了。大概是记载着关于这棵古树的史迹。我们看见一个当差的走过来。

"这棵树有多大年纪啦!"

"很古啦!"

"是什么朝代的东西?"

"那可说不来啦!只知道这是一棵很古的树!"

我们不得要领。可染摄了一个影便走到外面去,经过一座平坛，到了文化馆的正门。

门外也是一片水泥广场，在场的南端蹲着一对绿色的石狮，张着血红的口，西面有一座建筑得很美的楼阁，正南是一座朱色的照壁，中间配着一块绿色的图案浮雕，色调很匀，雕工也很细致。中国古代的匠人艺术是很高明的，可惜大半都给时势湮没了。

——"吃饭咯！先生！"勤务在门口叫唤。

我们便重进周公庙，一直走到最后的一座屋，大白、光涛等已经坐着老等了。洛阳饭菜的口味还不恶，在席间我们又认识了两位浙江人，考试院驻洛办事处的职员。

十一　到白马寺去

"到白马寺去！"

中原文化馆门口停着六辆洋车，六个车夫伺候着，我们一行六人——加进了大白——带了行李箱笼从洛阳城西登车。时候已是下午二点多，太阳的光焰炙得热，早晨路上的污泥浆已起了干皱，六辆车开始在一条古老的街上奔驰。

"白马寺在哪儿？"

"在城东二十里地，从这儿去有二十五里。"我的车夫回答。他是在六个车夫中最壮健的一个，车拉得很稳，又快捷，像江南人家雇的包车夫。

现在我们开始在洛阳城西转到城南大街上了，路的两旁尽是些古老得有年纪的屋！当我们折到向东的一条街上，驶进一个巷门，两旁的人家门口，不断的流过"敕赐将军府""敕赐少宰府""文魁""武魁"的大牌子。大白在车内扬声说："这里是洛阳的文化区，科举时代中了甲的都在这里住！"

洛阳的古式房子真是一个新奇的玩艺！你看在每座住家屋门前，一定有一个凉棚从门口突出来，用木柱排列着，远望去好像一列深邃的走廊，那些房子是比街道高出数尺，用大块的石卵砌成台基，从屋子里走到街上，中间有一座半桥，桥下有道路的泄水沟，看上去好像江南人家的水码头。假使你向屋内作一探视，那么第一眼在那屋檐上会看见无数的金字匾额，有些是表扬着功名，有些是祝颂人家的寿辰，哪家的匾多，便算哪家的门楣顶阔气。我曾看见有一家正中挂着"文魁"的，连续的一排有八块匾额，这种表扬世家的方式真有点像台湾的生番，在屋前悬着骷髅来炫耀自家的威武一样。

所谓世家的屋内，大门上都贴着梅红泥金字对，联句大都是很美的诗，进了大门便是一条宽阔的衖弄里向外有个小照壁，壁的四边是砖瓦浮雕，中门一定是个红色草写的"福"字。从照壁转弯便是一个庭院，客屋在进门靠弄的一面，再进去是二重门，门内便是三面院屋，这是当作宿室和厨房的。

这样过了南门，车便向东北转，在所谓文化区的古老街道尽头，巍然的突立着一座楼阁，在它的顶上已给炮火去了一半，正有点像刘半农所赞扬的江阴的大钢笔尖，这座楼台的建筑很壮美，窗和门都是拱状形，台壁很高大，在下面套着一个小城门。在道左几十步地，有一幢庙屋，屋顶上的琉璃瓦正在太阳下耀着光，车夫告诉我们那就是文庙，这挺立着的便是魁星阁，我们抬头看那阁上的字，正中刻着"步接三台"四个字。

从魁星阁再东去，驶出一重巷门，眼前现出一座破落的大寺院，我们正看得出神。

"啪！"好像一声手枪响，"吡！……"大家不禁吃了一吓！

"坏咯！"拉光涛的那个车夫懊丧万分的停下车来，原来是他的车胆爆裂了。于是我们这一行车辆都搁浅，停在一边。那个车夫是个瘦黄的老儿，矮小的身躯，嘴上盖着两撇焦黄的鼠须，他是吸老海的，所以在一行中他的车拉得最慢，跟不上大家而气喘得可怜。

"怎么办呢？"光涛焦躁着下了车，我们细看那辆车已经有了年纪了，车胎上尽是胶皮疙瘩，大概这位车夫有了钱尽去吸他的"老海"，从没有注意去修理他的车，因此不幸驶出城门二里地，半途上便出了岔子。

"到白马寺远着呢！还有二十里路程！"另一个车夫说。

"那么另外去雇一辆车来，给你两毛钱吸'老海'去！"大白对那毁车的车夫说。

另外雇车很麻烦，要到城南大街上才有车。那车夫接了钱，把车停在一边，自己独个儿循原路折回去，我们落了这个空，便走到前面那个大寺院里去。

在没转入大寺的一个巷门角上，有一所小殿屋。门口有"宋太祖庙"四个金字，我和可染便从那低小的庙门里进去，想一探寻这位篡位君主庙内的究竟。走进去是一个小小的破院落，正中是三间宽阔的殿，有几个生得很可憎的人聚在屋角里，鬼鬼祟祟的不知在干什么。看见我们进去都惊奇的站起来，殿内正中有一个神龛，四面都用泥壁砌盖着，只中间留一个尺大的小方孔，我们不知是什么玩意儿。

"这是宋太祖的庙吗？"可染问。

"是的，那里边不是宋太祖的像吗？"一个狰狞汉子指着土神龛内说。

我们向那尺大的小方孔里一张，里面果然是一个泥像，满面被着尘土，只有一个白皙的面孔还能看得清楚。

"这儿立了宋太祖的庙干啥的？"我学着洛阳土语问。

"这咱可不知道，连这庙是哪年修的，咱们亦不清楚了。"一个汉子回答。

我们真有些不解，赵匡胤是在陈桥驿兵变，把龙袍加身，篡取后周君主的王位，建立了宋朝；陈桥驿是在开封附近，洛阳人不知和赵匡胤在当年有些什么缘，后世居然也立个庙去祀奉他。

从太祖庙出来，向北踏着一片瓦砾，步入东大寺，过西首的外门，走到二重山门，在山门前是一条河，现在已干得连一滴水也没有，尽是倾圮的碎砖烂瓦；隔河对着山门是一座戏台，依旧支持着一个破坏的骨干；那山门的式样完全像南京最新的宫殿式建筑，白石做基，红砖砌墙，栋梁间雕刻着彩色花纹，坚固而美观。左右矗立着两座钟鼓楼，鼓已不知去向，大铁钟还孑然的悬在楼头。

从山门进去，便是一座空壳的殿屋，照寺院的方式来配置，这一座应该是天王殿，可是现在是四壁空空的，四大天王早已不知何处去。再进去，便是一片广场，左右都是断垣残壁，中间是一座大雄宝殿，有个乡下人和一个小沙弥，正在殿屋里歇着。

我们走进大殿，那殿的建筑很宏伟，比周公庙还要伟大得多，中间安放了一个和这殿屋不相称的小菩萨，菩萨前面有一张雕龙香案，一副大的铁烛台。除了梁头上挂着的重重金字匾额，此外一点什么也没有。我们在四周转了一圈，四壁是青石雕琢的罗汉台，中间有一张莲花座，也是用大块的青石雕镂成的。现在这些座上的三世佛和十八尊罗汉也已失踪了。

我和可染凄然的抚摸着那青石莲台，那种雕刻是很名贵的，我们禁不住动问那个小沙弥。

"这殿怎么会毁得这般模样呢？"

"……？"小沙弥摇摇头。

"你说这寺是叫谁毁掉的？"

"不知道！我一来到这里早就毁了的。"小沙弥回答。他长着一张瘦黄的脸，后天不足的一个弱小的身躯，令人想起《水浒传》上"瓦官寺"里的喝稀饭的和尚们。

"要说这寺，已经毁了十几年啦！"那个乡下人插嘴。

"十几年啦！这样坚固的房子怎么会毁的呢？"我问。

"怎么不会毁呢？那时老冯的队伍驻扎在这里，他是吃洋教不信佛法的，下个命令拆庙，把这里的许多佛像都毁了，房子拆下来合围的木柱都当柴火烧锅，留下的几间房子还没有拆，后来他的队伍便开走了。"乡下人说。

"现在这里面还有和尚吗？"可染问。

"只一个小和尚和一个老师父在这里守着。想当年东大寺兴盛的时候，每天有成百个师父吃饭，好算是洛阳城里的一个大去处，后来老冯的军队一到，把这班和尚们都赶走了。"

"老冯这个人好不好？"光涛问。

"那可说不来啦！咱们小百姓怎么能论当官儿的短长呢？老冯的队伍很有纪律，能吃得苦，老冯自己也不像一个当官儿的，穿的老布褂儿，和咱们老百姓一样，没有一点架子，可是他一到哪里便把庙宇神像都打毁，洛阳城里的几个大庙全叫老冯的队伍毁了的，一开拔时又要征上许多牲口大车，反正他们是当官儿的，咱们是老百姓，当官儿的要什么咱们还能不给吗？"那乡下人说了一大套，他正是一个中原农民的典型，对于国家社会地方长官，是抱着"不识不知，顺帝之则"的顺民思想。

"里面去看看！"可染提议。

于是我们在一片瓦砾中，穿过一个圆圈墙洞，那个小沙弥也来了，转过大雄宝殿，后面广阔的一片都是没有屋顶梁柱的断壁，好像经了火灾似的，却找不出火毁的迹象。我们走到西边一间没有拆毁的小屋边，门口有一个麦草堆，那小沙弥睁着一双圆落落的小眼，尽向我们望。

"你的师父呢？"

"出门去啦！"

"你到这儿有几年了？"

"五六年啦！"

"寺里还有多少地？"

"从前有二十多顷，现在只十八亩地了。只够咱师弟俩一年的粮食！"小沙弥回答，他的脸容有些凄然。

——"先生，上车啦！"——前面一个车夫的叫喊声。

我们急急的走出了东大寺，那个吸"老海"的老头儿已经另外找了一个车夫，大家便登上车，在淡淡的阳光反照中，我们凄迷的望着东大寺的一片黑影，怅惘的登上泥灰满积的白马寺道上去。

现在，眼前是一片荒芜的平原，田野间砖碑石碣，星棋罗列着。我们的车从一条比农田低洼的泥道上驶过去，在两旁的土层中，可以看见许多砖瓦的碎积层。据大白说：洛阳城东一带，是古洛阳的宫城遗址，也可说是洛阳的古迹区，可是现在大半的文化，都已没入泥土层中了，只有那些竖立着的碑石还表露着封建社会的残废力量，在风风雨雨里消磨。

驶不尽的泥灰的路，太阳从背脊上透露着白迷迷的光，十二个胶皮轮不停的滚，洒出一阵阵轻烟似的黄尘，地势渐渐向上，车夫的额上流着热汗淋淋，前面已到了一个小村庄，我们一行便在一家茶铺的凉棚下歇了。

"歇吧！"一个中年的乡妇招呼我们，她从一张竹节太师椅里站了起来。

"有茶喝么？"一个车夫问。他们是气喘得难受，一个个都是熏红了两颊，流着热汗。

"有面糊浆喝，肚子饿，也有粽子吃。"那个中年的女店主回答。

"来几碗喝的吧！"车夫们齐声说，他们都在凉棚下一边歇了。女店主忙着进屋里去，接着送出一碗碗的汤浆来。

可染托着一碗，呷了几口，递到我面前，我接着呷了一口，嘴里说不来的有一股异味，我皱着眉谢绝了。可染在一边喝完了，他说这汤浆味儿真不错。再看那一簇车夫，他们正在撑开了两条腿狂饮。

中原一带的茶铺子，照例是设在一条官大道旁边，一个比街路稍高的土坡子上，坡子四角柱着木棒，搭成一个架子，架上堆些树叶枝，遮蔽阳光，在中间安放着一块大青石，四面排着几块小石，大青石上放着茶具碗盏，一些粗制点心，一个妇人侍候着；因为男人都要到田间工作去，留着女人看家兼营这茶铺的副业；名字虽是茶铺，实际只有面汤浆，他们很少喝"茶叶茶"的。在江南一带有茶叶的叫茶，没有茶叶的叫汤，在中原只要是饮料都叫茶，这正和江南人说饭是单指白米饭，而北方人说饭是指米、面及一切食料都称作饭一样。至于茶客大半是过路客商，或是田间工作的农夫，当他们路过或工作的余暇间，坐上青石台，来碗面汤浆，一解他旅途或田间的劳苦，在他们是引为无上舒适的一件事。

车夫们每个灌下了两三碗，在他们脸上罩着一重悠闲的气色，好像已忘掉了刚才的疲劳。大白递出一个大铜板会了茶账，大家又重行登上车去，这回好像加了油，六辆车开始在一片原野上奔驰起来，我的车骤然的从最后抄到头一位，飞上了一条高冈上去，路旁的田间，农夫们正在刈着麦，都用着惊奇的眼色注视着我们。

前面去是一条很高的堤，左边是田野，右边离堤数丈深，也是一片麦田，靠着堤是一个村落，油绿色的树枝，从堤根昂起头来，在那树间可以看见一幢幢的房子，从堤上看下去，好像坐着飞机在低空飞行，那些麦田房屋院落，都在车轮底下转动。

"这是个什么堤？"我问。

"洛河堤！你看！南面横着的便是洛河！"我的车夫回答。

我转脸向南面望去，果然在那一片低洼的麦田的尽头，有一列绿树，中间衬着一泓浅水，从东北横亘到西南去。

从洛河堤向东去，堤势更陡险，堤身离下面有四五丈深，在很仄狭的一顶石桥上过去；那一条真有些像栈道，俯首下望，是一片村落，靠堤都是土穴，我们正在土穴的顶上驶过。

看厌了两旁呆板的风景，听够了车身吱吱的声音，一阵阵的黄尘迎面吹来，懒洋洋的，大家都倒着头昏昏的睡入梦境。

醒来时车已折向北行，太阳也已悬在西天的一角上，我们穿过一座旱桥，从陇海路的下面，再迤向东去。

"离白马寺还有多远？"我问。

"三里地！马上就到啦！"车夫回答。

我们又在官大道上驶了一阵，正东路的尽头现出一个大土地城子，土城的北面露着一座方形的塔尖。

再隔了一会看到塔的全形，在塔的北边有一片黄灰色的大殿屋，在太阳光里静悄悄的站着。

"白马寺到了！"

"白马寺到了！"

"到了！哈哈！"

我们在一阵兴奋中到了白马寺山门。

十二　大法和尚

白马寺的山门是三个拱门的古式建筑，门口蹲着两只青石狮子，暗灰的墙上露着红色的砖壁，门额上有一方模糊的砖匾，写着"白马寺"三个字。在山门的左右墙角，东西新建着两座炮楼。走进山门，循着一条石板路北去，两旁有许多泥作工人爬在屋顶上盖瓦，有一个老先生模样的人，站在旁边监工，被我们一阵嘈杂的步伐声惊动了，他谦逊的迎了上来。

"韩先生！"大白突然的招呼他。

"噢！陈先生！"那老儿对大白细认了一下，然后喊出来。

原来大白和这位韩老先生在以前已见过几面，他们已是熟人。那韩老先生是此地白马寺村上的一个老辈先生，他读得四书五经，但也懂得国家大势和革命新法。他头戴着一顶暗黄的旧草帽，架一副"老祖母式的"折节眼镜，青布大褂上罩着一件黑色单马褂，足蹬一双竹布袜；一个瘦小的脸，撇着几根疏落的胡须。他正受了住持的委托，在监造白马寺山门内新建的两幢房屋。大白将我们一一的介绍了。

"这屋子盖了做什么的？"光涛问。

"这是林主席拨了款叫盖的。"韩老先生回答，"这东西两幢屋，先盖好了做办事的地方，以后还要修盖殿宇。"

"到里面请坐，喝碗茶，歇歇！"韩老先生殷勤的招待着，领着我们向里面去。

那东西两座新屋的正中是一座门庙，里面黑黢黢的，朝南有一个弥勒佛，它满身蒙着灰土，好像一个烧窑工人，乌黑无光的脸上含着一个"皆大欢喜"的笑容。在它的两旁，四大天王分边高踞着，它们的脸容雕塑得极好。后面便是一尊韦驮，拄着一根金节棒，好像一个出院的伤兵模样，周身的服饰已经残缺得不堪。

我们静悄悄的，怀着一个恐怖与严肃的想念。眼前的一切，好像是一个四五百年前的梦境，又好像走进了一个古冢的地室里去，接触着阴暗与尘土挟着潮湿的窒息味道。

走出门庙，从东边一个短墙的拱门进去，里面又是一个大院落。殿宇都破落得不堪，满院子里长着芜杂的草，我和可染两个，开始离开了他们自由的到各处去探求。

那院落里正中是一座观音殿，东西有两个边房，观音殿有几个木作工人，正在凿着斧锥，在"叮当响"，我们先向西边的配房走去。

这一个发现把可染的意兴提得十分高，在西边配房里，我们看见一列佛像雕塑得很是入神，尤其是每一个佛像的脸部，都各有他不同的表情，深刻的表出了一种雕塑艺术的美。那些佛像的脸，都是白色，不用其他鲜明的颜色来点缀，好像一张素描，露着深刻的曲线。比较起从画片上看见的云南昆明竹节寺的罗汉塑像，实在是有同样的工绩。

我们跃跃欲试的拉开镜箱，想把这些佛像留一个影，但是室内的光线太暗了。

"明天早上照吧！"可染说，"我想里面大殿上一定还有塑得好的佛像。"

于是我们便更进一个院落，正中的大殿上竖着一块破旧的匾，剥落的朱漆面上露着"大雄宝殿"四个字。

殿屋支着一个破烂的架子，没有门窗，两边原有的窗洞用一列短木条钉着，正中的门，是用些高粱和泥土堵塞起来，留着一个小门框，刚好容得一个人的出入。殿前有个平台，台前竖着一块石碑。碑上的字迹已很模糊，连它自己也不能告诉人家站着是干些什么的。

我们从那小门框里走进去。

眼前显赫的站着两尊伟大的塑像。

左面的一个，白脸，御着盔衣盔甲，左手托着一把戟，右手的指头已经掉了，在前身腹部上用一根大木棒支撑着，好像经不起长久支持，要跌倒下去似的。

右面的一个，酒红色的脸扬着眉毛，脸部那些肉好像在颤动，也御着战衣，它的两个手已经断了，留着一个剥落的残痕，看上去，好像一个断臂的勇士。

这两个战士的造像，简直使我们看呆了。在我们过去所经过的各个古寺里，是从没有看到这样生动的塑像的。它非但脸部的曲线塑得好，就是衣褶服式，都有特殊的风格，设色也很统一而调和，这些作品怕都出诸数百年前的名家之手。中国近代的艺术，完全是直接抄袭，或是间接模仿欧西各国的一些皮毛，对于自己固有的伟大艺术作品，却尽埋没在尘灰或土层中。这是一件很堪痛惜的事。

在两位战士后面，便是莲台宝座，座上是三尊舍利佛。踞着膝，瞑目，神化的端坐着。每一尊的两旁，有两个较小的侍者拱立着，这几个侍者的塑像也很有艺术价值的。

殿的四面，环守着三十六罗汉，每一个罗汉都显有一张不同的脸，一个不同的表情，虽然都已蒙着尘灰，但是在尘灰的底层，个个都神采奕奕的。我和可染两人，开始循着殿屋的四周走去，像司令官行检阅礼似的，挨次向座上的罗汉们做一个深切的注视。这些罗汉们正好像一群顽皮的孩子，有几个打着瞌睡，有几个正在说着话儿，有几个正襟危坐，好像不可侵犯的样子，还有几个吃得醉醺醺的，满面长着"拉带"胡子，在发酒疯。

太阳渐渐西沉了，殿内愈趋黑暗，这些罗汉们的塑像上蒙着一重阴暗，好像都要摸索着活动起来。

"天晚了！明天再来看吧！"我催促着可染。

于是我们便出了大雄宝殿，其余的同伴由韩老先生向导着早已到后面去了。此刻，一个空大的院落里，只有我们两个人在东张西望。

从大雄宝殿后去，又是一个广大的院子。正中有座礼佛殿，里面也供着佛像，看上去都是用铁铸的。在礼佛殿后面，便是一个高台。台南右方是一片广大的场地，场上堆着些麦秆。在高台与平地接壤处，建筑着一列堡垒式的壁垣。台上面满布着广大的殿屋，正中有一座"重檐式"的大殿，很是庄严。

我们从礼佛殿后，循着石级上去，石级的尽头折向北去，便是一座旱桥，经过了旱桥，便登上了一个石台。眼前是一个院落，这些房子已不像下面那样破烂不堪，很整齐的，正中一座大殿，两旁是配殿。院子里种着两棵古柏，殿屋里有几个和尚正在朗诵着佛号，做傍晚的祈祷，发出一阵清冽的钟鼓声。

从配殿角上的一个小门里再向东去，里面又是一个小院落，两幢幽雅的小屋，屋前盖着一架紫藤。屋里面有同伴谈话的声音，我们便走进小屋里去。

原来这里是方丈室，大白和光涛等此刻都在屋里端坐着，当我们走进去时，那坐在东面的一个老住持站了起来。

"请坐！"他说。

我们在靠北的椅上坐下以后，香伙夫斟上两碗茶。

"请教！"老住持动问。他身穿着黑布僧衣，一个清瘦的脸，生着几根花白的须。

"这是我们同来的，一位倪先生，一位李先生。"光涛抢上来代我们回答。

"府上是？"

"徐州！"可染答。

"无锡！"我回答。

"噢！原来是无锡，那离上海很近咯！我前月还在上海住过。"老住持说。他一面退到东间卧房里去，取出两张名片，递给我和可染，那名片上是这样写着：

　　大法　　德浩
　　河南中牟

"听说白马寺最近由林主席捐款修造，将来打算怎样复兴呢？"光涛问。

"这事情说来话长。"德浩法师说。他随手呷了一口热茶，一手捻动佛珠。"最早自从国民政府迁都洛阳以后，戴季陶院长先到此地来看过了一回，那时候这里连一个僧人也没有的，只有几个穷人家住着，戴院长来看过一回以后，他便决意要把这个中国佛教史上的第一个古寺重新复兴起来。后来他又同林主席一同来看了一次，林主席也十分赞成这个意思，并且当时决定由政府拨出三十万块钱的修理费。后来戴院长回到上海，和太虚法师商量这件事情，并且要找一个来主持这件事情的人，那时我刚在上海，太虚法师便推荐我来主持这件事情。所以我对于白马寺的历史关系，到现在还不满一年。"

"那么政府既然有三十万块钱修理费，这事情就好办了。"大白问。

"真有三十万块现钱倒好办啦！谁知道三十万块钱不过是

一张空头支票。那时我在上海便去见过了戴院长。戴院长说现在国难时期政府没有钱可拨，他先提了七千元的现款交我，太虚法师和王一亭等，又设法募捐了三千多块钱，总合成一万块钱。于是我便带了钱到此地来，把那些闲杂人们都撵了出去，招集水木工人，开始兴工先把四面的围墙打起来，再在前面盖了两座配殿，预备做初步的办事处。"德浩法师说。

"事情真难办咯！这白马寺的殿屋佛像统统都要重新修过才行！这一万块钱哪够支配呢？照戴院长的计划要把白马寺的旧址扩充出去，所以在四面又收买了民田，于是这初步工程还没完成，而钱却先用完了，几次去催戴院长付款，实在是国难时期，没有钱。所以这一件事最近弄得搁浅了，而附近一带的人都已经知道林主席拿出三十万块钱来修理白马寺，大家非但不来帮助，还想来沾得好处。你想这事儿多难办啊！"德浩法师说。

"国民政府已经答应了拨款，将来总可以领到的，不过时间上的早晚罢了！"大白说。

"那就难说得很啦！先前国民政府在洛阳，说话还比较近便些，现在政府向南京一搬，那些要人们也都回去了。把这件事情也便丢开了。现在向谁要钱去呢？这几天要不是王一亭等汇一百块钱来，连我们的饭食都要发生问题了。"德浩法师说。

大家又闲谈了一阵，我们说明了今晚上要在白马寺住宿。德浩法师很表欢迎，连忙招呼香伙们备晚饭去。

十三　焚经坛的故事

初夏的傍晚，太阳西沉以后，大地上依旧很光明。中原的晚风迎面吹来，带着一些深秋的寒意。

离进晚膳还早，我们怂恿着韩老先生领我们到白马寺村去溜一个圈子。

"好吧！咱们去溜一圈再回来吃饭吧！"韩老先生很高兴的接受了我们的动议。

"那么早些回寺等着你们回来开饭，我只能少陪了。"德浩法师说。他前几天正病着，这才痊愈。

我们这一群便开始活跃起来了，前前后后的围着韩老先生，走出了白马寺山门，取正南的一条大道，向白马寺村走去。

在寺的东面，一片平原上，矗立着一座十一层的古塔，四方的型式，好像现代的立体派建筑。我们问韩老先生这是个什么塔。

"舍利塔——佛教传到中国来的第一个塔——"韩老先生解答。

说着话，已走到白马寺村的东北角上了。这白马寺村外面是一个大土城子，用泥土和秫秸建造的城墙，模仿着普通的城市式样，城墙上筑着堡垒，留着枪眼，完全是一个中世纪时代封建社会式的大村落。

我们从白马寺村的东门走了进去，在门口遇着一个大汉，紫铜色的脸皮，白短衫，青布裤，白色的脚带扎着裤脚。

"嗯！韩老先生！上哪里去啊！"那大汉问。他看见韩老先生前后左右包围着这一大群人不免有些奇怪。

"噢！李先生！"韩老先生说，"陪几位先生随便溜溜。"

"他们是江苏来的！"韩老先生用手指着我们。"这位是白马寺村的李保长！"他又指着那个大汉。

于是李保长也就加入了我们这一群，走到村里的东隅转了一个小圈子，仍旧从东门出来。

白马寺村正位在陇海铁路的北面，我们一面谈笑着一面向南走去，增善和汝熊忙着向韩老先生作种种农业调查上的问答，这位韩老先生便好像一个要人被新闻记者包围着发表政见似的，滔滔不绝的解答，吐沫四溅，说得很有神。

现在，大家已经走到陇海铁路上了。我们发现在铁路的两旁，有两座对峙着的大土台，好像两个炮位。

"这是打仗时的炮台吧？"我问。

"不是。"韩老先生回答，他笑了。"这是此地一个有名的古迹，叫做焚经坛。"

"分金台，"我这样错误的会意着，"这里面有金子吗？"我问。

"'焚经'呐！'林'字底下搁个'火'字，解作燃烧的焚字，'经'是经书的经。"韩老先生解释。

"为什么叫做焚经台呢？"我问。

"这话说来很长久咯！"韩老先生好像开始要说一篇故事一样的，先定了一定神。

大家一面倾听着，一面爬上了北面的一个坛上去。那坛上却是一片广阔的四方平地。

"这是东汉明帝十年的事情，蔡愔从印度取了佛经回到洛阳城，那时有两个印度的高僧，一个叫摩腾，一个叫竺法兰，也跟着蔡愔一同来了。明帝便造起白马寺——这是佛教传入中国的第一个古寺——叫他们在寺里翻译从印度带来的《四十二章经》，花了四年工夫，这些经典翻译好了。明帝对于这些佛经很相信，朝朝暮暮的自己也诵起佛号来。

"皇上相信佛教了，这个消息一传出去把那班道教的信徒都气坏了，他们都出来反对。在明帝十四年正月初一，有一个五岳道士名叫褚善信的，他上了一张奏呈，说佛教是一种邪教，他愿意把道经和佛经来较量一下，看哪种的法术大；明帝是个贤明天子，当下便答应了他的请求，并且定在正月十五日，'佛''道'双方齐集在白马村南门外，当众较试经典。

"十五日到了。白马村南门外建起了两座土台，皇帝的圣驾来到，文武百官和军民人等都在四周观看。皇上说：'现在我们把道经和佛经同时焚化，看哪个的法术大！'

"道士褚善信等便把《灵宝经》放在东面的一个坛上，皇上把佛经和舍利放在路西的一个坛上，双方安置好以后，这群道士们便围着经坛一齐跪下，向着老天哭起来，启请天尊下界，他们喊着：'天尊啊！放些英灵出来吧！'于是便把火点起来，祈祷以后，便用旃布檀木放在经上，口中喃喃有词，作起法术来。坏咯！这些祈祷连一点应验也没有，这一把火直把一部《灵宝经》烧得干干净净，剩下了一堆死灰。

"且说汉明帝把佛经和舍利子，也点起火来。咦，怪咯！火焰里忽然冒出一团光明的五色轮，在天空里转着圈儿，好像一把五彩的大伞，盖在大众头顶上，把太阳也遮掩得毫无光芒。摩腾便纵身向五彩圈里一跳，更怪咯，他好像生了翅膀似的，随着那团毫光上上下下在虚空里飞腾起来。隔了一会，看得摩腾端坐着，双目一闭，那团五彩便散啦，化成一堆美丽的鲜花，好像下雨似的纷纷地落下来，天空里奏着神乐，把明帝和那些文武百官都看呆了，大家赞叹不止。"韩老先生一口气讲完了这一段故事，他好像当年也曾看见过这回事似的。

天色渐渐的昏暗了。焚经坛上已罩上一层灰色的暮雾，我们便下坛来向西边沿着白马寺村的墙圈过去，在中途，我们遇到了两个正在播种的农夫，一个老儿扶着耩手里扯着一根线，他雪白的鬓须随着田间的晚风迷离的飘动着，好像一个下凡的老神仙，前面一条大黄牛背着一个中年男子——他的儿——牵着牛绳，牛向前走，耩子播动着，耩上的铃摇得"冈隆""冈隆"的一阵响。当我们走过去时，他们便站停了。

"溜溜儿吗？先生！"那老儿说。

"是啊！你忙！"韩老先生代替我们回答。

"今年的麦有个几成收？还好吗？"大白问。

"罢了！总算有个七八成。几年来没有这样收过！"那老儿笑眯眯的感着丰年的愉快。

"老先生年纪怕有七十了吧，这样壮健的？"光涛说。

"七十多啦！咱们种地的不这样做，能吃点啥呢？"老儿笑着。

"你忙吧！"我们便和老儿分别了，向北面走去。那父子俩和一条牛的黑影，渐渐的随着晚雾消失了，远远的还能听得铃声响着。这两个在夏野的晚风里，辛勤工作着的父子，象征着三代以上古老的中原农民的典型，令人感到异常亲切的意味。

十四　白马驮经

风习习的吹来，中原的夏夜含着沁人的凉意。在暮色苍茫中漫步着的我们，正像一群不想归巢的小鸟，尽在路旁呆玩，我们已转到白马寺村的西门大路口了。

韩老先生开始演述着一个土匪攻城的故事：

河南的土匪，本是很有名的，在省境的西部和南部，满布着崇山峻岭，那里便是土匪出没的渊薮。普通大股的土匪，一股总要合上几百几千人马，专门出来攻城略地，打家劫舍，大有中世纪时代的绿林豪杰之概。一般土匪并不以他们所干的是一件可耻的事，反而自己引为很光荣。因为他们知道，有一些军事长官们，都是最初从土匪干起来，等到股儿大了，人马多啦，官兵没奈何他了，政府便会招抚他们，大头目们都可以当高级军事长官。所以他们认为当土匪是将来做官长的一条终南捷径，一件英雄豪杰所做的事情。又兼以河南连年旱灾，没饭吃的农民都铤而走险，再加上几次内战的结果，于是河南一省，便弄得遍地皆匪了。所以在河南的所谓村，至少要集上几百户人家，筑起一个坚固的土城子。村里有几十支枪械，一旦遇到有土匪来劫掠的时候，那些乡民们便和他们对敌起来了。

"这是前三年的事情，"韩老先生开始说了，"土匪们从前面的洛水河一带进攻过来。白马村的乡民们立刻就荷着枪到洛河前线挖起战沟来抵抗，一面通知北面的平乐村和东面的龙虎滩两个村庄上的老百姓，联络起来在洛水河边坚守着，谁知土匪愈来愈多，洛河守不住了。大家便退到白马寺村，把城门关起来，壮丁们都爬在城头上守卫着，土匪果然从洛水河渡了过来，把白马寺村团团的围困起来。真险哪！土匪们已经爬到墙根边际了，上面步枪打不中他们，因为他们太走近墙边了。有几个架起梯子来，正要向城墙上爬。真唬人，大家连忙在城头上运起大石块向底下乱抛，一连击死了好几个打前锋的，这才使他们不敢再往上爬。这样围了四五天，眼看攻不破，他们仍旧渡河回到老家去了。你看！这一带便是从前交战顶凶的一个地方。"韩老先生指着那西门旁边一角残缺的城堞说。

"这两年来有土匪吗？"大白问。

"这两年好得多了！这一路都很太平，连个剪径的也没有。一来是因为年稔好，穷人有饭吃，一来是因为没有发生战争，所以便平静下来了。"韩老先生回答。

说着我们已绕过白马寺村的西北角，又重新回到了白马寺的山门面前。

在迷糊的黄昏中，我们步进白马寺去，走到旱桥边，德浩法师合着袖子迎了出来。大家又在那台下的一片空地上站定了。

现在，那座舍利塔的昏黑的影子，正远远的注视着我们，好像一个伟大的神，在暮色中摸索。

"这舍利塔是个什么来历呢？"我们动问德浩法师。

"这话说来很久啦！要讲舍利塔，先得从白马寺说起。"德浩法师说。

"事情最早要从周朝说起，那时周朝的朝廷在长安，在周昭王二十四年四月初八日，昭王正在皇殿上坐朝，忽然天空里飞进一道白光把殿屋照得通明。昭王很是奇怪，就召太史苏由，叫他占卜一下。得着一个卦是'乾之九五，飞龙在天'。苏由就对昭王说：'有一个大圣人今天在西方产生了，再隔一千年，这位大圣人的圣教便要流传到中国来，这一团白光，便是一个朕兆。'

"周昭王就叫人把这件事情记载起来，刻在石碑上，把石碑埋在南门外面。——这位西方大圣人就是佛教的始祖本师释迦牟尼佛，他是在周昭王二十四年四月初八日诞生的。

"又隔了数十年，传到周穆王时代，有一年，天地忽然震动起来，天空里飞起十二道白虹，穿过太阳。周穆王便叫太史扈多占卜一下，那位太史说：'有一位西方的大圣人，在今年寂灭了。'

"这事情传了一千年，巧极咯，洛阳做了东汉的都城了。那时这一带都是京城繁华之区，白马寺西面的一片便是皇帝的宫城，正值孝明帝坐朝廷，这位皇帝确是一个圣明天子，登基以后，风调雨顺，天下太平无事。孝明帝永平七年，正月十五的夜里，皇帝做了一个奇怪的梦。他梦见一个金人，身高一丈六尺，项间有一圈白光，走到殿前来向皇帝致礼，说：'有一种伟大的经教，要流传到这儿来。'皇帝醒过来，一早便召见群臣，把这个奇怪的梦讲给大家听，他不知道这是一个什么朕兆。

"那时有一个博士名叫王遵的上前回答说：'臣从前看《周书异记》上有一段记载说，周昭王时西方有个大圣人出世，一千年以后他留下的教义，便要传播到中国来，陛下晚上梦见的恐怕就是这回事！'

"于是汉明帝就差王遵和蔡愔等十八人，到西方去求经。

"这蔡愔等走到月氏国，遇着从印度来的摩腾和竺法兰两个菩萨，他们在白毡上画了本师释迦牟尼佛的像和《四十二章经》一部，用一匹白马驮着，一同回到洛阳来。那时离开起程去求经刚好三年，正是永平十年的十二月三十日。

"当时皇帝便命摩腾和竺法兰在宫殿外面的鸿胪寺里住下，翻译《四十二章经》，后来就把他们释经的地方，改名白马寺，这便是佛教传入中国的第一个古寺。"

德浩法师滔滔不绝的讲了一大篇。大家听了这段"白马驮经"的故事，回想起以前历史课上空洞的"白马驮经"几个字的解释。

"那摩腾、竺法兰后来怎样了呢？"我问。

"佛教一年一年的传播到全中国，那两位菩萨住了六十年以后，有一天，他们向虚空里一跃，口中说着偈语：

孤非师子类，
灯非日月明。
池无巨海纳，
丘无嵩岳灵。

法云垂世界，

法雨润群萌。

显道希有事，

处处化群生。

说罢他们便圆寂了，遗下的肉身，现在还葬在白马寺山门里面，你们明天可以去看见。"

十五　舍利塔

夜色笼罩着我们，德浩法师面上好像蒙着一层黑纱，大家的影子都很模糊了。可是谈笑的声音，在这静寂的黑暗中，显得格外清冽。

德浩法师又开始讲舍利塔的来历：

"舍利塔，是佛教传到中国来的第一座古塔！"他说："当摩腾和竺法兰奉了《四十二章经》到了洛阳，建起白马寺以后，孝明帝时常到寺里来顶礼。那舍利塔的地址，先前刚好在皇城外边。每一次，当孝明帝经过的时候，看见那里的泥土在向上鼓动，变成一个土堆。孝明帝不知是啥玩意儿，叫人把那堆土削平。谁知，过了几天那一块土又鼓动起来了，仍旧变成一个土堆。

"这才使孝明帝惊异起来了，他便去问摩腾和竺法兰两位菩萨。

"摩腾和竺法兰赶来一看，拈起指头来推算：

"'皇上，这是我佛舍利，要在此地显些威灵给大家看看！'二位菩萨说。

"'那么，我将怎样供养这个显灵的舍利呢？'明帝说。

"'在我们佛国里，遇到舍利显灵，便要筑一座宝塔，把舍利供奉在宝塔顶上。'

"'我们将怎样建起一座宝塔呢？'明帝问。

"'这很容易，皇上吩咐他们在这一块鼓动的地上，用砖造起一座十三级的塔，塔的每一级里供奉着佛像，等这塔建筑成功，舍利便会显出一种威灵法术给你看。'二位菩萨说。

"于是，孝明帝便吩咐土木工人照了二位菩萨说的话，在那一块土上，仿照了佛国里的样子，建造起一幢十三级的宝塔。

"这一座宝塔已经建造好了，皇上和二位菩萨集了文武百官都来观看。于是摩腾、竺法兰率领着白马寺里的众沙弥，绕着塔基转了一个圈子，朗诵起佛号，祈祷着舍利显灵。忽然间，塔顶上现出一圈五彩的光，好像一个轮盖似的旋转着，本师释迦牟尼佛的圣像在这圈祥光中显示出来了。满天照耀着红光，隔了几个月，才渐渐的散去，塔顶上现出一只金佛手。因此，便取名叫舍利塔。"

德浩法师好像一个耶稣教徒在宣讲《圣经》似的，用了十分庄严的口音。

"舍利在中国显过三次灵。"他又继续的讲。"第二次，是当佛教流传到东吴去的时候，有一个光明的舍利子，又在东吴的都城里显灵了。

"那是东汉末年的事，魏蜀吴三国鼎分了天下，东吴的霸主孙权，在南京建下都城。这时，有一个法师从河南步行到南京去，他走到孙权的王府门前，口诵着佛号，一面打着木鱼，终天的不肯去。

"'这里是官府人家，不化缘的，你赶快走吧！'那个守门的说。

"'阿弥陀佛！'法师诵着佛号，他还是尽守着不去。

"'给你几个钱，去吧！'那守门的不耐烦起来了。

"'阿弥陀佛，我不是来要钱的。'法师说。他还是抢动木鱼，朗诵佛号。

"'你这个出家人倒也怪了，既不要钱，终天站着干什么的呢？'那守门的说。

"'我一不花钱，二不花米，我从中州来此，只要与你主人一见。'法师说。

"刚好那时候孙权从里面出来，守门的便去禀明了缘由，孙权说：'那么你去请他进来。'

"于是法师便参见了孙权。

"'大法师此来有何启示？'孙权问。

"'阿弥陀佛，我此行是从中州河南来的。我得了本师的启示，要把佛教流传到东吴来。'

"'我是不相信佛法的！'孙权说，'你如果要把佛教流传东吴，你得作些灵法出来看看。'

"'是！请大王限我一个月的工夫，我要在附近觅一座荒山，启请我佛舍利来显法。'

"于是孙权便在南京东城外面一座荒山上，盖起一幢僧舍，命这位法师住下。

"这位法师便在僧舍里安排起佛场，正中供着本师释迦牟尼佛的佛位，前面安放着一个琉璃器，他天天跪倒了祈求，启请我佛舍利，到南京去显灵。

"一个月的时限到了，孙权亲自走到荒山上僧舍里来，他问：

"'舍利请来了没有？'

"'没有！请你再宽限我十天，我一定把它请来，'法师说。

"孙权带着失望回去了，法师又天天跪在坛前祈祷，不觉十天又已过去了，却毫没有一点动静。

"第十天，孙权又来问了：

"'舍利请来了没有？'

"'没有呢！大王，请你再宽限我十天，这一次若是再不来，我愿意受死的处罚。'法师说。

"在这最后的十天中，法师天天祈祷。他说：

"'本师释迦牟尼佛，此次若再不显灵，那么佛教便要在中国消灭了。'

"第十天到了，孙权和许多文武官员又到僧舍里来，法师便作最后的祈祷。

"忽然间，那个琉璃器里出现了一颗明珠，红光四发，在里面回环旋转。

"这一个应验把孙权折服了，他便信仰了佛教，在那座山上盖起第二座舍利塔。"

德浩法师还解释，这第二座舍利塔，现在已经毁了，只剩一个塔的底层留在现在南京中山门外的灵谷寺里。

"第三座舍利塔在哪里呢？"我问。

"第三次舍利显灵在浙江宁波，现在宁波是有一座舍利塔的。"德浩法师回答。

可染猛想起寺里的塑像，不知道作者是谁，他便问：

"寺里的这些佛像是哪一个塑的呢？"

"这个我也说不清了，不过据《白马寺纪略》上说：这个寺在明朝嘉靖年间重修过一次，是一个京里的太监花钱修的。这个太监名叫黄锦，是离此三里地的龙虎滩人，从小常常在白马寺里玩儿，后来他到北京去做官，很有钱势。有一次，几个乡里人到北京去，找到了他，告诉他说白马寺没有人修理，快要毁完了。这位黄锦太监听说，便独自捐钱六十万贯，重修白马寺。原先的白马寺只剩上面那个清凉台了。在大明年间重修，才又盖起下面许多殿屋的。所以那些佛像想来都是嘉靖年间重塑的，可不知道那个塑像的人是谁，要是这次没有政府花钱来修理，恐怕再隔几十年，连这一些佛像也要毁了。"德浩法师说。

白马寺最近可说是走了红运，不想经过了几百年的荒芜，现在又有复兴的机会了。假若政府的三十万元工程能够完成时，那么这一所佛教衍流中国发源的古寺，又将重蒙着佛日的光辉了。这一点，说起来还不得不感恩于淞沪海滨的一场恶战，要不然政府不迁都到洛阳，要人们怎会移趾到荒芜了的古国里来？白马寺一辈子只能残毁下去，再隔五十年，岂有不埋入土层之理。

十六　白马寺之夜

天黑透了，一个香伙夫从清凉台上走下来。

"摆饭吧？"他问德浩法师。

"不早了，该吃饭了，就摆吧！"德浩法师回答。

于是我们便回到清凉台上去，在那个小屋前的紫藤棚下坐下了。

院子中间放着一张八仙桌，点起两盏美孚灯，桌上放着四碟子素菜，我们这一群加上韩老先生和德浩法师，团团的围坐起来，香伙夫先装上两盘大馒头，德浩法师叫声"请"，大家便开始这一顿古寺里的晚餐。

风吹得两盏灯火打"倏倏"，毗卢阁的二重檐上悬着的铁片，"的当"的响起来，隔壁大殿上的僧众，正在唱着佛曲，大家口尝着淡泊的素味，寂静的进餐，这境地，令人体味到出尘之想，心胸间，好像澄着一湖清水，感到诗的灵意。

"砰！豁剌！……"田野间发出一声清脆的枪响，听得那颗枪子从枪筒里出来，在天空里进行着，袅袅的吐着余音。

大家有些愕然，脸上显示着惊慌。

"枪声！"我们喊了出来，这一下子，好像在一湖清水里投下了一块石片，大家的心上都搅得稀乱。

"看庄稼的枪声，不打紧的！"韩老先生神色自若的说。

大家依旧的惊疑，不懂什么是个看庄稼的枪声。

"砰！豁剌剌！……"第二枪又响起来了。

"这两天庄户人家都收了麦子，堆在场上，那些看庄稼的，恐怕有坏人去偷麦子，所以放上几枪，吓吓人家的。"韩老先生再来一个清楚的解释。

大家才释然。

"这白马寺晚上有危险吗？"光涛问。大家也正想问这句话，因为这白马寺的四周太荒僻。而且寺里的门户都破毁了，没有一点关拦。

"没有危险！"德浩法师笑着说："这里自卫能力充足得很呢！有两架'手提机'和四杆步枪呢！"

"这许多家伙是哪里来的呢？"光涛问。

"最早戴院长等来白马寺看过以后，大家都知道白马寺有了钱了，因此洛阳县长便命令这里的高区长，对白马寺加意防卫。这位高区长便派上十二个保卫团，拨上两架'手提机'、四杆步枪，每夜在这里防守。"德浩法师说。

吃过晚饭以后，光涛便叫人到白马寺村去，邀集闾邻长和村上的老先生们来谈话。隔了一会，这些彬彬有礼的村农们都来了，大家在紫藤棚下的青石板上坐下，一共有二十几个人，谈了许多关于复兴农村的话，等到散去，已经快到十一点钟了。

一天尽在奔忙中，到晚上经过了几十个人围在一起闹哄哄的谈了一会，此刻一团热气发散了去，各人打个寒噤，一面觉到寂寞，一面也觉到疲倦了。几位同伴都对着灯火打起呵欠来。

"累啦！早些安息吧！"德浩法师说。

"我们在哪儿睡啊！"光涛问。

"在西边客房里，床被早预备好了的。"德浩法师说。

于是一个香伙夫提着灯，大家跟他转过毘卢阁正殿，走到西边的客屋里去。

这是一个多么有趣的玩意儿啊！当我们看到客屋里面的那张床铺时，大家都不禁乐得跳跃起来了。你看！在屋子南部的半边，搁着一大排木板，约莫有一间屋大小，木板上铺着一条特制的大褥垫，褥垫上盖着一幅特制的大夹被，这一只床上至少能够容纳五六个人同时睡觉。

河南一带的人，他们是好睡这种大幅被的床铺的，尤其是到了冬天，一家人都睡在一个大土炕上，炕下面生起火来，这的确是一个很经济的取暖方法。

德浩法师道了一声晚安，他便回到东厢房里去了。我们各自安排好铺位以后，又在灯下闲谈了一阵。

"出去溜溜再睡！"我悄悄的对可染说。

"好的！"可染回答。

于是我们两个人，便走出客屋向清凉台朝北的一列短墙边闲步着。

现在，一幅美丽的画在我们眼前展开了。

是一个迷濛的夜月天，

满天布着水白的云影，

不见月亮，也不见星星，

寂寞的一片原野上啊！

静默得没有一丝声音。

晚风吹来寒意轻轻，

远处的灯光灭了又明，

一代的繁华帝城呵！

如今向何处去找寻！

我们呆望着默默无言。北面的村庄上传出几阵"看庄稼的枪声"，天空里散发着火花，打破了这大气中的沉寂。

中原的夏季，白天虽然很热，但晚上却是寒意侵逼着，好像江南的深秋一样。时间约莫已经有十二点了，我们便回到客屋里去。

他们的谈笑还在进行着，看见我们进去，大家便停止了。

"天不早啦！睡吧！"我说。

"睡吧！明天还得早起赶着上平乐村去呢！"大白说。

于是，在顷刻间，各人爬上那张特大号的床铺上去。蒙上夹被，挺直身体，端正的睡下，好像排成了一列队伍，各人的鼻尖，高高的仰朝着屋顶。

灯光暗淡得好像一粒黄豆，室内骤然的静默下来了。

远处"看庄稼的枪声"还在响着，这一群疲倦的旅客都睡熟了。好一个恬静的白马寺之夜。

十七　白马村访问

夜，悄悄的逝去了。灰白的晨光，敲着纸窗映射进来，正照在我们的大床上。

我第一个醒过来，肢体好像一团棉花，软绵绵的动弹不得。这一夜工夫，六个熟睡的旅客，把木板里的臭虫和跳蚤喂了一个大饱。我周身和脖子里，起出一阵虫咬的疙瘩。揉了一阵眼睛，打个响亮的呵欠，疾风似的爬了起来。

可染他或许是早已醒了，在假眠着的，他听到了我的声音，也从旁边同时爬起。

"唷！好痒啊！"可染牵动着上体的衣服说。

"可不是吗？我脖子里已挂上一串疙瘩了。木板里怕尽是臭虫。"我回答。

我们悄悄的谈了几句，便起床了。回看其他的四位同伴，正睡得懒迷迷的，歪着头张着嘴，在流着吐沫，灰白的晨光正蒙着他们的脸，像战场上交卧着的伤兵。

吹灭了灯，推出门去，太阳还没有起身，满天散布着红白的云影。毘卢阁的檐角挑出在空中，镀了银似的发出一重静默的光泽。

香伙夫来探视了一眼，回去他便打了一桶水来，放在室外的一个砖台上，我们便倒水洗脸。

"洗过脸，拍照去。"我对可染说。

"……"可染正含着一口水，只得把头点了两点，在急速中我们盥洗过了。可染的漱口"格格"声，把室内的那几位同伴惊醒了，当我们回进去拿镜箱时，他们也都爬起来了。

"早啊！"我们转过毘卢阁，正要走到清凉台的门口，遇着德浩法师，他招呼着我们。

"早！"我们回答了他一声，急促的步下旱桥，两人拿了两个大小不同的镜箱向南面的殿屋里走去。

太阳的光芒已经从东方的一片平原上照了出来了。天空里染上一片浑红。殿屋角上的小雀儿们也都迎着阳光飞出来了。古寺已沁在一个灿烂的晨光里。

我们走进了大雄宝殿，把那两个对立着的战士，侍立着的小沙弥，呆坐着的罗汉们，都摄上了照片退出来，太阳已经照得通明。舍利塔矗立着的影子，正在招呼着我们。

"去！到舍利塔去！"我提议。

"好的！"可染附和着。

于是我们便从大殿直向东去，践踏着一片杂乱的瓦砾，逾过一道正在建筑着的短围墙，我们便跳出了白马寺的围隘，到了一片空旷的野地上。那里整齐的排植着许多树苗，有些是法国梧桐，有些是柳树，听说这也是复兴白马寺计划中的一项工作，要花一万多块钱来种植各种树木，造成一个幽美的林园。

从这片旷地直向东南角上去几百步便到舍利塔。

塔的全型不很高，外观共有十三层，用红色砖砌造的，里面尽是砖和土塞着，不能上去。塔顶上露着一个金属的东西，看不清究竟是不是德浩法师所讲的"金手"，但看上去，样子很有些像只手，东面的头上已经有点毁坏了。

远远的听得有一阵呼唤的声音，转过脸去一看，增善也来了。我们便站在舍利塔前，摄了一个影。

然后，离开舍利塔，又折回去，那白马寺的一列殿屋的侧影，迎着阳光，含着古老的庄严气象。

从山门进去，我们又遇着韩老先生，他正在监督着盖屋的工人。

"早哇！"他说。

"你忙哇！"我们回答。

"起哪儿来的？"他问。

"看舍利塔来的！"我们回答。

"这里还有摩腾和竺法兰的墓看过么？"他问。

"没有！在哪里呢？"我们给他提醒了，急于追问。

"跟我来吧！"韩老先生笑着带领着我们，从山门向东走过去，转到一座炮楼的后面。

"这是摩腾的墓！"韩老先生指着前面的一个土堆说。

那土堆前面，竖着一块石碑，碑面上模糊的刻着字句。

"竺法兰的墓呢？"我问。

"在那西边炮楼后面咯！"韩老先生指着西边说。

我们又转到西边去，那里也是一个同样的土堆和石碑。

这两个印度的传教徒，在历史上算是一代佛教的宗师，现在仍然冷清清的埋骨在白马寺边。那汉代皇城的繁华，却早已烟消云灭了去，只在历史上留了一个空名。而佛教在中国，世代的流传，至今还握着民间信仰的权威，上而至于党国要人，下而至于愚夫愚妇，都是一体遵行。在此，是一个精神战胜物质的例证，怪不得当年释迦牟尼不肯享皇帝的尊位，而愿意饿死在菩提树下。

一个香伙夫奔走过来：

"先生！吃早饭啦！"

于是，我们便离开竺法兰的墓，和韩老先生一同回到清凉台上去，便在西面客屋里吃过了早点，当时决定了今天的行程：

"上午七时至九时，到白马寺村做社会访问。九时至十二时到平乐村去。"

大家把东西整理好了，准备到平乐村去。光涛摸出十五块钱，递给德浩法师，作为我们一夜的餐宿费，另外给香伙夫三块钱赏金，他们都道声"阿弥陀佛！谢谢！"。

一行又到了白马寺村。韩老先生领头，进东门，转弯抹角找到了李保长的家里，他们正在等候着我们。大家在客屋里坐下了，那里除了李保长和他的叔父李仰之外，还有一位须眉皆白的黄老先生。谈了一阵白马寺村的现况。

白马寺村的周围约有四五里，全村人口有四百多户，一千多人，都是种田过活的，近几年来很丰收，因此村民的生活还可过得去。农家最感困难的，便是灌溉问题，因为附近都是高原，没有水道，虽然洛水河距此不远，但是没有支流，种地人家都要自己掘井，普通每开一口井，需洋二百余元，平均一家有二十亩地的小农，实在负担不起这一笔数目。所以兴修水利在中原一带的确是一件很严重的事实。

全村的文化程度很落后，只有公立小学一所，有二百多学生，四个老先生任教师，全年的经费，完全靠八十亩学田的地租收入，每一个教师的薪金一年不过五六十元。青年们在外面求学的，全村只有四个人，大半的家长都反对上洋学，他们的理由是上了洋学的青年，家庭里便管教不住，而且衣服消耗骤然增加，有时还要给官厅里捉去枪毙，所以在小学毕了业，认了几个字，便算完事。

民间顶痛苦的一件事，便是"当差"，所谓"当差"，就是替官厅里当差事，遇到作战的时候，驻军便要勒索，军队开拔，也要捐钱，否则便要征车子和牲口，综计白马寺村一年"当兵差"所花的费用，在一千元以上，平均每一个不论老小的村民，一年要负担一块钱的"当差"费。这一笔苛刻的支出，在那些贫苦的农民实在是负担不起。

这是黄先生讲的一件事实：

民国十六年，驻军张治功部向白马寺村勒索饷糈二千八百元，百姓们忍无可忍了，便集合民团和军队对抗起来，那时白马寺村全村的武力，只有"土打五"的枪二十多支，怎样敌得过这些大兵呢？所以在作战的第二日，白马寺村便被驻军攻破了。这一回，这些大兵们兽性发作，在村里大肆抢掠，放火烧去四百多间房子，惨杀了很多人民，到现在，这些被烧去的房屋的遗址，还依然存在。那些房主人们本来是村上最富有的人家，经过这一次烧杀，大半都流离死亡，就是生存着的，也都穷困到难于生活。

我们坐谈了一阵，里面托出食盘来，四碟子菜，各人一碗高粱面稀饭，稀饭里放着"蘑菌"，这是白马寺村的土产，大家在白马寺刚吃过饭，此刻实在不能再吃了。但是主人苦劝着，却不过盛情，只得每人喝了一碗"蘑菌"稀饭。

吃过以后，我们便分成三组，每组在村上调查上中下三等的农家九户。我和可染一组由李仰之带领着，其余李保长和韩老先生等也分别领着他们两组出发。

李仰之领着我们，绕到前面一条街上，凭吊了往年烧毁的遗迹，然后再到人和街东段，抽查了九户的农事及经济情形。在这九户调查的结果，平均每户有九人，有地十九亩，自田和租田各半，九家中除中上的六家能维持小康生活外，其余三家竟负有三百八十元的债欠。

时间已在上午十时以后了。大家把这笔调查工作做完以后，先后在白马寺村北门集合，李保长、李仰之、黄老先生、韩老先生都恭送到村寨门口，我们坐上洋车，互相亲热的道了一声：

"再会！"

"再会！"

十八　到平乐村去

"到平乐村去！"六辆洋车好像一列长蛇阵。在白马寺向北去的大道上奔驰。

太阳，这时候渐渐灼热起来，威光迫射着行路的人们。两旁是一片无际涯的大平原。麦子都已收过了，地面上光秃秃的，好像一个新薙发的和尚头。路上面，时常遇着几辆载麦的二轮车。那些车在洛阳人称呼作"铁脚车"，因为它的两个轮子是用纯铁铸成的。通常的一辆铁脚车，总是由一头黄牛和一头小驴拉着，车身上满载着麦草，赶车的人坐在前面，小孩子们靠着麦草堆，坐在车后玩儿。这光景好像曾在什么影片里见过似的。

"这里去平乐村还有多远？"我问。

"三里地！"我的车夫回答。

车岔上一条小路，折向西北角去，远处露出一个大庄院的影子，在绿树密密交织中，矗立着几座高大的堡垒，大家很倦，懒得开口，被阳光热得昏昏欲睡，眼睛失神的蒙眬起来。

清醒过来时，我们已在平乐村前面的一个树荫下驶过，崇高的城堞，拦在我们路前，车便向西再折向北去，进了一重气象雄伟的城门。

这是平乐村的南门。城边竖着一块石头，大书着"郭烈士纪念碑"，我们不知道郭烈士是谁，听说是在前年御匪阵亡的。

进了南门，里面是一座大照壁，一所规模很大的庙宇。车向北去，又驶过一重门楼，才到了一条街上。

我们的一列车，引得两边的行人和住户，都对我们发生惊奇的注意，有些在窃窃地私语着。

车在全村的中心停下来了，前面便是"洛阳第三区区公所"，我们便下了车，走到区公所门口。

"区长在家吗？"大白问一个门岗。

"在里面咯！请进去吧！"他回答。

接着里面来一个接引的勤务，进去通报以后，一位四十多年纪的文人踱出来，迎我们进去，大白曾经来过好几次，他便向大家介绍：

"区长高鹏九先生！"

"请坐！"高区长谦抑的伸出手来让了坐。

大家叙了来意，寒暄了一阵，知道这位高区长曾在江苏当过县官，能力很好而且很善于说话，和大家谈了许多关于平乐村的过去和现状。

原来这平乐村在历史上是汉明帝的平乐园故址，自古是一个风景很幽秀的地方。近世以来，聚居着七八百户人家，都是些地主和富足商人，在洛阳乡间，可说是一个规模最大的村庄。

我们问高区长平乐村的治安怎样。

"没有再比平乐村安稳太平的了！"高区长夸耀的说，"在这儿差不多从来没有遭过抢案。几次，洛阳城里遭兵灾匪劫，那些个有钱儿的人，都逃到平乐村上来躲避了。这村上组织得好，遇有什么事儿，报个警，马上就可以集合几百支枪。村上的壮丁，都会架'自动机关'，或是打'盒子'。平常时候，村上是不准做生意买卖的，大的市集在离村三四里以外。因此，土匪要想暗地里潜伏进来，也是一件不容易的事，因为一个陌生的人是不容易走进村里来的。"

"这儿有学校吗？"光涛问。

"有三个，一个是男子完全小学，一个是女子小学，还有一所乡村师范，都是自己办的。学生很多，全村识字的人数也不少。"高区长回答。

"这无异是一个租界，一个东交民巷了！"我们心里暗想。他们的一切制度，是完全仿照着中世纪时代的方式，有点像《水浒传》上的"史家庄"。不过他们是比史家庄更进步的，使用着最新式的自动步枪，水陆机关和军用铁蒺藜。所以有枪阶级也不敢小觑他们，土匪们更不敢来拈平乐村上的一棵草。这种富有"自卫""自养""自教"的完全力量的乡村，在我们中国还是很少看见的。

闲谈了一阵离吃中饭还早，大家动议到村上去周游一趟，于是高区长便领着头，从正中的一条街上向西去。

街心里满覆着阳光，两行洋槐开着嫩白的花，垂荫里放出清香来。静静地，地上散出一阵轻沙，街两旁的房屋都很高，望衡对宇的真有些像王者的气概。在那每一家门口，也都有金字匾悬挂着。"平乐村曾出过许多状元！"这是高区长告诉我们的，所以在那里，有些房子是连洛阳城里也没有这样神气的，洛阳城里处处显示着颓废破落的模样，在这里却是表现着生气、壮实。假如把洛阳城比作一个残病的老者，那么平乐村的确可算是一个健美的壮年人了。

"这是棉花打包厂！"高区长指着街南的一家住屋门口说。

大家便进门去，里面的场围很大，满地都堆积着棉花，有许多工人忙着在"称""装""捆"，一个个棉花大包从他们手里打成了。平乐村是棉花运销的一个中心地点，那里有好几十家很大的打包厂，专门替农民们打了棉花包，运输出去的。

在洛阳附近，出产大量的棉花，每年输出的总量很不少。农家对于新法耕种很抱信仰，所有洛阳一带的棉田中，现在已完全播种美国棉花，因此产量及销路也特别好。

大家退出那家打包厂，走到街市尽头，便是两重坚固的巷门，巷门外面有一道墙，墙外是一条汽车大道，再过去便是城墙，城墙外是很深很宽的壕沟，沟的前列拦着一重铁丝网，这种森严的布防，无怪有枪阶级是没奈何了。

绕过后街，步出东门，便是公立乡村师范的校址，那几天正值农忙，校里放假了。我们约略的巡视了一周，校舍很整齐，以一村的力量能够兴办到如此，可说是很不容易的事。

阳光直射着头顶，脚底下踏着软软的灰泥，很无力的感到饥饿与疲乏。又观光了几条小街，才重回到区公所，休息了一会，主人便摆出一桌饭来。

"便饭粗菜！"高区长谦抑的说。

面前是一席很丰盛的菜，洛阳乡间的滋味还不恶，白米的饭，不过是用糯米做的。在洛阳，普通人家都吃面条、馍馍烙饼，糯米饭是款待上宾时才用的。但是吃惯了大米饭的我们，对于那满口黏糊的糯米饭，有些不能下咽。

饭后，大家又闲谈起来。

这会的题目，转变到一般农民的生活状况上去了。

洛阳民间的"高利贷"是很可怕的，借钱花"四分""五分"的利是很普通的事，债主们在将借款交与借主的时候，便先将利息扣除了，比如借一百元，"四分"利，期限十个月，那么债主先要扣去十个月的利金四十元，借钱的人实际只到手六十元，而这六十元，还得用正式的田契做抵押品，所以洛阳勤苦的小农完全是被困在高利贷的恶势力中。平常，他们是很能够用自己的劳力来维持一家的温饱，但倘若遇到"婚嫁""丧事""疾病""天灾""兵祸"等事，他们便不得不向地主们借高利贷了。经过这一次的借款，十几年间便要陷入困苦的境地，终天的劳苦，还偿不清借款的利息。在这种情形下，小农便破产了，而地主却坐享其利，并吞了借主的田地。原来的债主与借主，现在便变成了地主与佃户。

另外还有一种是以农作物和地产来做借款的信物的，这种办法比高利贷更惨。

高区长从办公室里取出一张借钱的笔据来，他说这是一件正在起纠葛而还没有解决的事情，大家看那一张皱瘪稀烂的白纸上写着：

> 立顶地人郭狗成，今因急用，所有花地一块，计二亩正，坐落龙虎滩西首，向×处顶到现大洋叁拾元正，言明每季出净花一担，一年为期，如过期花利不到，自愿将花地丢下。恐后无凭，立此顶地笔据为照。
>
> 　　　　　　　　　　　　立顶地人郭狗成
> 　　　　　　　　　见　　中郭××

在这里所谓"花地"，便是"棉花田"，以二亩"花地"抵借现洋叁拾元，每季要出净花一担做利息，如果一年间不能清偿本利，这"花地"的主权便要属于债主所有。这种重利盘剥，实在是一个惊人的法子。但是在洛阳——非特是洛阳——中原一带所有的农村里，对于这种事情是司空见惯不足为奇的。他们还是过着封建社会制度的生活。据说那些贫农们自身的生活费，一个月只合到两块多钱，所有劳作的余利，完全被地主们所榨取。大都市里阔佬们的一餐饭，可以给贫农生活三年。而他同样是当今二十世纪时代的一个人。

十九　龙门道上

时钟已指着下午两点，太阳发射着热辣辣的光刺，在区公所门前，高区长摇着折纸大扇，一手提着绸长衫的衣角，恭送我们出来。

"再会！"大家脱帽一扬手，便登上车子了。车从平乐村西门出去，驶上一条大广道。两旁是一片平广的高原，北边横亘着一列不甚高的山，那便是历史上有名的北邙山。

"到龙门看石刻去！"可染的车子正在我前面，他转过脸来轻轻的说。

"好的！"我兴奋的回答。

龙门是中国雕塑像艺术上一个著名的宫阙，每年从世界各国有许多人是专为看龙门石刻而来的，可说是中原的一个大胜迹。

"打这里去龙门有多少路？"我问车夫。

"五十里地！"他回答。

"从龙门再回到洛阳城呢？"

"二十五里地！"

"来回不就要七十五里地吗？"我说。

"不错啊！"车夫回答。

于是一个难问题便在我们心头盘算着了。

"龙门……来回七十五里地……现在是下午两点钟。……去，要五十里，走五个钟点，到那里便得七点钟了。……七点钟还是不晚，能看得见。……回家又要二十五里，这可晚了。"

"啪！"一个爆炸的声音！大家当是麦田里埋伏着土匪在放枪！寒怔了一下。

原来是汝熊坐的一辆车子，车胎被石子戳破了，打了一个大气泡，好像一个灌足气的球胆。大家才把心定下来，惊惶之余，相视着一笑。

六辆车便在大道上抛了锚，停下了，车夫在修理他的车，大家便走下来集在路边。

"你们去龙门吗？"可染问。

"来不及啦！"汝熊第一个表示不愿意。

我们便问车夫："七十五里路能赶得及来回吗？"

"赶得及，不过回到城里怕得晚些！"我们的车夫说。他们是这一群中顶精壮的两口子。

"好！那么我们一定去。"我和可染同调的说。

光涛是同意于汝熊，决定进城去洗澡吃饭，不愿意再冒这个艰苦，增善有些犹疑两可，结果是他站到那面去了。剩下，只有我和可染两个孤仃头，坚持着要去。

"科学一些，不要太艺术了。"汝熊含着恶气的反对我们。

"你们不去便算了。分道扬镳吧！"我说，语气有些不耐烦他们的怯懦。

于是在道声再见后，我和可染的二辆车，便轻快的从岔道上向南去。接着大家便互相消失到望不见了。

"快啊！"我们督促着我们的车夫。

"是！"他们同声说，脚步落得像飞的一样。他们好像同情于我们的不科学的打算似的。

经过了两个钟点的行程，太阳的强光已经稍稍的敛了起来。天空里蒙着一层黄色的烟雾，好像眼睛上起了一重模糊的翳，空气里含着令人窒息的味道。

洛阳的天气在上半天是晴朗得可爱的，一到了下午，便变成很是困人的气候，晚上，便到处蒙上一层白雾，好像一顶轻纱帐，令人感到亲切的滋味。

洛阳城屋已在望了。车夫们的汗涔涔的滴着。经过一座小庙，便停了下来，到里面去讨口水喝。厨房里的地上躺着一个大汉，睡得呼呼的，门口也有几个种庄稼的，坐在树凉荫下，抽着烟杆儿。车夫们在水缸里舀了几勺凉水喝了。他们的疲倦去了大半。又坐着歇了一歇，继续赶路。

不久，便驶到东门大街，拐一个弯，向南面的一座桥上过去，车在那高低不平的一条小石街上颠荡过去。驶到街的尽头，门前拦着一条水门汀的高冈。

"这走到什么地方来了呢？"我们有些摸不着头脑。

"到洛水河啦！"车夫回答。

"有桥吗？"我问

"没有哇！"车夫回答。

"那怎么过去呢？"可染急着问。

"有法儿啊！"车夫很有把握似的说。

车在高冈下停了下来，车夫拉着空车走到河边去，我们爬上高冈去眺望。

现在那一湾洛水河的影是显现在我们面前了，碧清的水面上泛照着一片阳光，受着风的激荡，水浪向岸边不绝的澎湃。北岸的一湾高冈，都是用水泥和大石块砌成的，很是坚固，因为洛水在这儿拐弯，水的冲激力很大，这一列高冈是国民政府定都洛阳后才筑的。

向西南望去，远远的，可以看见一座拱形的大桥，悬跨在洛水上，旁边还有一列很长的平桥，一直通到洛水的极南端去。

车夫们已经把两辆车安放在一只小渡船上面了，他们扬声招呼我们："下来吧！坐船过河！"

这是一个多么新鲜的法子，当我们踏上渡船以后，两个车夫便卷起裤袖，赤着脚，在河里把小船推动，慢慢的，我们从洛水河的北岸渡到了南岸去。洛河的水并不深，河床的中心只有齐到膝头的水。船到了彼岸以后，车夫们便上来把车子抬上了岸，我们也跟着跳了上去。

洛水的南岸是一片低洼的平原，没有草也不种庄稼，黄色的一片沙地上尽满铺着石子，那些石子，一颗颗都像鸡卵般的，又光洁，又美丽，我们俯身拾了几个，越拾越多，美不胜收，拾得太多了，率性一起都扔掉，实在带在身边太重了。

"那边不是有两座桥吗？"可染指着西南说。

"是啊！"我的车夫答。

"为什么一连要造两座桥呢？"可染怀疑的问。

"一座是老的，一座是新造的。"车夫说。

"叫什么名字啊？"我问。

"那一座高的叫洛阳桥，才怪呢！洛水河里的水再大些，也淹不了洛阳桥，水涨了，桥也会高起来，水落了，桥好像低了下去。"车夫回答。

"那怪咯！难道这洛水里有神仙不成？"我笑着问。

"有神仙不错，那里不是一座洛神庙吗？"车夫指着北岸高冈上的一座小庙。

"洛神！"我们恍然了。同时眼前浮泛着一个美丽的女神的影——一个梅兰芳饰的洛神的戏照。

"还有那一座长的桥呢？"可染问。

"那叫天津桥，是吴佩孚司令造的，一到洛河水涨的时候，便淹没了。"车夫说。

一面说着一面走着，已经步出那个沙原，转上了一条泥土的大道上去，于是我们又重新登车，路上的泥很坚硬而且高低不平，车开始上下左右的大起颠动。车夫们淌汗了，我们的腰间也酸痛起来，在阳光微照着的下面，我们在龙门道上一步一颠动的向前进行，一刻也不停留。

二十　关公墓

"龙门还有几里？"

"二十里地！"

"才走了五里路吗？糟糕！"我们心上不免有些着了急。

又行了半天。

"你看那里便是龙门！"车夫指着说。

我们随着他所指的地方看去，在极南的边际上，有两座青山对峙着，中间露着一个大空缺，我们心上在盼望，能够一迈步就跨到那个山缺里去。

洛河的南岸是一片沃野，农妇们都在田野中收麦子，有些在田里搭了一个草棚，白天躲着歇凉，晚上便睡在田里看麦子。一阵阵的欢笑声随着田野的风送来，这情绪真有点像走进了桃花源去了。

"那是什么地方啊！"可染发现在南面有一片大丛林。

"关公墓！"车夫回答。

"车要打那儿过吗？"我问。

"要的！只一里多路便赶到了。"车夫说。

于是我们高兴得什么似的，好像在沙漠里发现了一个草原一般的快乐，因为这确是出乎我们意料之外的。想不到龙门道上还埋着一位一千年前的大英雄的遗骨。脑海中现出了各式各样的关公的肖像来——戏台上执着大刀御着金甲的一位龙眉凤眼的红脸将军，当他舞动着大刀在乱军中杀出来时，观众们都会喝着彩。此外到处寺庙里供奉着的一位金面神，右面立着捧印的关平，左面傻周仓执着大刀侍立着，受着大家的敬礼。还有，彩色印行的图像上，一位穿着绿色大袍的关公正在秉烛看《春秋》，是被一般商家放在玻璃框里奉祀着的。这一代的大英雄是中国没有一个人不知道，同时也是没有一个人不敬仰的，他的势力是还在孔老夫子和一切宗教之上，这完全是由于关公生前的事迹太使人感动了。我们望着那前面的大丛林，心里在打量着："我们可以看到一代大英雄的坟墓了，这是多么幸运的一件事。"

丛林渐渐的移近，一座崇高的庙屋在古柏丛中显露出来：四面围着红色的墙壁，远望去，气象很是庄严。

过了一会，车便在大道上停下来，我们便向东走去，到了关公庙的大门前。

关公庙的大门建筑得很宏伟的，比西湖的岳庙还要大，两旁一对白石雕琢的大狮子对踞着。我们进了大门，里面便是一个大庭院，走过庭院便是二门，二门再进去便望见大殿了。殿前有一条甬道，两旁的栏杆上都是小石狮，高大的古柏掩映着，幽然的散出清香。走过甬道，便到大殿前面，殿的建筑完全是中原的古宫殿式，表现着雄壮的美，檐头柱间雕镂着很细的花纹，饰着彩色图案，含着古色古香的意味。走进大殿里面，正中便是关公的塑像，约莫有二丈多高，很是伟大，两旁站着关平和周仓，这些塑像都非常有骨气，在像前的巨鼎里缭绕着青烟。幽静的，令人肃然起敬，我和可染俩便恭立在神像前面行了三个敬礼，然后又瞻仰了一会，再走进里面去。

从大殿再进去，里面又是一个庭院，东西是两列配房，满院也长着古柏树，风吹过来，萧萧的响着。越过那庭院，正中又是一所较小的后殿，殿屋中央是一个关公的铜质塑像，这是一个很古的像，在我们已往所看过的关帝像都没有这样好的，关公的脸容含着英雄气概的苦闷，双眉紧锁着，眼仰望着天空，五行细长的须垂在胸前，双手支按着两腿，这神气正有点像关公当年战罢归营后闲坐着的样子。在像的后面，是一幅雕龙的图案，这正是一个不同凡俗的塑像，一幅深刻的素描。虽然那颜色是很灰暗，但是所表现的关公，却是一个有生命的，满含着苦闷的一位英雄。

我们在暗黑中把这像摄入了镜头便再进到里面去。

后面便是关公的坟墓了，从后殿再进去，先经过一条墓道，关公墓像一个小丘般大，静悄悄的安踞在后方。四面有砖墙围着，两旁立着碑记，墓上疏落的长着几棵小柏树，在墓前建着一座精美的祭亭，在祭亭前面有一座石碑坊，上面的字迹已很模糊。我们站在坊下瞻仰了一会，默默的对着这千余年前的大英雄致敬。天空里掠过几只乌鸦，嘈杂的一阵乱鸣，冲破了沉寂。我们又四面闲步了一会，才经过庙门出去。

当我们重回到大道上去时，二个车夫已经在道旁的一家茶铺子里歇着了。

"喝口茶再走！先生！"车夫说。

"好的！"我们正感着口渴。

于是我们便在青石板上坐下了，茶主人连忙斟出两碗红茶来。在我们对面坐着几个本地的农夫，他们正在谈天，看见我们进去，都歇了口，惊奇的注意着我们，尤其在留心的观察我们的那架照相机。

"这是什么玩意儿啊！"一个农夫问。他是长着一张黑脸，很壮健的。

"照相片的。"我们的车夫代为回答。他们是已经认识了照相机的效用，好像"先知"似的在农夫面前炫耀。

"在关公庙照了吗？"农夫问。

"照啦！"我回答。

"能取出来给俺看看吗？"农夫大动好奇之心，他想一看照片上的关公墓是怎样的。

"不能！还没有洗出来啦！"我回答。

于是这位农夫失望似的点了点头，呷口热茶。

"我说，关公的墓怎么会葬在这儿来的？"可染动问那个农夫。

"这话说来很长啦！当年这儿都是水道，关夫子来葬了才变成陆地的。"那个农夫说。

这句答语是使我们一点也摸不着边际。"关夫子不是死在麦城的吗？怎么会死到这儿来的呢？"可染问。

"飞来的，正怪呀！"那个农夫简单的回答。

"怎么飞来的呢？真怪咯！"我说。

那农夫又呷了一口茶，便开始讲述那一件飞首来葬的故事。

"想当年关夫子在麦城被杀了以后，天空里忽然起出一阵怪风，关公的头便随着怪风飞卷到洛阳。那时候，这一带全是大水，这个头飞到现在关夫子葬身的地方，便停下来了，在水面上打着回旋，洛阳城外也狂风大起，在灰沙蔽天中隐现着关夫子的圣像，大家都拜倒在地，等到风沙息下来时，只看见原来的大水已经变为一片陆地，地上高出一个丘浮，便是现在的关公墓。大家都知道关公的头飞到洛阳了，就在这儿盖起一座大庙。"

农夫讲完了这一段神话，两眼朝东凝视着关公墓的大庙，好像有无限感慨似的。

在历史传说上，当年关公从麦城突围出来，被吕蒙用计擒住了，关公、关平父子俩因为不肯投降，便在孙权的一声喝令下斩首了。关公死后，孙权恐怕刘备怀恨他，要联合了曹操来报仇，合伙攻打东吴，所以他想了一个嫁罪之计，差人将关公的头送给曹操；那时曹操正在洛阳城，接到了关公的头，喜不自胜，同时他知道这是孙权的嫁罪之计。这一位奸雄便大做其讨好文章，用沉香木雕了一个躯体，把关公的头装了上去，待以王侯之礼，葬关公于洛阳城南。虽然不是飞首来葬，但这位一世的英雄，竟是"身""首"分成两处埋葬的，据说在湖北当阳县，现在还有关公的衣冠冢在。这大概便是关公躯体的掩埋处了。

我们小坐了一会，呷完了一碗热茶，立起身来，可染摸出一个大铜元会了茶账，坐上车子向南面两个山头对峙着的缺口处直驶过去。

二十一　龙门的黄昏

大阳西沉了，无力的散着金光，我们的车，还兀自在龙门道上迟迟的前进着。

真急人哪，眼看龙门的两个山头已经很近啦！但车夫们说，过去还有七里地。

恨不得生四条腿，或者长两张翅翼，在一步或一振翼间，便能到达龙门。但是，梦想呵！我们只看见四个车轮在皱硬的泥地上慢慢的滚着。

"快！"我们急促的催着车夫，恨不得自己下来做拉车的。

"慢不了！包管到龙门天不黑！"车夫们说。

于是我们索性死心塌地的坐着，也不想，也不着急，好像一张松了弦的弓。

车夫们却急急的迈了大步前进。

在激烈的颠动中，过了一大会。腰间的肉，感着说不出的酸痛。

现在，庞大的两个山头的影子，迎面的显现在眼前，东面一片白茫茫的浅水，在急湍的流着，水滨是成列的果子树，一群山羊，正在树林间踱出来，田里散落着一大片农人，忙着在收获。牛儿们，安闲的拉着车，漫步归来。这情景，真如走进了一幅动人的图画中间去。

车到大路尽头便停下了。我和可染便步行南去，前面是一个山庄，在历乱的怪石上面，有一列不甚宽敞的住屋建着，中间是一条高低不平的大路，两旁的住户都很破落，有些门楣上还点缀着金字匾额，不过已被风雨剥啄得破烂不堪了。

走出这个山庄，前面便是一处小市集，有几家饭馆，门前满堆着馍馍。几个伙计满身染着烟灰，秃着亮晶晶的油头，向我们招呼：

"里边儿坐吧！喝茶吃包子！"

我们摇摇头，心想还有谁肯先吃了包子再到龙门去的吗？

"喝茶吗？"隔一家的铺子里吆喝起来。

"不喝，到过龙门再来！"我们回答。

正说话间，旁边蹿出一个人来，青黄色的脸皮，盖着疏落的几根鼠须，身穿一套白色土布衫裤，托着一杆水烟袋，走到我们面前。

"玩龙门的吗？跟我走吧！"那个人说，他自居为向导。

"嗯！"我们低声的回了一个字，眼看这个人是个泼皮，脸儿又黄又瘦，定是吸"白面"的。

"先生们是从哪儿来？"那人说。

"江苏！"我回答。

"唔！江苏哪儿啊！"

"上海。"我们信口回答说。

"上海是个大地方啊！"那个人好像到过上海似的。

大家静默了一阵，越过一片乱石，便到了龙门山下的一条大石道上。

这是多么惊人的一个景地啊！西首龙门的山石壁立着，山下是一条石道，道左便是宽阔的伊水，水波冲激着水底的乱石，向北面流去，发出一阵淙淙的声浪，好像一阵军马在奔腾。东面，隔着伊水又是一列屏风似的山，山坳里，修然的吐着雾气。

"这叫做'双峰对峙，一水中分'。是龙门第一个奇景！"那向导用手指在空中，从东面向西划了一道痕。他说着，很有些文气，大概是读过四书五经的。

我们只是默默的看，心上发出惊奇的颤动。

"对面，便是香山，唐朝的诗人白乐天的墓就在山上。"向导说。

"唔！这就是香山吗？"我们这才惊喜的问。抬头对香山注视了一眼，只看见伊水上的倒影，模糊的荡漾成一片。我们默默的念着这位放浪的大诗人的一生，心上起了一阵敬仰。

从石道上走过去，略向西面转弯，前面便是一片巍峨的山壁，壁间满布着大大小小的石窟窿，走近前去一看，窟窿里尽是石佛，形形色色，各不相同。据向导告诉我们，每一年，各国的游历者到龙门去拜望的总在数百以上，他们每次来都花了重金向乡人购买石佛的头，带回去作为名贵的艺术装饰品。帝国主义的资本的势力居然延展到洛阳，龙门山窟里的石佛被带到外洋各国去了，这非但是石佛的不幸，同时也是整个大胜迹的不幸。

向导领着我们登上一条小山道，走到一所圮落的殿屋前面。

"这是禹王阁，当初龙门的开辟完全是夏禹王一手成功的。原来，这香山和龙门是连在一起的，好似一列屏障；后来，因为洛河的水无处泻泄，因此夏禹王便使动宝剑，把龙门和香山中间，劈划成一个大缺口，又用剑头在平地上一划，便变成一条伊水。这禹王阁是当年禹王治水的遗迹。"向导说。

我们一面听着，一面拾级上去，越过一个小石池，池上流着淙淙的水，傍晚时分的清冽的凉气，夹着山间的风向我们袭来，比死还要寂静，我们是感到似同遁出了这个尘俗的世界一颗心，悠悠地随着雾气，在山谷间流动。

"这里进去是头洞。"走到一个大山壁的洞门口，向导说。他自己先走一步，我们便随着进去。

里面是圆形的一个穹窿，正中，一尊四丈多高的大石佛踞坐着，两边分立着两个侍者，向导把吸水烟的纸煌点着了火，向洞的空间一绕，于是显明的，我们见那个洞形是多么的高，四壁雕琢着各种云彩，佛日的光辉，再自己看看自己，是显得这样渺小似的，好像锅底里爬着一个蚂蚁，我们谈话的声音，好像两只蚊子在嗡嗡。

"伟大啊！"可染赞叹观止了，好像刘姥姥摸进了大观园。

"那边还有更大的哩！"那向导笑着说，他含着一些骄傲的神气，好像在讪笑我们这两个没有见过大佛的江苏客人。

"还有大的哩！"我们想。于是急急的步出第一个洞，毗连着，又进入了第二个穹窿。

"这里一列共有三个洞。头洞、二洞、三洞，里面供奉的三世佛。"向导用教小学生的口吻，又如温习旧课，指点着那一列的三个大洞说。

二洞比头洞更大，中间的佛像也更高，模样也和第一个不同，龙门佛像在艺术上的价值即在此。全山上没有一个佛像的格式是相同的，每一个，都能显示着他特异的神貌。

这样接连的看过了三个洞，便又从一片山崖上步行下去，沿着山麓的石道再向南去。

二十二　月下归城

在路上，我们便和向导亲切的谈起来。

"这些石佛是谁刻的啊？"可染问。

"这可说不来啦！只知道在《洛阳县志》上载着，说是北魏景明年间，魏王泰为长孙皇后祝福而造的。"

"他一下子便造这么些佛像吗？"我问。

"哪能！想来他只造了几个顶大的佛像，其余许多，都是后来的人添建的。在当时有一种迷信，有钱的人家死了人，便到龙门来造个佛像，施舍几万贯钱，在石像旁边刻一张墓铭传记，说这样做了以后，那个死去的人，便可以成佛，到西天极乐世界去。这样，龙门的小石佛便一天天增多起来，那些个碑文都是北魏时候写的，现在还留在前面一个洞里，便是有名的龙门二十品。"向导滔滔的讲。他真是一个博学者，一个中原的斯文人，只是他的那副样子太颓废了，教人看了不得不把他当作一个烟鬼、泼皮。

"龙门二十品！有买吗？"可染问。

"怎么没有，多得很呢！一块钱就能买上两套啦！"向导说。

我们一面谈，一面沿着伊水走，又折了一个小弯。西首便是一片历乱的石窟，一处好像用刀削过的大山壁间，罗列着无数小窟窿。向导指着那一角山洞说：

"这叫伊阙，是洛阳和伊川两县的分界线。过这里向南去，便是伊川县。"

"伊川县！"我重复的念了一遍。

"伊川，宋朝不是有个程伊川吗？"可染说。

"唔！这位道学先生的故乡就在这儿啊！真有福气，在这样山清水秀的地方住家，怪不得这位二程夫子会这样刻板方正的讲着为人的大道理。"我嬉笑的说。

从伊阙再过去，前面的石道便顿形开阔起来。西首一个崇高的山壁便在眼前显现了。

"这儿上去，是释迦牟尼佛的像，一个龙门顶大的石佛，有八丈高哇！"向导抬头指着一片石壁说。

我们向那一片石壁上一望，什么也没有，哪儿来的八丈高的大石佛，只有几条崎岖的小径，盘绕着山壁。

"哪儿有大佛呀！"我们不信任的责问。

"在上面啦！你们上去吧！我在下面等着，上去很累啦！我爬不动。"向导说。

于是我们便从石壁下的一条小径上攀援上去，真险哪！哪里有山路！完全只是人工在山壁上凿成几个"踏步"，有几处地方，简直连蹲倒了还不好过去，要把身体几乎贴到地面上，再爬行而上。

这可糟了！我们两人都是穿的皮鞋，踏在石壁上，一步一滑梯，正有些像穿了溜冰靴在冰上走。手里每人拿了一架镜箱，万一不小心摔倒了，跌痛事小，打碎镜箱事大，连这八丈大佛也不能留一个影，是够多么可惜的事。

事情是这样战战兢兢的，我们各把镜箱上三脚架抽出来，当做"司的克"。一步一停留的，终于爬到了山壁上崖。

现在一个伟大的山窟的场面，展开在眼前了。三面都是石壁，围成了一个半月形的山崖，隔着伊水，面对香山，那位八丈高的释迦牟尼佛，微瞑着双目，安坐在中央，两旁四大天王分边值立着，崖壁间尽是数不清的小石佛，每一个比普通的人体要大上一两倍，可是因为和大石佛一对照，便显得如同一个"巨无霸"和一群小孩子般的，至于我们，更是渺小得可怜。

大石佛的本身是依附在西壁的山崖上的，就着山石雕琢而成，经过了几千年的风霜雨雪，石佛下半截的石质，已经渐渐销蚀了，四面壁间，留着一个个方形的小洞，大概以前是盖着大殿的，后来便倾圮了。

我们把这位双手已经销蚀的释迦牟尼佛，在暮色苍茫中摄入了镜头，他安闲地坐着，永远是这样安闲地坐着，发着庄严而慈祥的光。"佛法大无边"，我们那时真有这样的感觉。

洛阳可说是一块佛教蕃衍的圣地，几千年来佛教所遗留下来的伟大艺术品，永远在世界艺术史中占了珍贵的一页，可惜的便是没有人能把这些艺术的宝藏保存好，任它天然的消毁下去，说来也令人可叹。

"先生下来啦！"一个微弱的声音从山壁底下发出来。

我们走到前面去一看，下面的向导正在招着手呼唤，他大概等得不耐烦了。

于是，我们便离开了释迦和四大天王的像慢慢地从那悬崖小径间爬了下去。

天色已经渐渐的晚了，伊水上笼罩着一重轻烟。

"还有什么玩的吗？"我们问。

"前面去，还有一个龙门二十品的碑洞。"向导说。

我们又跟着他南行了一阵，在一个很高的山壁前，有一个小洞，望进去，黑魆魆的一片，壁上嵌着许多石碑，有几架竹梯靠着碑面上，有些贴着白纸，是预备墨拓下来的。

"龙门二十品！"一个乡下人手里拿着一叠碑帖从后面走过来，他一面把那些碑帖放在一块山石上，一张张的取开来。

"几个钱一套？"可染问。

"一块钱一套！"他答。

"一块钱两套卖不卖？"我说。

"不卖，不够本儿。"他答。

"什么不够本啦！几张烂纸值几个钱呢？"可染说。一面我们转身就走。

走了几步以后，"卖啦！就一块钱两套吧！"卖碑帖的人说。

于是我和可染每人卖了两套。

"回去吗？"我们问向导。

"到那里去喝碗茶再走吧！"向导回答。

我们给了他一块钱，算作导游的报酬，他便独自个去了。我们便回到茶铺子里，每人喝了一碗茶，吃了两个包子，看看天光已经暗下来了，车夫们催促着要回城去。于是重新踏上了龙门大道。

时针已指着八点，昏黑中，那"双峰对峙，一水中分"的龙门的影子，在我们背后渐渐的模糊，终于在黑暗里消失了。夜的龙门道上，此刻是沉寂得很可爱，大气含着多量的积水，紧压着地面，一颗圆圆的月，在溟濛的东天升了起来，把大地不甚清楚的映照着，田野间飘忽着农家的灯火，有时发出一阵阵疏落的犬吠声。

我们的车，努力的向前进行着，到十点多钟才重新渡过洛水河，一片银白的波浪上，浮过我们这两位晚间的游客。当车子从小道上穿驶到中原文化馆门前，已经有十一点了。

洛河南端素来是著名的土匪出没的渊薮，我们却披着一身胆，安全的归来，没有遇到意外。灯光下重新会到了平乐村前分别的同伴们，惊奇的相视着，当他们探问着龙门的风光怎样，我们脸上露着一阵勇敢和欢悦的微笑！

"伟大呵，龙门！"我们回答。

二十三　西宫巡礼

几天没有得到充分的安眠，此刻在中原文化馆的客室里，稀白的晨光从帘栊里探进头来，中原初夏的侵晓是很寒凉的，我和可染都被寒气冻醒了。眼开眼来，身体软绵绵的动弹不得，好像喝了蒙汗药酒似的。

勉强挣扎起来，加了一重毯子，又懒迷迷的睡下了。

"白马寺，古老的佛像！

龙门！巍峨的石刻，

关公墓的古柏，

月光溟濛中泛照着的洛河的波光！

交织成一幅错杂的画，投入梦境里来。"

当阳光照得满院通明的时候，我们从一片剥啄声中醒来啦！

"哪一个？"我们懒懒的问。

"我一个！"这是增善的声音。

"这么早就起啦！"可染说。他一面出来开了门。

"还早啦！你看太阳已经照得通明的了，快有九点多了吧！"增善说。

于是我们才穿衣起床，两眼畏缩得睁不开来。

"吃过早点，玩儿去。"增善说。他昨天没有去龙门，因此今天的情趣特别好。

"上哪儿去啊？"我问。

"到西宫！"增善简洁的回答。

吃过早点以后，快近十点钟了，我们这一簇共计四人，走出周公庙，朝西向西宫进发。

西宫是洛阳城西的一个大市集，那里有宽阔的洋场大道，两旁夹着青翠可爱的林木，有巍峨的大楼，四周围着美丽鲜妍的花草。在历史上，西宫是三国时魏国的都城所在地，那里有秀伟的翠微宫、美丽的芳林园。到晋朝，石崇曾筑过文学史上很有名的金谷园，藏着他的爱妾绿珠，后来因为石崇被害，绿珠便从清凉台上跳下来，堕楼而死。到隋炀帝大业初年间，曾大兴土木，筑成一座二百里周围的大园，在唐时，称作紫苑。民国以后，洪宪皇帝袁世凯开始大规模的兴筑西宫，辟道路，建大厦，成了中原唯一的大场所。后来吴佩孚驻扎在洛阳时，又大加修葺和扩充，点缀得好像一座大花园。最近，在国民政府迁都洛阳的时候，又做了政府的政务区域。

西去是一条低洼的大道，中央竖立着一座古式牌坊，一面题着"背邙面洛"，一面题着"八省通衢"，这条路大概在以前是到各省去的要道。路上的行人很多，有的是往西宫去，有的从西宫来，熙来攘往，好像山阴道上，很是热闹。

在道旁，我们发现了一列穴居人家，大家久想到这种神秘的住户家里去观光一趟，可是没有机会，这一次，我们蜂拥到朝北的一家土穴门前去。有一个老儿，正在做饭，锅底下熏着浓烟，煮着一锅子绿豆面条，他正在闲散的抽着黄烟。

"里边儿歇吧！"老儿说。中原一带是一个礼仪之乡，淳朴的风气，到处显示着，无论什么时候，他们总是抱着可亲的热忱来对待人家的，尤其是对于一个陌生的旅客，他们是格外客气。

"好，我们随便看看。"我们回答。我们的目的是想探求一下这神秘之穴的内容有些什么。

老儿站起来，让我们在前面走，进口处是一重极矮的门，用薄薄的板钉成的，好像一件补缀的外衣，低了头进得门口，里面是低洼的一片土地，黑漆漆的一个洞，霎时间看不到一样东西，如同走进了一间"暗房"里去。

定了一会神，从门口照进的光亮中，才能看出洞屋内的一切。洞的构造很有趣，从进门处向后去，是一个泥土的平顶，渐渐的变成半圆的穹窿，凿成后面的壁在一个浑然一体的洞里，门口陈设了几张破桌椅，正中靠后墙是一张卧床，也是用泥土堆成的。土床上散乱的放着一条被、一张席、几件衣服。左面伸出去有个小穹窿，里面堆着些柴草和杂用家伙，客堂、卧室、储藏室，三位一体地构成了这样神秘的一个洞。

洞屋里很凉快，虽然没有风，也觉得很爽朗，不过就是阴暗一点。我们站了一会，然后走出洞门，老儿送我们出来。

"这屋子怪好！"可染说。

"怪好！先生你说得好罢了。没有钱盖屋子，只得住在洞屋里啦！"老儿说。

"你们这一溜有几户住家？"可染问。

"二十来户，不算多，那边北邙山上才多呢，有几处一个村庄几百户人家全在洞屋里住，那儿还办了学堂，教室就安在洞里。"老儿说。

"那才有趣啊！"我们想。假如坐了飞机在天上过，俯首看看这些土穴的居民，那简直和蝼蚁的生活没有什么分别了。

"吃吧！"老儿说。他一面掀盖看那煮熟的面条儿，一面招呼我们。大家含笑的申了谢意，那老儿便盛了一碗，自己吃了。

在中原及黄河两岸一带的人民，他们一天只吃两餐，上午十时吃一餐，下午四时吃一餐；食料是很简单的，普通是把面粉在瓦锅上烙成一张张的馍饼（好像一张粗糙的皮纸）。吃饭时，把馍饼叠成一卷子，夹些咸菜、大葱、辣椒，一面走路一面嚼着吃。稍微讲究一点时，便吃面条，或吃面糊稀饭和馍馍。他们这种刻苦简单的生活，较诸江南各地一天连点心要吃上三四餐，每餐要摆上满桌的菜才能下饭，相去未免太远了。

我们向老儿道了声再会，他站起来恭送我们出了前面的小场院，我们正想向西面走去的时候，忽然看见另外的洞口正站着一个妇人，阳光直照着她的门口。

"照她一个！"可染怂恿着。于是我便拉出镜箱，很快的把这个穴居户和一位蓬首的妇人照了进去，她兀自呆望着我们，不懂是什么玩意儿。

经过一条闹市，由市稍尽头再西去，便到西宫了。

前面是广阔的大道，纵横交织着，好像棋盘街一般，广道的两旁，都是丛丛的林木，绿叶满披着日光，新亮得可爱，荫影静卧在地上，像一片碎银子。

青的天，白的太阳，新绿的树荫，习习的凉风，我们不停的在广道上前进。

"想不到洛阳竟有这样的好地方！"增善赞叹了一声。

"这地方，真不假，比得上上海的霞飞路呢！"可染说。

真不假，西宫是可以比得上上海的霞飞路，只是路面没有浇柏油，稍觉差池一点，至于道路两旁的景色，霞飞路是没有这样好的。

我们足足在绿荫丛中穿逐了一个钟点，看到了国难会议的议场、中央党部的礼堂，以及当国难发生后政府迁洛的各部院，不过现在各个政务机关门口的招牌上，在名称下面都加上了"驻洛办事处"字样，正和当年政府迁洛后在南京的各机关加上"驻京办事处"一样的滑稽。

我们在树荫下歇了一会，已到近午时分。看看那阳光炙热得厉害，绿荫中一列洋房晒得光洁可爱。

"喝冰冻的凉粉吧！……"一个叫卖的声音从道路的一角叫唤出来。

大家觉得渴，便寻声聚到凉粉担旁。那儿正在十字路转角处，道旁有一个清水池塘，几张小石凳，大家便坐下了。

来了四盘凉粉，四盘枣子糖稀饭。吃完了，可染取出两个大铜元，每个当二百文，四盘凉粉和枣子糖粥的总价是三百二十文，给他两个大铜元还要找出八十文。原来洛阳的洋价每元可兑八千文，不过那里是用的大铜子，有当二百文的，有当一百五十文的，有当一百文的，有当五十文的。当二十文的铜元已是很少，十文铜元简直看不到。因为铜元的当价愈高，它的代价和铜元的大小是不能相当的。在洛阳，当二百文的一个铜元，只有一枚银币般大。因此十文二十文的铜元用起来很不偿算，市场上尽流通二百文一枚的铜元，完全由一班地方官滥造滥发。洋价虽然作八千文，听起来好像很大，要比江南贵二三倍，可是一块银元只能当作二百文的铜元四十枚，这四十枚铜元的重量，远抵不过江南三百个十文铜元。

中原一带的金融是紊乱到极点了，完全被地方官大资本银钱业商人所操纵，这是一件极可痛心的事情。假如我们从上海出发，到中原一带去，沿路做一次金融的访问，那便可以看出中国币制的紊乱和不统一，显示着政治还没有上轨道。

在上海，因为是全国金融的中心，所以一切的银子、纸币，都能通用，一到南京，困难问题便来了。民国九年的银角是到处拒用的，就是勉强可用也要补上每角三四十文的水。到了蚌埠，洋价便分两种：兑十文铜元一块钱换三千文，兑当二十文铜元一块钱便可得四千多文。同样一碗面，有两种定价：小子（十文铜元）每碗十四枚，大子（当二十文铜元）每碗十枚。大子的代价只合小子的七成，那里是"大子"和"小子"兼用的。到了徐州府，小子便绝迹不用了，市面上完全用大子，洋价每元统作五千文，贰毫银角一律拒用，由当地的钱店自己印了一种纸币，有的一张作一千文（等于大洋两角），有的一张作五百文（等于大洋壹角）。那些纸币，可以撕作两半应用。譬如一个人拿了一张一千文的纸币去坐车子，要付一角大洋的车钱时，他无须去兑换，只要把那张价值一千文的纸币一撕两半，给半张与车夫，便可以算一角钱；自己剩余半张，仍旧可作一角钱用，因此市面上充斥撕碎的烂纸币。全徐州府发行这种纸币的总数，值八十万元以上。奸商和地方官狼狈为奸，用纸币去吸收人民的现银和货物。到了开封洛阳，洋价每元便作八千文，完全用价值一百二百的大铜元。这种大铜元的流毒，正和徐州的纸币相类似，常常要发生跌价和拒用等事件。一个当二百文的大铜元，有时只作一百五十文，有时只作一百文，完全随着地方官和金融商人的意旨而定；这种抬高与降落，使一般劳苦的农民和下层阶级的苦力，感到莫大的痛苦。

我们在西宫道旁默坐了一会儿，看看近吃饭的时候了，才慢步回周公庙去。

二十四　别矣洛阳

午饭是考试院驻洛办事处主任请客，大家喝得醉醺醺地，四个人一同闯出了中原文化馆的大门。

"到街上去溜着玩儿。"可染提议。

"好！买古物去。"增善附和着。

洛阳市上的古董铺是特别的多，有一条东门街，一列街上全是古董铺，那里你可以看见尽是染着泥土的古式陶器，但真真够得上古的很少，大半完全是"赝品"。那些古董商们把古式的陶器翻成模子，炼造了许多新陶器，涂上颜色，埋在泥土里，隔些时候拿出来，便当真的出卖，这实在是一个滑稽的买卖，本地人是决不置信的，只好骗骗一班远来客和外国人。

但是，真的古物在洛阳也时常能发掘到的，往往在农夫的一锄一把间，会发现了大批古物，这些真的古物发现后，价值便在成千成万元以上，就有一般古董商专任来重价购买。洛阳人靠古物发过财的人很不少。

我们既不是古董商，当然买不起真的古物，我们是准备去买一批新出土的"赝品"的。

从古老荒凉的老西门进去，穿过泥埃的街，有一个乡人正挑着两筐佛像在叫卖，一头是释迦牟尼，一头是观音菩萨，我们连忙招呼他歇下来，各人拣上几个大大小小的释迦牟尼和观音，好像小孩子走进玩具店里，挟着几具蜡制的洋娃娃似的。

"几钱一个？"可染问。

"四毛钱！"卖佛的说。

"洛阳人也许会说虚价。"我们想，"还他一毛钱一个，看他肯卖不肯。"

"一毛钱一个卖不？"可染说。

那卖佛人迟疑了一会："好吧！就算一毛一个。"于是每人手里都抱了三四个佛，这些佛价格虽贱，但塑刻得很好。洛阳毕竟是佛教传入中国的发祥地点，想不到竟会有许多人卖佛过活，因为在一路过去，这种担子很多，有些还有香炉卖。那些香炉雕镂得更精，完全仿照古鼎的式样做的。

踱过东门街，我们便走进一家古董铺去，伙计们看得出我们是外路客人，他想生意来咯，连忙斟茶送烟。我们先向桌上罗列着的古物作一次巡视，这些"赝品"，都点缀得如同真的一样，美不胜收，等于阅读一部中国古代美术史。

"里面还有好的。"伙计招呼我们。

我们从前面走过一条窄道，里面便是一个大房间，陈设很精美，那些古物都整齐的陈列着，我们随便拣几样问问价钱，讨价都在一百元以上。

"买不起啊！这么贵。"可染叹了一口气。他是特别喜欢鉴赏古代美术品的，他摩挲着一个骑马的土俑，这样说。

"古董总是贵的，真的古物还成千动万的哩！"伙计说。

"我们买不起古物，只要是古式的东西就得啦！管它真的不是，你拿出几样来给我们拣看。"可染说。

于是伙计们便搬出几件东西来，有的是佛像，有的是土俑，有的是古式祭器，还有各种古式用具，这些都是经过人工翻造的，我们以每件一元左右买下来了。用纸包着，挟着走出来。又挨次到各家去看了一趟，补充了几件，这才走到城北去。

"哪儿去啊？"可染说。他两手都放满了，走起路来很不便。

"闲逛去。"我回答。

大家便循着大街小巷溜了一会，漫无目的地，尽是走着。

从一条小巷里穿过来，前面有一片场地，一座很高的照壁楼站在场地上，这显然是有个公共机关在这照壁的对面。

于是我急急的走过去一看，原来是"河洛图书馆"，蓝地白字的横额上显明地写着。

走进大门，里面没有一个人，一直进到院子里去，是一个小小的花园，二门口对立着两只石型怪兽。

"怪咯！这是什么东西啊？"可染摸着东首一只怪兽的背脊。

那东首的石兽，躯体好像一匹马，而它的头和尾，却是一条龙形。西首的一只简直便像一只乌龟。

"你看这不是一条龙吗？"汝熊说。

"不，这是一匹马。"增善说。

"那是一只乌龟。"可染说。

"这是《河图》《洛书》啊！我想起来咧！"我记得曾在历史挂图上见过的。

"《河图》《洛书》是什么玩意儿啦？"可染问。

"这个玩意儿叫做龙马，这只叫做理龟。"我指着东西两只怪兽说。

在上古的历史传说中，当伏羲氏王天下的时候，黄河里忽然浮起一只怪兽来，这怪兽便是龙马，在它背上，驮着一幅图。伏羲氏就根据了这图画成八卦，治理天下。这可说是上古人类初步应用符号文字的起源，在当初不过是藉着几个符号来帮助记忆罢了。后来到了周文王，竟把它演成了《周易》，传到后世，越弄越玄虚，竟把它看作了不得的深奥与神秘，称之曰《易经》，一般星相卜筮家便靠了八卦营生，无形中，这个好像电报号码似的玩意儿，竟主宰了中国全社会的多数愚民的信仰，到处还能看见，无论富户或贫家的门楣上，他们会钉着一个八卦，据说是用以驱除邪魔的。《洛书》的传说，据说当大禹治水功成以后，舜就把皇位让给大禹做，那时洛河里忽然浮出一只大乌龟，背上刻着许多连珠似的小圈儿。原来这是天授给大禹的机密，大禹就把那些小圈儿的图形，列成一部《洪范九畴》，用来治理天下。

所以《河图》《洛书》是上古帝王治天下的两样法宝，龙马和理龟，都是天帝的使者。这种传说很有点同希腊神话差不多。一个民族最初建国的时候，这种怪兽的神话是很多的。

看过龙马理龟，便再走进里面去。河洛图书馆是洛阳古物的保存机关，藏有历史上的文物很多。有雕镂极精的古代钟鼎，有笔力苍劲的北魏碑林，又有出土的各种器皿，都是古洛阳极名贵的遗物。

从河洛图书馆看完出来，天气闷热得很，黑云起西边角紧紧的压下来，阳光失了色，洛阳市街上笼着灰色的暗沙。

"快下雨啦！回周公庙去吧！"我们在一阵慌乱中，回到了周公庙，天却没有下雨，只起了一个空雷阵。这天晚上，又在周公庙里度了一宿。

过一天早上，太阳刚从东山升起，我们这一行便重新踏上了旅程，几位新结识的朋友都赶到车站来送别，在一声汽笛里，一点头一扬手间，大家便分别了。

"别矣洛阳！"

我们呆望着目前一个古城的影子，从车窗间向后倒退湮没了去。

倪锡英著《洛阳游记》，中华书局1935年11月初版

西游小记（节选）

张恨水

头一站到郑州

西北这两个字，包括得很广，计有陕西、甘肃、宁夏、青海、绥远、新疆六省。我们要游西北，决定自己是要到哪几省，然后择定路线。大概到绥远、宁夏、新疆去，可以由平绥线到包头，再骑骆驼（现在也有汽车了，但是时通时塞）。到陕西、甘肃、青海去，那必定由陇海路到潼关，再换汽车前行。我家居北平，所以是由平汉路到郑州，在郑州换陇海车西进的。说到由北平到潼关，本来不必在郑州勾留的。平汉通车晚上十一点多钟到郑州，陇海由东向西的通车，也是十一点多钟到。你若是买联运票，大可以下了平汉车，就跳上陇海车去。可是有一层，你若打算中途在洛阳下来玩玩，那就不便当。因为陇海车到洛阳，是上午三点多钟，你由郑州上车，不曾睡好，又得起来，而且混乱了一夜，第二日恐怕也没有精神游历。为了这一点，我决定第一站住在郑州，先看一看这新兴的商埠。郑州的旅馆，尽有几层高楼的。不过很少新的设备，而且租界旅馆里所有的不良现象，那里都有。你若是要图清净，不妨住在中国旅行社招待所。那里设备很新，铁床、浴间、抽水马桶，都有。像那住惯了上海，非抽水马桶不能出恭的朋友，这里是你唯一的歇脚地了。

在郑州的小勾留

在三十年前，郑州火车站边，不过是几十家草棚子而已。现在可了不得，那中山路，一望也是几层楼的高大洋房。马路虽不十分宽，却很是平整。中国、交通、上海各大银行，这里都有分行，绝不是三十年前草棚子里的住客，所梦想得到的事。你若是西行的人，到了郑州，就得想一想，有些什么旅行必备的东西，买了没有。假如是没有买的话，可以在这里买齐。因为到了西安，虽然也买得着，可有的不好，有的太贵。现在，我代拟一张西行采办单子。将来有西行的人，可以参酌这个单子自办。

> 必备品：行军床、温水壶、旅行药品、伞、雨鞋、手电、灯、指南针、表、精盐、茶叶、手巾囊、口罩、罐头、饼干（以上两项，若游华山，千万带着，别忘了）。
>
> 补充品：打汽炉子、锑质锅壶、滤斗、糖（西边糖很贵，华山上也缺少）、水果、日记本、茶壶、碗、筷子、小刀、行李袋（或油布）、望远镜、地图、寒暑表。

这单子，看官看到，以为有些滑稽，怎么连滤斗都写上了？其实并不滑稽。因为到甘肃境里去，沿路的水都是黄泥汤，能过滤一下，自己在打汽炉子上烧着喝，不是放心得多吗？关于这些采购的东西，看官向下看我的游记，自然知道用处。

子产祠与碧沙岗

在郑州把东西购办齐了，就可赏玩赏玩郑州的名胜了。照各种游记上说，这里有梅山、泰山两处山景，但是离街市已经有四五十里，专去游历的人，大概很少。就以附近而论，城里有个子产祠，传说是郑子产的故里。但是志书上说：郑国京城，离此还有二十里，传说也许是靠不住的。祠在县东街，由车站方面一直东行就到。祠是一个四合房子，没有什么，院子里有几块碑，现在有警察驻在祠里，没什么可看。祠外五十步，有一座塔，名舍利塔，传说是元朝建筑。

到郑州的旅客，有一个地方必去玩玩的，就是碧沙岗。离郑州约五里路，坐人力车去，来往给一元钱好了。这个地方，原来是冯玉祥部下的阵亡将士墓，在墓前，用了几十亩地，筑成了个园子，花木很多，在郑州这工商业繁盛的地方，只有感到喧嚣，有这样一个地方，那是很可一新耳目的了。园子是坐南朝北的，门很阔大，上书碧沙岗三个大字，你自然知道是谁人的手笔。进门一条很宽的人行路，穿进一架如船篷式的葡萄架，长约十丈，这很有点意思。南行，有一道池子，池上架有石桥。迎面一架东西，挡住了眼帘，便是纪念塔了。塔前三角式，建有三个亭子，用花木陪衬着。若是在中国文人脑筋里，必定题上大招、千秋，等等名字。冯先生脑筋里，如何会放进这一套，所以这三个亭子的名字，是民族、民权、民生。三民亭后，有一个纪念堂，可不叫五权了。堂里都是国民二三军的将领的大照片和这些人悬的匾额。这里有桌凳，看园人借着卖茶。凳子很长，许多冯先生同行，支脚高卧。穿过这个堂，后面就是阵亡将士的灵堂了，里面供了无数牌位。在这堂后，就是墓地，那墓是由北而南，一排一排的葬着。墓上栽有果子树，睁眼一看，累累然，点不清数目。各墓前，都有小碑。碑上题字，记有军职、籍贯、阵亡地、年龄。我和同行的工友小李，作了一种不相干的工作，就是对年龄方面，加以调查。发现了，最小的十五岁，普通都是十八九岁到二十四五岁。假使他们还活着的话，比我还年轻哩。我情不自禁，这样慨叹的说了一句。我到这里的时候，是阳历五月初，当然，北方天气，还是南方暮春，所以这里的月季、木香之类，开得正茂盛。灵台前有几十棵牡丹、月季，开得更是红艳艳的，这真象征着这里的军人魂了。

尝尝黄河鲤吧

在郑州，有一件游玩以外的事，必定要尝尝，就是黄河鲤。鲤鱼这东西，在别处是个儿大，肤子粗。唯有黄河鲤，只是尺来长，肤肉很嫩。可是有一层，吃黄河鲤，必得到几家大的河南馆子去吃，那才是真的，而且好吃。平常一条黄河鲤，大概总要卖到两块多钱，或者三块多钱，这是早晚市价不同的。伙计们用绳子提了鱼的鳍，可以送给主顾来看。那鱼比筷子长，而且乱跳，那你就点点头说："好！"伙计说："怎样吃？清蒸、红烧、醋熘、干炸……"你觉得有两样吃法都是所喜的，你就说："清蒸、红烧两做吧。"那么，你仿佛是内行了。吃河南馆子，还有一件事是有趣的，假如我们有五六个人去，汤和甜菜，你不必点，因为馆子里会敬你这两样的。你坐下，伙计端上来，第一碗就是敬菜，叫开味汤。汤大概是鸡肉汁，撒上点胡椒、香菜。吃到中间，他还要敬你酸辣汤、炒八宝饭之类（八宝饭可炒，也只河南馆子有）。你见了这些东西，你千万别问伙计，我没点这个，你怎么送来？那表现你没吃过河南馆子，可是笑话了。

开始西行

我在郑州住了两日，搭下午五点钟的西行车子去洛阳。我坐二等，小李坐三等，这一列车，可不大好。二等车里，是硬木凳，连电灯也没有。但是车行不多时，到洛阳只十点钟，可以睡觉。动身前，我曾换了两块零钱，如四省银行角票，及当百文二百文的大铜子之类。其实，这是错了。四省角票，只能用到潼关。大铜子，到了洛阳就不行了。以后的游客，请只带中央角票得了。由郑州西去，乡下风景还不坏，树木丛中，不断的发现土寨子。这寨子，俨然是个缩小的城池，也有四门，甚至还加上碉楼，乡下人都住在里面。好的寨子，外面还有壕沟吊桥。《水浒》上常说什么庄、什么寨，由这里证明，那是事实了。在车窗子里向外眺望，我最觉得好看的，便是庄子外的桐花。这个桐，不是梧桐。那树叶子比梧桐小得多，也是一干直上。在树叶子里，簇拥着成球的粉红花，真是欲红还白。一路随时可以看到，是他处所没有的。古人所指的"郎似桐花，妾似桐花凤"，必是这桐花无疑了。二等车上有茶，泡了来，随便喝，到洛阳给茶房三角钱好了。也有饭，中餐，一元，一菜一汤，可以吃饱。小李告诉我，三等车上也有茶，一毛五一壶，而且是不大爱加开水呢。

灯笼晃荡中到了洛阳

洛阳这个地名，说到口里，就觉得响亮，最近把这里一度改了行都，那就更贵重了。火车在黑暗里奔驰，我不时的由玻璃窗里向外张望，并没有什么，只是乌压压的一片低影子。我想着，一切留到明天再看罢，就坐着打瞌睡去，及至耳朵里听到人声嘈杂时，听到茶房说，到了洛阳了。匆匆的，收拾了行李，就走下车来。哈！这是新闻，那月台上很大的一片地方，只竖了两根长木头竿子，在上面挂了一盏小小的汽油灯，只是些混混的光，照着纷乱的人影子乱挤。在空场子南方，有了新鲜的玩意儿了，长的、方的、圆的、扁的，大大小小，罗列着一堆灯笼。我走近去，听到有人喊，中州旅馆吧？名利栈吧？大金台吧？这让我明白了，这些灯笼是旅馆里接客的。在郑州我就打听清楚了，洛阳以大金台旅馆为最好，这大金台三个字送到了耳朵里，我就决定了到他家去。将栈伙叫了过来，取了行李，受了检查，让栈伙引着路，我们就跟了他走。打灯笼的店伙，引着一车行李先走，另一个店伙，拿着手电筒，左右晃荡着引了我后跟。我所走的，是一条窄窄的土街，两边人家，都紧紧地闭着大门，每隔四五家门首，在那矮矮的屋檐下挂着一个白纸的方形吊灯，有的写着安寓客商，有的写着油盐杂货，仿佛我由二十世纪一跃而回到十八世纪了。我心里头简直说不出是一种什么感想。糊里糊涂的，随着那晃荡的灯笼，转了一个弯，这街上倒有几盏汽油灯，乃是理发店和洋货店，其余依然在混混灯光中。后来在一个圆纸灯笼下，我们进了一所大门。灯笼上有字，便是大金台了。这旅馆既像南方一条龙的房子，一层层向里，又有点像北方的房子，每进都是三合院。我挑了一间最好的房子住，里面是一副床铺板、一张方桌、两把木椅，隔壁有间小黑屋子，一铺一桌，就让工友小李住了。那地皮还没收拾好，虽是土质，倒有些像鹅卵石铺面的，脚踏在上面，和上海新亚大酒店的地毯，有点儿两样。伙计送进一盏煤油灯来，昏黄的光，和这屋里倒很相衬，只听到小李在隔壁和店伙说："这是最好的旅馆，若不是最好的旅馆呢？"我在这边听着，也笑了。

到洛阳应留意的几件事

到洛阳，就是内地了，一切物质文明，去郑州很远，旅馆还是江南小客栈那种组织，第一是没有电灯，电话也很少（其实用不着），而且房间里也不预备铺盖。平常房间价钱由五角至一元二角，茶水还另外算钱。吃饭，到外面馆子里去叫，每晨有五六角，可以吃得很好。看官若也西行，当你到车站的时候，就可以叫栈伙来照应。不过你的行李挂了行李票的话，要立刻就到行李房去取。等到检查行李的军警走了，那就要等他明晨再来了（这是指乘晚车来的人而言）。再说，洛阳有两个车站，东站是进城去的，西站是西宫。西宫是驻军重地，游历的人，大可以不必上那里去。就是由东站下车，也有进城不进城之别。车站到城里，还有两三里路，晚上是进不了城的。好在客栈都在车站边，若是作短期游历的人，就可以住在车站。

白马寺及其他名胜

洛阳是周、汉、唐许多朝代，建过都的所在，自然是古迹很多。不过到了现在，多半不可寻访了，只有汉朝的白马寺、北魏的龙门雕刻，这还是值得游人留恋的。现时来游洛阳的人，也都是注意这两个地方。到了次日早上，我叫店伙来问了一阵儿，知道到白马寺是二十多里路，到龙门是三十多里路，坐人力车子，当天都可以来回，每辆车子是一块钱。至于土匪，以前是出城门就保不住会有，现在绝对没事。我听了这话，半信半疑。不过最近有朋友到白马寺去过，我是知道的，且不问去龙门如何，我就决定了今天先到白马寺去。草草的吃了一些点心，由店伙雇好了两辆车，我和小李就于九点多钟出发。车子离开车站大街，穿过了一片麦田，先进了北门。这街虽是土铺的，两边的店铺，倒也应有尽有。东街上有几家古董店，我曾下车看了一看，十之八九，都是假货，连价钱我也不敢问。游客要在洛阳买古董，这应该找路子到古董商家里去看货，好东西是决不陈列出来的。出东关，经过一座魁星楼，到东大寺，这寺，也是唐代建的一座大丛林，现在却剩了一片瓦砾。寺旁有破的过街楼一间，旁边树立一幢碑，大书夹马营三字。士大夫之流，对于这个地名，或者有些生疏，可是爱说赵匡胤故事的老百姓，他们就知道，这是赵匡胤出世的地方。当年宋太祖作小孩子的时候，常是和那些野孩子在这里胡闹，后来他作了皇帝，在开封登了基，想起年小淘气的事，还回来看看呢。在这街口上，有个宋太祖庙，是后人立的，据说里面有一间屋子，就是赵家母子安身之所。如今只有大门是完整的，里面住了些和赵匡胤倒霉时候相同的人，也就无须寻访了。由这里坐了车子，顺了大路走，约莫走了十里路，车夫忽然停下车，指着很深的麦田里说："先生，可以看看，这里有古迹。"我心里想着，这麦田里哪有东西？上前一看，麦里横着一块石碑，上书：管鲍分金处。管是指管仲，鲍是指鲍叔。鲍叔说管仲穷，分钱给他用，历史告诉我们，这是真的。不过鲍叔分钱给管仲，是不是在大路上干的事，这可是个疑问。洛邑那是周地。管仲齐人也，是到周地来和鲍叔分金吗？所以这一处名胜，我打一句官话，应当考证。再过去五六里路，就是白马寺了。说起这处寺，真个也是提起了此马来头大。在这里，也就当先研究研究这个寺字。寺，在汉时，也是一种官署，并不是专为出家人供佛修行的所在。现时，我们在戏里头还可以听到，如大理寺正卿这种话。汉朝明帝的时候，印度和尚摩腾、竺法兰带了佛经到东土来传道。因为他们那些佛经，是用白马驮来的，因之万岁爷在洛阳西雍门外盖了一幢官舍，供应这两个僧人，就叫做白马寺。这寺虽是屡废屡建，但是佛经同和尚初次到中国来的纪念，考古的人，是应当来看看的了。那庙门三座，坐北朝南，也不见怎样雄伟。进门有一片大院子，左右两个大土馒头，这便是最初到中国来的两个和尚的坟，一个葬着摩腾，一个葬着竺法兰。正面大殿，有三尊大佛，两边十八尊罗汉。这罗汉是明塑，有两尊神气很好。殿外两厢配殿，正在修理着呢。听说戴季陶院长到过这里，捐了一笔款子，所以庙里又大兴土木了。庙后有个高阁，还有点旧时的形式，里面供了一尊二尺多高的玉佛，也是新运来的。高阁边，有个敞轩，游人可以小歇。在那里和僧人谈笑，知道这庙，在两年前，本来破烂不堪。自国府一度把洛阳作了行都，许多政府要员都到这里来过，觉得这里是中国佛教发源地，不应该消灭了，大家提倡复修起来，捐款很多，而且还在上海找了一个老和尚德浩，到这里来当方丈呢。关于白马寺的沿革，院子里碑上记得有，在此前一届的修理，在明朝嘉靖年间。大意说：汉明帝永平七年甲子，四月八日，帝寝南宫，夜梦金人，上因君臣之对，遂使人至西域求佛道，乃得摩腾、竺法兰，帝大悦，至十四年辛未，敕于西雍门外，建白马寺以居之。唐时，规模渐废，宋太宗命儒臣重修，以后历有兴废，明正德年间更大为修理。嘉靖年记。

由这点看起来，因为这是佛教源流所在，历代都设法保存它的了。庙的左边，不到半里路，有一座汉塔，现在还是好好的。这塔六角实心，仿佛一条大钢鞭，竖在地上，倒和平常不同。塔在土台子上，有好些个碑石，竖在旁边。最令人感到兴趣的，就是大金国的碑。南宋时候，金人曾取得了洛阳。碑上刻了许多金国汉官名姓，这也可以说是汉奸碑了。塔边，有狄仁杰的墓。

游白马寺须知

由洛阳到白马寺，并不是大路，中间只有个十里铺地方，可以歇歇。那里茶馆子，用瓦缸盛着冷水，放在屋檐下，送给过路人喝。我们若怕喝凉水，那就另花二三十枚铜子，叫茶店烧水喝好了。可是那水很混浊，茶叶也有气味，最好是用水瓶子，在洛阳背了水去喝。水既不好，吃的自然也没有，所以又当带一些点心在路上吃。人力车夫到了白马寺的时候，若遇到卖凉粉、油饼的，他得和你借钱买吃的。那完全是揩油，你斟酌着办。回到了洛阳去，时候还早，你可以叫车夫，拉你看看别处景致。据我所知道的，城里有中山公园（可以看点古物）、周公庙、邵康节祠、二程祠、范文正公祠。这一些，我只到了周公庙。庙在西关外，改了图书馆了。庙里唐碑最多，大大小小，有好几百块，多半是墓志铭。现在分藏在许多屋子里，嵌在墙上和砖台上。后殿有周公像，现在是图书馆办公的地方，不能去看了。游周公庙，还要在图书馆签名，不然门警不让进去的。游了这些地方，和车夫说明，加他二三角酒钱，他很愿意的。反正是一趟生意，乐得多挣几文。游客呢，也免得二次进城。

关帝冢

孙权杀了关羽，将首级送给曹操。曹操就把首级配个木身子，葬在洛阳城外。这冢，现时还在。游关帝冢，和游龙门是一条路，坐人力车，依然是一元钱来回。出南门，渡过洛水（过渡钱，人车一角），顺着大路前进，约莫十里路，看到一带红墙，围住了柏林，那就是关帝冢了。进门有道乾石桥，先到正殿。殿上除了关羽像而外，根据《三国演义》，有四个站将的像。墙边放一把青龙偃月刀，长约一丈。刀形，是龙口里吐出半边月亮来，故名。后殿分三间，一是塑的行像，可以坐轿子出游的。一是看书像，一是卧像。这后面，有个亭子，靠了土墩，那就是首级冢了。庙里并没有僧道，现时归官家管理。

龙门石刻

　　出关帝庙，再南行，远远看到一带山影，那就是龙门。因为这里有北魏石刻，洞里又有许多前代人的碑记，所以有许多人不远千里而来，要看一看。其实，真要为游龙门而来，那会大大扫兴的。听我慢慢说来，到龙门约一里多路，有个龙门堡，开有茶饭馆子，可以在那里先吃东西。面饭倒是都有，只是一不干净，二又太贵，一个人吃点喝点，总要花一块钱。出堡，不必坐车，可以步行。前面就是伊水，在伊水两岸，东边是伊阙，西边是龙门。伊阙山不大陡，所以那边石刻不多。这边呢，在面河的石壁上，高高低低，大大小小，都就了山石，刻着佛像。顺了山崖走，共有石楼、斋祓堂、宾阳洞、金刚崖、万佛洞、千佛洞、古阳洞等处。只是一层，大小佛头，一齐让人偷了去。小佛呢，连身子，都由石壁上挖了去。到了佛崖上，仿佛游历无头之国，你说扫兴不扫兴呢？石洞以斋祓堂宾阳洞最好，把山石凿空了，里面成为一个佛殿。宾阳洞外，有个石阁子，可以凭栏玩赏伊阙。龙门二十品在古阳洞顶上刻着，拓帖的人，要搭架倒拓，很费工夫。唯其是拓帖不容易，所以石刻还保存着，要不然，和佛像一样，早坏了。千佛洞、万佛洞工程浩大，是在石洞壁上四周刻了无数的小佛像，然而现在也都没有头了。石像完整的，只有金刚崖，要爬崖上去，才可以看到。这也就因为石像太大，不容易偷割的原故，所以还完整些。在龙门买字帖，也要带眼睛。洞里卖的字帖，多是用原帖刻在木板上，翻版印出来的，这是游人一个小小学识，顺此奉告。

洛阳并无秀丽风景

古人说得好，三月洛阳花似锦。洛阳这个地方，当然山明水秀，可爱煞人，何以我所记的洛阳，却一点描写也没有呢？我就说：古人所说的洛阳，到底是怎么样，我没有看见，我不能胡说，若以现在的洛阳而论，关于风景方面，实在没有什么可写的。就把我向白马寺这条路说，所经过的，全是麦田。那道路有时在一条土沟里，有时在土坡上。只有人力车经过土坡上的时候，似乎有点儿趣味。因为这土坡纵切面所在，正有人开了窑洞门，车子在土坡上走，就是在人家屋顶上跑了。除了这个，再找不出有兴趣的了。向龙门这一条路呢，在洛阳的南关，有一条长廊巷，倒是特别。就是两旁人家，在大门外都有一截走廊。廊不很宽，约有四五尺，每截廊，都是四根黑柱子下地，截截相连，于是整条巷子，都有廊子了，这是别处所看不到的。其次便是乡下的寨子，我们由他寨前过，更看得亲切些，有那寨子筑得很好的，城外有壕沟，沟上还架着桥，那寨门的形式，也和普通城一样，不过小一点。在这一点上，我们可以想到河南农人团体是很坚固的了。此外，洛阳附近，并没有什么好看的山，洛河、伊河，都是黄水。龙门、伊阙，虽有许多古代建筑，却并没有深林茂草来陪衬，再说那破坏的程度也就只有增加游历家的不痛快罢了。

历史上的洛阳

洛阳既是并没有什么可游玩之处，何以名字这样的响亮呢？老实说一句，那就因了历史的关系。说起来话长，在周武王手上，他灭了殷朝，大概觉得西岐实在不如东边，就在雒邑做了房子，方才回朝。成王手上也照办，周公还把殷朝的九鼎，放在洛邑，到了平王，索性迁都到洛邑来过舒服日子了。那个时候，有两个城，一个叫王城，一个叫下都。汉高祖原也想在洛阳建都，被张良谏止了，可是还把这里叫东都。东汉世祖，就定都在洛阳。魏曹有五个都城，是洛阳、谯、许昌、长安、邺，可是到了还在洛阳住着。司马氏篡魏，由武帝到怀帝，都在洛阳做皇帝，这叫西晋。后魏孝文帝也是由平城迁都到此，过了好几代。隋炀帝手上，把洛阳还大大的建设了一下，叫作新都。唐朝，有东西二京，洛阳是东京。武则天做女皇帝，就由西安迁都洛阳。五代梁太祖篡唐，在开封登基，迁都洛阳。五代唐庄宗也迁都洛阳，叫洛京。一直到宋，大概是经过多年的兵火，洛阳糟蹋得不像样子了，才定都开封，把洛阳由东京变作西京。洛阳在历史上，作过许多朝的都城，所以念书的人都知道很有名了。此外割据分封，在历朝都是要地。依我想，那大概都是为了政治和军事的关系，才把洛阳这样抬起来的。原来的洛阳古城，离现在的洛阳，往东有三十里之遥，所以白马寺，汉朝在西雍门外，如今反在东门外二十多里。于今的洛阳，已不是周汉都城遗址。周城东西十里，南北十三里。隋朝最大，周围七十三里，唐朝还有建筑，到了五代，就残废了，在后周世宗手里，改筑新城，周围由七十三里改成八里，直到现在没有变更，这便是洛阳城有名无实的原因了。

由洛阳到潼关

我是个读线装书出身的人，中了线装书的毒，把洛阳看得过于重要，所以到西北去，特地在洛阳下车，勾留两天，现在既没有看到什么，我也就从此告别，在勾留的第三天绝早，上午四点钟，搭了由东向西的陇海车子前往潼关。在这一截路上，所过的十有九成是黄土山，不过山上还有草木，有时看到乡下人在土坡上挖一个洞进去，洞外一片平地，外面围着一圈土围墙。就是这样三五人家，配上几棵树，就成一个村落，倒也别有风趣。最妙的是大斜坡上，下面窑洞的顶，是中层窑洞的庄稼地，中层窑洞的顶，又是上层窑洞的庄稼地。这样一层一层推上去，有推到五六层的。所以在一方高原斜坡上，有时能容纳上百户人家，却看不到一间屋。火车呢，过了观音堂而后，大大小小，要钻十几个土洞子，车上电灯老亮着。就不钻土洞，车窗两面，没有山水和绿野，不是黄土壁子，也是高低不齐的土丘和土坡。到这里，我开始觉得有一种烦腻了。其实，我真是少见多怪，假使要继续的往西走，比这更困苦的地方，那还多着呢。若要烦腻，只有回头向东走了。火车在烦腻的地方，这样的继续向前走着，直到坐在车窗子里可以看到黄河了，那就快到潼关了。因为到了潼关附近，铁路是筑在黄河边上的。

潼关是个有趣的县份

由西向东，由东向西的行旅商贾，都要经过潼关这个总口子，所以这地分是很重要的地方，在军事上，那更不必说。因为如此，旅客由火车上下来，这里检查得很严格。那种办法，是把旅客出站的栅栏给关上了，放进七八个旅客，检查完了，再放七八个。天气好是无所谓，若遇到大风大雨，那只好对不住了。这个地方，本来是个陕西门户，并非政治区域，原来叫潼关卫，由军人把守，到了民国，才改成县，所以许多老地图上，还找不出潼关县来。这里出城两里路，就是河南省境，出北门又是黄河，对岸是山西，因之这个县城东北两方是没有属地的。向南最长的属地，也只二十里。其趣一：听说全县有八万人口，县城里倒占有四万多人口。其趣二：潼关人民，都是守军后代。分为军人民人两种，军贵而民贱，军人才算是本地人。许多军人跑到邻县去种地，他们可要向潼关纳粮，政治上也是潼关管辖，就是在河南境内也是照办。潼关虽小，倒有许多殖民地。其趣三：潼关名曰关，其实也是个很大的城池，依着黄河，靠着土山，锁住了来往的大路。东门在黄河边上，上面有两个字，潼关。原来这地方，是山西、河南、陕西三省交界点，本来是相当的繁华，自从陇海通路到这里，立刻在西门外辟了土马路，差不多的东西，都可以买得到了。

潼关的风景

潼关这地方说是襟山带河，其实那山是焦黄的土山，有些地方，开了层层叠上去的块田，便是西北特殊的景致，自潼关以东，便没有了。潼关城西角，有山叫麒麟山，顺着四周，层层向上，开了田一千多亩，这也可见这里的土山，不是东南山谷那种形式了。这山上明朝筑有山河一览楼，现在倒坍了。但是这里还留有一个钟亭，亭里有钟一口，是金代大定二十九年，河东北路姓杨的人铸的。明朝万历年间，黄河大水，把这钟涌到了潼关，本地人以为水能涌了铁走，这是奇事，叫这钟作神钟，盖一个亭子，把它悬起来。这钟打一下三省可以听到。这倒不是神话，因为潼关在三省的交叉点上，自然钟响三省可听到了。这里最好的风景，要算在北门城上看风陵渡。看官在地图上可以看到，黄河自绥远由北而南，到了潼关西方，忽然一个大转弯。这转弯的北岸，就是风陵渡，归山西永济县的地界。对岸相望，看到几户人家，一些船只，夹在那狂流浩浩、黄沙白日当中，这和在江南看江景又不同。江景是白浪翻腾之中，烟草迷离，云树苍茫。这里呢，一片黄水，两头是天，天也是雾气腾腾的，带点儿黄色。若是有船过河呢，那船既宽且短，上面车马拥挤，在黄河沙泥里，弯弯曲曲，慢慢过去。若是加上一轮西落的太阳，仿佛人转生太古时代去了。以我在各处看黄河而论，我觉得这里第一。风凌二字，有人写作风陵，说是女娲氏的坟，因为女娲姓风也。这当然是靠不住的一个故典，因为女娲这个人，到底是有没有，就大有问题呢。关于这一类的荒唐故事，变成的名胜，还有一处，就是这里东街上的一株古槐。《三国演义》上有一段趣史，说曹操在潼关遇到马超，马超一枪刺去，刺在槐树上。马超问："曹操何在？"曹操说："曹操在前面。"等马超由槐树上拔出枪尖来，曹操可就去远了。这一株替曹操受刺的槐树，就是现在这一棵。树已然不长在街上了，树下地基，被人家占据了。左边是家广货铺，右方是家生药铺，树干嵌在墙壁里，树头由屋顶上伸出来。树虽不是汉朝的，大概至少是宋元的，因为在那墙壁上暴露出来的一部分，不到半圆，已经一人不能伸手比齐了。树顶大部分枯了，另外有些青枝。当我参观这树，和它拍照的时候，有一只大鹰，站在上面，点缀得苍老入画。看官到潼关，要访问这株树，必得记住，在当地警备司令部对门生药铺里，不然，是无从查考的。此外，出潼关有个第一关，也可以去看看。在土山中间，破出一条道，两面土坡削立，很是险要。由这里弯曲两转，直到面前，有个鼓楼式的关门，门向西面大书金陡关三字额，向东一面，又写作第一关了。关外二十多步路，立有一块碑，上刻五个大字，秦豫交界处。

原载1934年9月—1935年7月上海《旅行杂志》第8卷第9号至第9卷第7号

中原旅行记

芮　麟

自　序

　　山水有性情，人与山水有缘会，有契合。山水亘古长存，而人有至有不至者，缘会也。山水亘古长新，而人有识有不识者，契合也。

　　余生也痴，言论行谊，每不合于时，而于山水，独多契合。探幽奇，穷岩壑，人以为险，余夷之；忍饥惫，冒风雪，人以为苦，余乐之；日月出没，烟云变幻，人以为常，余奇之。即一花一木之荣枯，一泉一石之晤对，莫不领于心而会于神，深感物我遇合之非偶然也。

　　三十年来，国家多故，学术事功均碌碌无所表见，唯以山水文章自娱。吟鞭所指，名山水无不游，游无不记。盖余以山水为知己，亦以知己自侪于山水矣。

　　乙亥春，余之汴垣，秋莅西京，朝太华，游临潼，浴华清，访洛阳，登龙门，作《中原旅行记》，刊《河南民众教育月刊》。历经变乱，颇多散佚。今岁春末，始得集而梓之。余文不足传，而山水一瞬之性情，吾与山水一时之缘会、一度之契合，固可于文中迹之。后之游者，未尝不足为参证之一助也。

1947年5月15日，无锡玉庐芮麟，自序于青岛观象山房。

一 送春时节又西征

民国二十四年，在我，不是儿童年，也不是妇女国货年，而是万里壮游年。

四月十三日，才自北平倦游归来，五月四日，又在向开封出发了。

人，真是万能的动物！

四月三十日，于雄心勃勃与依依难舍的双重情感下离开了家，踏上了征途。

在无锡，会晤了久别的师友，看过了空前的赛会，领略遍了春风骀荡中的湖光山色，而于五月二日，到了常州。

常州，在我的脑海里是再也不会消失的，虽然它不像无锡一样，有着引人流连的山，有着惹人眷恋的水，但是，它却藏有一颗对人温存熨帖的"好心"。

我在留别武进教育局诸同仁的诗中有云："此去中州无所愿，嵩华二岳百篇诗"；"为爱名山轻远别，此心长自忆兰陵"；"天涯倘荷问萍迹，只在嵩山汴水边"。的确，我这个心是忘不了常州的。同时，我此次到开封去，其目的，彻头彻尾，只在登嵩岳、朝太华，并畅游汴梁、洛阳、长安这三个古都。

五月四日晚饭后，别了相聚十阅月的教育局同仁，驱车赴火车站。在车上，看着一列列熟识的街道、一座座熟识的市房，迅疾地向后面飞逝，心头有说不出的怅惘！虽说是"画满行囊诗满箧，班生此去胜登仙"，但是，人毕竟是感情的动物啊，哪能禁得住感情的激荡呢？

八时，沪平通车开，我望着灯光明灭中的文笔塔，轻轻地吐了一口气，自己对自己说：别了，常州！

一坐定，想到一月来的游踪，想到千里外的行程，刚才的离愁别恨暂时抛撇了，诗神又偷偷地来找到了我。灵机一动，口占二绝：

> 九十韶光倏已非，风尘染遍旧征衣。
> 阿侬不随春归去，翻向天涯远处飞。

> 功名勋业两难成，聊向山川寄姓名。
> 一片痴心浑不改，送春时节又西征。

开封，两次要去，没有去成，今日依然去了！

二十一年秋，河南省立实验民众学校招我去当研究实验部主任，本已决定去了，为锡地师友力阻而罢。去夏，中国社会教育社在开封开年会，我原想假出席年会之便，顺道一游嵩、华的，不意临时以职务的牵制，未能成行，惆怅至今。又哪能料到，在此送春时节，依然前去，并且依然是去当那校的研究实验部主任呢？除却诿之于"缘"外，真是无以索解！

九时半过镇江，十时半到南京。渡江时，我坐的那列火车，刚停在渡轮的中间，两旁都是列车，所以耳际只听得引擎轧轧声和波涛拍拍声，眼前一无所见。

一时四十分自浦口开出，滁州、明光、临淮关，都在睡梦里过去。五日上午六时半到蚌埠，八时半到宿州。前月和秉新兄从北平南归时，千里平原还是一片黄沙，不料只隔了半个多月，现在从车窗里望出去，已是满眼绿色了。自然真伟大，它一声没响，就把大地换过一番面目，妆点得这样美丽动人。

追念前游，即成一律寄秉新：

> 风沙万里又重经，南宿州边喜乍停。
> 大野已非前日绿，芳郊尽改旧时青。
> 更无痴梦迷骸骨，幸有新诗写性灵。
> 客路平安吟脾健，传笺报与故人听。

一路看云影天光，想快乐游事，十时三十五分，到了徐州。

二 春光先我到中州

春，在江南已是快要老去的季节，在中原，却刚才来到。嫩芽透满着枝头，新叶盖满着枝头，娇花开满着枝头。地上轻匀着一层绿色，天上也薄罩着一丝绿意。一切的一切，都表示着春。在江南快已老去的春，也已来到这里了！不，江南的春，也跟着江南的人，一同来到了这里！对着满眼的春光，我是多么快慰啊。原来，我并没有离去春，并没有离去江南啊！

江南的人在这里，江南的春也在这里啊！

十二时，陇海车开。铁路两旁，尽是紫里带白、白里泛红的碎花，千树万树，缤纷不绝。一路为中原平添不少春色，也为我平添不少诗料！询诸同车的人，知系洋槐。本槐须夏天开花，洋槐则春天开花，并且开得比本槐娇艳。徐汴道中，曾有一绝记之：

> 西来夹路种新槐，紫白缤纷竞着花。
>
> 只道眼前风景好，不知身已在天涯。

真的，"不知身已在天涯"啊！

近年来，长途旅行，我已惯了。所以此次虽然是一个人，看着车中的形形色色，望着窗外的万紫千红，一点也不觉得寂寞。就是离家时的那种离愁，离常时的那种怅惘，一过徐州，也已完全被我兴奋的心克服了。我的眼，只是看着窗外的天地；我的心，只是想着未来的游程；我在内心的鼓舞和外物的刺激下，变成了一头具有铁的意志的绵羊！

我要有计划地每年改换我的服务起点，游遍海内的名山大川，这是我最近所抱的信念。不是受了这种信念的策励，一个生长在江南的青年，像我，总不会这样地乐于向中原、向西北跑罢？一个人，信念是不能没有的。信念，它会给予人以足够的勇气，战胜一切畏难、苟安的心理。

我要加强这种信念，我要发扬这种信念。

陇海路之坏是我早已知道的，但路旁种着这许多洋槐，开着这许多小花，却出乎我意料。从徐州起，可以说一路没有间断过。我在槐花影里，看着，想着，笑着。途中曾得一绝：

> 彭城西去转悠悠，旅思乡愁一笑休。
>
> 千里槐花疑似雪，春光先我到中州。

中原的春，为槐花一路占尽了。

过砀山，商丘、柳河而到兰封，开封是一刻近一刻了。

开封就是禹贡所载的豫州，也是战国时魏惠王所都的大梁。五代的梁、晋、汉、周和北宋，都曾建都在这里。在过去的文化史上，有着光荣的地位。

从徐州西来，已全是大陆性气候，中午燠热，入晚剧冷。在车上，为了空气的干燥和尘沙的猛烈，我的鼻管，便时时流血，喉头也常常咳嗽。

下午九时到开封，我于万分好奇的心绪下，做了一首小诗：

乙亥五月五日夜抵汴垣喜号

古城夜色郁苍苍，万里西游愿半偿。

到处春光无限好，他乡未必输家乡。

到开封，西游之凤愿，可以算达到一半了。我在驱车赴河南旅社时，看着宽阔的街道、崔巍的市房和整齐的行道树，觉得市政建设的进步，远非江苏可及。尤其于夜色混茫中，给一盏盏连绵不断、远望莫知所穷的路灯照耀着、衬托着，分外显得寂静、神秘、庄严和伟大。

九时半到旅社，看见"河声岳色"的对联，使我异样的心弦上，重受到一次异样的波动。

六日上午到校。在一切都是新的印象中，最引起我注意的，便是鼓楼上"声震中天"的四个大字。

三 汴垣巡礼

这古老的城市，在本地人是早已住厌了，但在我却一切都是新奇的！

问同事，知开封附近可以游览的地方，有铁塔、相国寺、龙亭和禹王台四处。黄河沿和朱仙镇则离城较远，每处须有一整天的时间才能去。

我最先到的，便是铁塔和相国寺。

到校后的第二天午后，因为友人的介绍，到河南大学去看同乡薛承莱教授。出来便径到铁塔。

在江南穿着夹衣还有些嫌冷的季节，在这里，穿着单衣，已经汗流浃背了。

塔建于晋代天福间，四周围以琉璃砖，镶嵌精致佛像，八棱十三层，高约十四丈。附近都是新种的树，许多人在塔下，纳凉品茗。

据传说，黄河的河身，恰与铁塔的塔尖相平，所以要是河堤溃决，开封人民是毫无疑义的都将变成一群釜底的游鱼，而与河伯洛神为伍的。自宋以来，这样的浩劫，已经遇到过好几回了。

离铁塔，便到相国寺。寺建于北齐天保六年，名建国寺。唐景云二年始改称相国寺。规模极大。民国十六年废寺，改为中山市场，所以昔日之广殿高楼、名阁静榭，已为演剧、说书、道唱、幻术、星相及各种小贩聚集的地方。

绕场一周，并参观了省立民众教育馆的各展览室，以空气恶浊，尘沙蔽天，不堪久留，即匆匆离去。

接着相国寺而到的，便是龙亭。

晚饭后，由于百溪兄的引导，几辆洋车，径向城之西北隅疾驰而去，不一刻就到了中山公园。入园门，东西二侧，为潘、杨二湖，相传为忠臣杨业、奸臣潘美的故居。其水终年一清一浊，常令后人欷歔凭吊。亭为北宋故宫，宋太祖就在这里登基。正殿凡三楹，高三丈六尺，石阶七十二级。从园门到龙亭，须经过一道很长的湖堤。堤边垂柳，尚未成荫，湖内芦苇，仅透新芽少许，摇曳水面。环湖通车，东南角有一群少女，蹲在湖边捣衣，鬓影波光，天然入画！

尽湖堤，就是龙亭。入门，中为总理遗像，东为广播电台，院子里正盛开着各种的花。登石级，瞻仰了当年盛极一时，而今只剩空殿三楹的故宫，即环亭一匝，把开封作一个鸟瞰。

殿前石级，门前湖堤，园前马路，成了笔直的一线。从龙亭到南关，渺渺无极。潘、杨二湖和栉次鳞比的市房，分踞着堤的两面和路的两面。地位之高，气象之雄，在开封实无第二处可与伦比！

北为体育场，东西为图书馆及博物馆。东北则铁塔的琉璃瓦，在斜阳影里闪闪发光。西则一带坡塘、荒冢、颓垣，剩有暮鸦数十，飞鸣于白杨黄草间，以点缀这一幅龙亭晚眺图。

徘徊久之，坐下品茗。十五夜的满月，已从东方偷偷地挂在柳梢头上了。同时，四周的电灯，也在苍茫的夜色中，显示着它的光辉，以与皓月相争胜。

我们静静地喝着茶，静静地对着月，彼此都不说一句话。

月亮愈高，游人愈少，亭上也愈凉爽。潘、杨二湖的美处，到此才完全领会。

月亮，挂在天心，也沉在湖心。天心，月亮在闪闪发光；湖心，月亮也在闪闪发光。

月亮，淡淡的月光，照彻地上，照彻湖上，也照彻人的心上！

营营扰扰的求利心，为月光赶走了；孜孜兀兀的求名心，为月光洗净了。愁苦的心消失了，欢乐的心也忘怀了。剩下的，只是空空洞洞的一片。

我爱月，我最爱月！唯有月，才能净化世间的人心！

龙亭，在某一种时间、某一种目光看来是不值得称道的，它对于人们的吸引力并不大。但是，它在月夜，却有它特殊的动人处。要是我们假定月下的龙亭为一位美人的话，则潘、杨二湖，恰是美人的一对秋波。秋波转处，有谁不为之颠倒，不为之迷恋，不为之销魂夺魄的呢？全城稀稀朗朗的电灯，有如美人衣上的珠光。自龙亭到南关的那一长条路灯，更如美人颈间所佩的一道项圈，在月光下灿灿生光。

对着月，看着百溪兄的一家大小，不禁把我潜伏在心底的乡思离愁，完全勾起来了。的确，月是最能勾起旅人的乡思离愁的！古往今来已经不知有多少人，为它流尽了伤心泪，为它流尽了相思泪！月圆花好，游子天涯，此情此景，安得无愁？又安得无诗？

乙亥四月望日偕海宁张百溪龙亭步月

湖光塔影两悠悠，万里关河一望收。

不识龙亭今夜月，天涯同照几人愁？

在月光下，开封成了一座银色的城，不，天成了一座银做成的天，地成了一座银造成的地！月光，美化了开封，美化了天地，美化了天地间的一切！

我望着，望着；我想着，想着。最初是月对着我，我对着月；接着是月忘了我，我忘了月；末了是月变成我，我变成月，我与月化而为无，合而为一。

月默然，冥然，浑然；我默然，冥然，浑然。失了知觉，也失了存在！

我是已入了梦境，抑已入了仙境，连我自己也不知道。但我，这时的我，确已另外换了一个我，非复平日的我了！

瞿然醒来，月轮已在中天，因百溪兄带着儿女妻子，不便久坐，即于恋恋不舍中，走下了石级，离开了龙亭，离开了中山公园。

月光，照着我到了学校，也伴着我到了学校。

龙亭给我的印象是美丽的，不，龙亭的月色，给我的印象是美丽的。我将永永不能忘去龙亭，永永不能忘去龙亭的月色！

接着龙亭而去游的，便是禹王台。

禹王台原名古吹台，相传是师旷吹律的地方，现为农林试验场。

二十六日午后，我独自一人，飘飘然的，飘到了绿树成荫花满枝的禹王台。

入门，奇花异草，曲涧红桥，珍禽怪兽，旧亭新榭，目不暇给。而万万千千，遮着天，覆着地的绿树，刚经过了朝雨的洗礼，分外显得苍翠欲滴。

成群的燕子，在天空呢呢喃喃地飞来飞去，好像向我报告江南的消息似的。

因为是来复日（即今之星期日），游人特别多，我只向游人少处、绿荫深处，无目的地踱去。

眼前是一片绿色，不，眼前是一片绿海。我便沉浸在绿的海里。

行行重行行，做成了五律一首：

雨后独游大梁禹王台

雨过生意足，满目郁茏葱。

燕语青天外，人行绿树中。

忧深餐事减，客久俗缘空。

凭吊禹王迹，萧萧只晚风！

西北角，有高阜一，围以曲涧，通以小桥，覆以茅亭，树尤浓密，地尤幽静。走到里边，好似走入别一世界一样。我在小桥边停留了许久，在浓荫中徘徊了许久，在茅亭中流连了许久，恋恋不忍遽去。

最奇怪的，在那里，只听得隐隐的流水声，也像远远的波涛声，我寻来寻去，没有发现流水，不晓得声自何来，及再三谛听，方辨明是风吹过枝头叶底所发出来的一种带有神秘性的天然音乐声。

虽然已是旧历四月中旬了，但满园的鲜花，却充分表示着还是暮春光景。在中原，春光来得迟也去得迟。我在江南看尽了春，再到中原来饱看了春，我真不能不庆幸我此行与春的特别有缘了！

在小桥边，又得了两绝句：

> 万草千花不记名，绿阴深处背人行。
> 耳边一阵萧萧起，误听风声作水声。

> 禹王台畔夕阳斜，无数红花映白花。
> 安得老天从我愿，长留春色住天涯。

满园都走遍了，最后才跑到古吹台。台高二丈余，周约百二十步，内外均嵌古今名人题咏，读之不胜河山依旧，人事已非之感！

这时已是下午四时了，金黄色的阳光，斜照在金碧色的瓦上，反射出万道金光，万条金线，令人目眩神迷。俯仰上下，感成一绝：

乙亥五月二十六日独登汴京古吹台

自别江南百虑灰，偷闲独上古吹台。

前贤胜事都陈迹，唯有斜阳入画来。

人事沧桑，今古一例，念之怅惘欲绝！

四时半离禹王台，而到距离不远的繁塔。塔在今河南大学第二院内，建于宋太平兴国二年，昔有繁姓住于旁，因名繁塔。原高九级，明初以迷信故，去其上六级，虽然仅仅剩了一座圮败不堪的破塔，但看来却古色古香，充满着历史的意味。

从繁塔出来，即赴南关公安局访同乡殷良佐局长。他陪我去尝了驰名中外的黄河鲤，风味果然不差。晚饭后，同到中国中学的校园去散了一会步。该校为项城遗产，没归公有者，故园内花木幽深，布置井然，为汴垣名园之一。

这样，开封的名胜，都给我游遍了。余如省立图书馆、省立博物院等，均经前往参观过。博物院陈列的近年出土的古物，比北平古物陈列所的还要完整和丰富。北平的大多是小件零件，这里的则都为大件整件，弥足珍贵！

还有宋门外的齐鲁公园，虽嫌荒凉一点，但环境的幽静、花木的繁茂、亭榭的曲折，给予我一个很深刻的印象。

我觉得开封名胜，以龙亭、禹王台、齐鲁公园三处为最好。而龙亭则宜旅人望月，禹王台则宜良友谈心，齐鲁公园则宜情侣密话。作用虽不同，其为妙处则一也。

开封的风沙，在这里也是值得一提的。我于未来前，友好都告诉我，说春天刮大风时，尘沙是多到对面看不见人的，我总有些不信。现在到了这里，方知这句话一点都不错。要知风沙的厉害，不必详说，有诗为证：

大风歌

南人西来必先悸，闻道风沙春最厉。

汴梁小住送春归，日白天青乃无比。

方意危言初聋听，飓风一夕连天起。

风卷狂沙沙卷风，风袭沙追弥望是。

猎猎猎，虎虎虎，

满城灰沙满城雾，漫天烟云漫天土。

是蛟龙斗？抑鬼神怒？

老树随风倒，老屋随风毁，

大地昏黑万象沉，日月无光天亦死！

车辙涂，贾罢市，

思妇楼头怨，征夫渡头阻。

耳无闻，目无睹，

口无言，心无主。

归来且自掩重户，

无边尘沙依旧簌簌下如雨。

挥不胜挥，止不可止，

茫茫一片烟和雾，

漠漠一天尘与土。

空自怀洁癖，干净复何处？

对此唯有暗叫苦！

中州儿女独不奇，笑谓风沙春更厉，

今兹乃其小者耳！今兹乃其小者耳！

四　黄河沿与朱仙镇

　　黄河沿与朱仙镇，同为开封附郭之胜地，一则可以览浩荡的黄流，一则可以发吊古之幽情。好游如我，岂肯错过？

六月九日，为了早晨可以凉快些，特地起了一个早，雇车向黄河沿出发。

出北门，满目黄沙，高的如小山，低的像土阜，望去漠漠无复际涯。宋、元、明、清，历代黄河决口的成绩，至今人民犹重受其惠。黄河未改道以前，河渠纵横，土壤肥美的开封，只有于历史中求之了！

闻诸野老言，凡经过黄河决口一次，良地每经沉淀而为沙地，沙地却可经冲刷而为良地。现在的沙地下面，倘掘去十多丈的浮沙，便都是好地，但谁有这么大的资力去发掘呢？

车行无边旷野中，白杨、高粱，都在黄沙堆里挣扎着，为大地点缀上一些绿色。

经护城堤，于毒日下行十八里而到柳园渡口。黄河一线，白沙万顷，眼界为之一扩。

在我意想中，黄河的水流，必是逼近大堤的，哪知还在百丈以外呢。堤身可二三丈高，七八丈阔，堤外满植杨柳，俾其根须能够保护堤土，而于伏汛时也可抵御一部分水流的冲刷力。

黄河在孟津以上，水势虽急，尚有山地以束河床，河道古今无变；以东则地域疏松，河成坦坡，所以常闹泛滥。长桓东明以下，为高度自二百公尺至五十公尺的接境地区。咸丰五年铜瓦箱决口所成现在的河道，就是夺的大清河的水道。一则河道比上流为狭，二则河身由铜瓦箱向东北曲折，水势更急，所以兰封、考城、长桓一带，常为伏汛时的决口地方。而豫东、冀南、鲁西，也就成了黄水的被灾区了。

黄河含沙量甚多，二十年夏所测最大的含沙量，竟占水量百分之四十六，即在冬季，也要占百分之四。因黄流上游，均属开掘黄土层的深谷，一至雨季，水向河床直注，并将侵蚀所得的黄土，一同倾泻而下。这是黄土高原一般河川的共同特征，也是黄河下流洪水位之高及含沙量之多的原因。

因着沙土的历年堆积，遂成"河由地上行"的现状。所以历代增筑堤防，以防溃决。北岸自孟县以东，南岸自荥泽以东，直达山东的利津，各有断续的堤防。国修国守的大堤叫做堤，民守民修的叫做埝，伏汛时还有坝埽等护堤工程。

黄河除了便利一套外，自古至今，始终为我国的一个大患。总理于实业计划中，关于治河方策，言之綦详。其要点为修浚河身，裁湾使直，填阔使狭，疏狭使阔，令上下流河身的阔度相等，利用水流本身的冲刷力，驱淤积出于海。并于出口处建筑长堤，再作坝闸，使航运可上达甘肃的兰州。

浚渫以外，复可利用虹吸管灌溉田亩，改良沙碱地，并引黄水入附近支河，以增水利。后两点，近年鲁、豫诸省均已有相当注意，且作小规模的试验。前一点则以需款过巨，在民穷财尽的今日，政府还无力及此。但欲两岸居民的能够安居乐业，则治本之图，实为必要。长此年年决口，岁岁泛滥，殊非固国本、安定民生之道。

河身并不深，渡船出口，须人到水里去推着走，推到半河心，因此很少船只来往。我在柳园一时许，仅看见一条帆船驶过。

在阳光下，我目送着那帆影慢慢向东移去，忽地想起家来。

痴立渡头，怅望南天，有如出了神的一般，也如已经到了家的一般，仿佛拜见了白发老夫，看见了黄口稚子，融融泄泄，欢聚一堂。

木然久之，即于浪声澎湃中，想起惊潮（钱浩）送我的诗："龙难池中蓄，麟亦寡俗缘。子玉江南别，我心为茫然。相送一樽酒，勿学涕涟涟。祝君铁鞋破，期君游志坚。足蹑黄河岸，身登嵩华巅。直向昆仑去，为问河源天。我伤东唾弃，我怀西边县。投笔正绸缪。老至合忘年。乘风关塞远，不让祖生鞭。"我即用诗中的"足蹴黄河岸"句为起，成长歌一首：

独立黄河沿

足蹴黄河岸，首顶黄河天。

黄风拂怀袖，飘飘直欲仙。

水奔来天上，帆移去日边。

心与水同远，目共帆俱悬。

朝随奔水流，昼至锡山巅。

午逐片帆去，暮泊太湖湄。

入门视诸儿，笑靥益丰妍。

嘈嘈竞问讯，依依左右牵。

升堂拜老父，瞿乐一如前。

喜极忘所以，转作涕涟涟。

长幼错杂坐，交口庆团圆。

为言水土服，为言主人贤。

风沙虽云恶，兴居殊晏然。

闻言相轻视，一室尽欢颜。

方期得小聚，讵意空缠绵。

骇浪扑我面，惊涛击我肩。

不见家与人，独立黄河沿。

写罢诗，拍了几张照，因天气太热，即驱车返城。

这次我去，恰逢潮落，气象并不雄伟，据说在伏汛时去，潮头最高，水流最急，确是一种壮观！那我只能期诸异日了。

朱仙镇是我久已想去的地方。一则为凭吊我国七百九十六年前民族战争的遗迹；一则为近年来，尤其近月来对于国事的过度苦闷，颇想借精忠报国的岳王庙前，尽情一哭，以稍泄我胸中的块垒。故于六月十六日的绝早，独自一人，悄悄然的，搭长途汽车前往。

在晓雾朦胧中，汽车风驰电掣地离开了开封。临行记以一律：

征车晓发向朱仙，名镇遥望独涕涟。

万里河山同破碎，千年史迹记缠绵。

边声动地风过耳，国是惊人箭去弦。

剩有雄心消不得，忍将热泪付诗笺！

我坐在汽车里，想到宋代精忠报国的岳武穆的下场，想到目下东北义勇军的首领孙永勤的下场，我的眼睛几次湿了！我自己知道我生平太富于感情，太容易感伤，但是，处在今日的中国，要是还是一个人，还是一个有人心的人，谁能不感伤呢？

经过了四十分钟的颠簸，汽车总算驶到了朱仙镇站。

镇在开封城西南四十五里，自宋以来，地居南北要冲，为水陆之会，与广东佛山、江西景德、湖北汉口，同为我国四大名镇之一。清乾嘉后，贾鲁河迭经淤塞，水运渐失所资；及清末平汉、陇海两陆通，陆运情势，又为之一变。故镇中商业，已日就衰落。其区域，明末时，北至今离镇四里许之小店王，南至八里许之腰铺，东至三里许之宋寨，西至二里许之豆腐店，全镇面积约一百二十余方里，大于现在约十倍有奇。

朱仙镇之寨，创建于清同治元年，周长十余里，南北约四里，东西约三里。出北门为通开封之大道，出南门为通尉氏许昌之大道。

全镇现有民商一千七百余户，八千五百余人，与最盛时四万余户，二十余万人相较，相差达二十四倍之多。人事变迁之烈，于此可见一斑！

岳王庙就在汽车站西南。下车后，经站长的指示，不五分钟就走到了。现为残疾军人教养院，收容约一千五六百人，内分总务、训育、治疗、工艺四股。我在门口照了几张相，即由传达处派人引导我到关庙、岳庙云瞻仰了一周。

按《宋史·岳飞传》载："飞进军朱仙镇，距汴京四十五里，与兀术对垒而阵，遣骁将以背嵬骑五百奋击，大破之。兀术遁还汴京。飞……其所揭旗以'岳'为号，父老百姓争挽车牵牛，载糗粮以馈义军，顶盆焚香迎候者，充满道路。自燕以南，金号令不行，兀术欲签军以抗飞，河北无一人从者。乃叹曰：'自我起北方以来，未有如今日之挫衄。'……金统统王镇……皆密受飞旗榜，自北方来降。金将军韩常欲以五万众内附。飞大喜，语其下曰：'直抵黄龙府，与诸君痛饮尔。'方指日渡河，而桧欲画淮以北弃之，风台臣请班师。……一日奉十二金字牌，飞愤惋泣下，东向再拜曰：'十年之力，废于一旦。'飞班师，民遮马恸哭，诉曰：'我等戴香盆、运粮草以迎官军，金人悉知之。相公去，我辈无噍类矣。'飞亦悲泣，取诏示之曰：'吾不得擅留。'哭声震野，飞留五日以待其徙，徙而南者如市，亟奏以汉上六郡闲田处之。……桧遣使捕飞父子证张宪事。……飞坐系两月，无可证者。……桧手书小纸付狱，即报飞死，时年三十九。云弃市，籍家赀，徙家岭南。幕属于鹏等从坐者六人。"我国宋明两代御侮史中，报国的精忠、死难的壮烈、战绩的丰伟、爱民的诚挚，实无第二人可与岳飞比拟者。他的伟大人格、爱国精神，已经形成了我国普遍的国民心理。庙食万世，亦同其宜！

岳庙与关庙相毗连，关庙在东，岳庙在西。现南东面出入。

关庙前有悬槛楼，建于嘉庆六年。门前石狮一对，蹲于两旁，复有重约二万、高约五丈许的蟠龙铁旗杆竖立其上。

入门，经鼓楼、钟楼二亭及木牌坊一，而到大礼堂。复进为春秋楼，现改讲堂。

岳庙建于明成化十四年，庙内前院正殿本祀岳飞及其部属四人，后院大殿本祀岳飞夫妇及其女，东西两厢房则分祀其子媳。民国十七年，冯玉祥督豫时，设九一七工厂于关岳庙中，所有神像，悉被毁去。庙中旧有碑碣甚多，现除月台两侧的《朱仙镇岳庙记》《呈请官祀岳庙记》，及月台下的《朱仙镇岳鄂武穆王庙记》《岳鄂王庙重修记》等四座外，余均于十七年被烧为石灰。利用庙宇兴办公共事业，在原则上本无可非议，但连历史上有文化价值的碑碣亦一并毁弃，未免失之过甚耳。

考岳庙之建，始于鄂，次于杭，三于汤阴，四于朱仙镇。鄂为王开国地，王冤白时已建；杭为王墓所在地；汤阴为王父母之邦；朱仙镇则王功至是为极、王之忠愤所永不能忘的地方。

现在四碑，均系明时物。《岳鄂王庙重修记》的碑阴为岳王亲书《送紫崖张先生北伐文》，书于宋绍兴五年秋，后人双钩刻石。文曰："号令风霆迅，天声动北陬。长驱渡河洛，直捣向燕幽。马踏阏氏血，旗枭可汗头。归来报明主，恢复旧神州。"忠肝义胆，懔然塞乎字里行间。独立碑下，默诵"壮志饥餐胡虏肉，笑谈渴饮匈奴血"的悲壮词句，念及目前国事，不觉潸然泪下。口号一律，聊以当哭：

朱仙镇瞻岳王庙

汉家陵阙日苍黄，热泪重倾拜岳王！
十二金牌催北国，几多条件许东洋。
是非当日容无定，忠佞后人有主张。
拼把头颅轻一掷，男儿自古不心伤！

我自去春于西湖岳庙痛极下泪后，此为第二次。在这种时季，到这种地方，对这种事迹，热泪之倾泻，实属不得不尔，岂敢谓伤心人别有怀抱哉！

十时，离岳庙，漫无目的地把朱仙镇的东南西北，完全跑了一周。

朱仙镇以贾鲁河之纵贯，分为东西二部，在河东的叫东镇，河西的叫西镇。从前东镇繁盛，远过西镇。乾嘉以后，因黄河泛滥，镇中屡遭水患，以东镇地势较低，商店逐渐西移，故今日西镇较胜东镇。全镇现有范围，虽已远不如明末清初全盛时，但旧之规模，依然可以窥见。

出北门数十步，有大石桥一座，横跨贾鲁河上。河身已经淤塞，几与陆平，倘无此桥，恐不易辨认尚有昔日舟楫如林、绾南北交通枢纽的贾鲁河的存在了。河发源荥阳，经朱仙镇下达于淮。如欲复兴全镇商务，非重行疏浚河道不可，但是现在镇上的财力，未必能够筹集此项巨款了。

独坐桥上，抚今追昔，写成了一首长歌。小序中有句云："孙永勤死，予始为愤然，继为茫然，终为恍然。乃独抱伤残痛绝之心，遄赴有宋御侮胜地朱仙镇，瞻拜先烈，尽情一哭！意犹未尽，殿之以诗，即以文字贾福，亦匪所计及矣！"惊潮谓虽从血性中流露出来，唯率直处要有检点，宛转陈辞，方为诗人忠厚之意云云，的是确论，但在我那时的心境下，已算是十分宛转的了。诗如下：

朱仙镇

朱仙镇，万古恨！

万古恨，朱仙镇！

当年遗迹宛然在，当年浩气依然存！

谁非中国人？谁无忧国心？

国是谁复问？国事谁忍论？

慨自辛未沈变起，长官弃城如敝屣。

坐拥貔貅三十万，不令谁何遗一矢！

转战独有义勇军，前者扑地后者继。

过眼不见炮与火，横胸唯有勇和义！

势穷力瘁暂来归，敌我合奸谓剿匪！

万金购得头颅去，孙烈永勤长已矣！

卖国贼侯卫国贼，媚外者荣御外死！

今古伤心事一辙，教人长号不自已！

方今敌我正亲善，敢言抗敌罪当诛！

风波亭，蓟密区，碧血磷磷烛千古！

朱仙镇，东四省，此恨绵绵无时尽！

怅然久之，即缓步返车站，于待车室晤一在邮局服务的辽宁人。彼乃"九一八"后才被调入关者，谈及沈阳被陷及目前华北危急情形，唯有相对欷歔而已。

十二时车开，我在车中，只是想着岳爷的"三十功名尘与土，八千里路云和月。莫等闲白了少年头，空悲切"的《满江红》词，向着窗外出神。

一时许到校，心至怔忡不宁。入晚对着满天月色，做了一首绝句。

六月十六夜望月感赋时华北风云正告紧急也

乡梦难全国梦残，年来歌哭更无端！

悠悠今夜中州月，莫作榆关一例看！

此情此景，发为如此的诗歌，月姊有知，当亦为我表示无限同情吧？

五　长安道上

西游的波折太多了。但是，经了三月之久，我终于踏上了西上的征途。

去夏的计划不说，就是今年暑假中，也有两次行装都已整理好，临时均以他事牵阻而中止，心里怅怅不欢者累月。

也好，去夏去不成，今夏去不成，却使我在这枫叶初红、菊花未老的暮秋去，并且使我于游历嵩山、华山、洛阳、西安的一个目的外，再加上一个应二十四年高等考试的目的，则不能不说是巧遇了。

实在说，倘使西游的计划暑假里已经实现，则我此次决不会再上西京去应试的。因为我这次去的正目的，还是游历，而副目的，才是应考。

十月二十七日上午八时，别了全校同仁，在晓风拂拂中，驱车赴陇海车站。

想着即将开始的万里征途，坐在车上，身子有点飘飘然的。

十时车西开，喜作一绝：

乙亥十月廿七将至西安晓发汴垣口占
催人长笛一声声，万里秋风发汴京。
三度西游都作罢，快哉今日始成行。

我此行的目的虽有好几个，但最重要的，只是嵩、华二

岳，尤以华岳为特重。因为几年来，读了许多人的游记，华岳
留在我脑海里的印象委实太深了，尤其去夏少明给我一封信，
那有力的字句，时刻在我的耳鼓上敲着。他的信上说：

"华山，我被此地许多新玩了回来的人说得什么都不想，
只想上华山。据说那里是天下独一无二的名山，泰山是山水风
景，华山是神仙境界，我们人一上华山，就不想回到家里去
了！山有四十五里高，那里有峭壁，那里有瀑布，有百多岁的
老僧，有仙人的居处——陈抟老祖的故里——有人所不敢去的
险崖。……住在山上怪静。你要是默默地想，好像你不是在华
山，是在仙界。子玉，来吧！……"

那一声"子玉，来吧！"，自去夏到今秋，在我耳边响了
一年多，现在我毕竟去了。心中的快乐，又哪能用言语笔墨形
容？要是远在陕州的少明知道了，也必为我快乐吧？

我反复沉吟着"快哉今日始成行"的那句诗。

到郑州，会见了预先约定同去应考的马兴汉、朱法宽二君。

车过汜水，就看见窑洞。洞就山麓或山腰凿成，外狭内
宽，据说冬暖夏凉，住着比楼房还舒适。先民穴居之风，不图
今日犹及见之。

山全是黄土，没有石块，利于种植，所以一层一层，盘旋
而上，连山顶都种满果蔬树木。并且有些地方，均为笔直的削
壁，泥土不虞崩溃。这里虽离秦陇尚远，恐怕也是受着黄土高
原的影响。

巩县兵工厂在一座小山上，林菁茂密，黑烟缭绕，凭窗远
望，心上有说不出的兴奋。

五牢关确系天险。自汜水至陕州，闻须经山洞十三座。陇
海路路政车辆，虽然比不上国内其他铁路，但其建筑工程之艰
巨，实不下经行万山中的平绥路。

下午四时许到偃师。中岳嵩山，其山脉即自偃师蜿蜒而达登封。那长天一色的白幕上，镶着横空百里的苍峰，在登临之愿蓄之已久的我看来，分外觉得神往！成一律：

望嵩岳

嵩岳连天起，横空百里遥。

中原增险塞，大野郁岧峣。

句自闲中得，魂从望里销。

登临频岁意，抑止记今朝。

暑假前，我除了搜罗嵩山的古今游记外，还特地读了一遍《说嵩》，对于嵩山的一切，虽然还未游过，但已大体上了然于胸了。

我的西游计划，在暑假前是由开封而嵩山，而洛阳，而陕州，约会了少明同上华山，再到西安的；此次因为考期的急迫，决定先到西安，于回汴时一路下车，以偿夙愿。故预计三星期后，我已在嵩山之巅了。

八时许到洛阳，夜里三时许过陕州。我此次因为说不定什么时候可以上华山，故未约少明同游，只有默祝他夫妇俩的健康。

二十八日上午七时到潼关。当我远远地望见高耸天半的城楼、危峙山顶的城墙和环抱城下的黄河时，几乎高兴得欢呼起来。我国千古第一雄关，今天毕竟和我见面了。

考潼关之名，其说不一。《通典》云：本名冲关，河自龙门南流，冲激华山，故以为名。杜预《左传注》亦采是说。或曰地有潼水，因以为名。后说或较近似。其关城于隋大业中、唐天授中，各有迁移。今城为宋熙宁中所筑。依山势高下，周十一里七十二步，高一丈八尺。东邻河南阌乡县，东北渡河界山，西永济县，为人陕西省的第一重门户。

潼关北限黄河，南据秦岭，西有太华之阻，东有金陡之险。真是上跻高岖、俯视洪流、中通一径，车不得方轨、马不得并辔，一夫当关、万夫莫开的天险。

但是，在已经从平面战转变为立体战的现代，仅仅有天险是不足恃了！长城战时榆关及喜峰诸口的失陷，不是给我们很好的教训吗？我们有了这样的天险，应该再加以怎样的人工配备，使天险与人工得到交互的利用，以增强国防上的效力？思至此又不禁热血沸腾、瞿然兴起了！

车停半小时，得二绝句：

过潼关

山阻黄河河断山，古来天险说潼关。
登临邦国多难日，赢得愁人一笑颜。

薄雾轻笼晓日殷，孤城危架乱峰间。
长安西去无多路，一日行程万叠山。

八时车西行，不久即望见连峰际天，隐隐不绝。十时许就到了华阴。西岳华山，只离站十余里。天外三峰，历历均在目前。喜不自禁，口占一绝：

西行作计几温寒，得见名山亦大难。
记取者番珍惜意，莫当前此壮游看。

过华阴，高插云霄的秦岭山脉，便与陇海路平行，迤逦西展。山光岚气，目不暇接。

自潼关西来，便是所谓关中平原，土壤肥美，物产丰富，真是天府之国。

这时虽是旧历十月初旬了，但望到窗外，仍是一片绿色，于万绿丛中，再点缀上那"红于二月花"的霜叶，分外觉得风光如画，艳丽入骨！而远处的山峰、远处的云头，都作了天然的背景。远的淡到极点，近的浓到极点。

对于四季景色的品评，我从前总是把"浓淡肥瘦"四字来作判别。认为最浓的是春景，最淡的是秋景，最肥的是夏景，最瘦的是冬景。但是今天，我几乎把我历年的论断否定了。真的，这里的秋景，其浓艳处实在不减于春景啊！

即景生情，因成一绝：

陇海车中望秦岭

木未凋零草未枯，连天碧色若干铺。

秋山更比春山好，浓到十分淡到无。

秦岭有三主峰，一为太白山，一为终南山，一为太华山。太华山即西岳华山，因示别于少华山，故加一太字。

秦岭，为陕西平添了不少怪、奇、瑰、绝的风景。倘使没有秦岭，陕西的一切，必将大大改观了。

在车中默诵谭浏阳的"河流大野犹嫌束，山入潼关不解平"句，深佩其用字之切贴。不到西北，这种诗句是写不出，也想不到的。

下午三时许过渭南，于暮色苍茫中到了千百年来向被别恨离愁牢缚着的灞桥。

桥形为平面，悉以石砌，跨灞水两岸，约有百来丈阔。两端都有一座牌楼，远望之好像一座亭子。

桥离西安二十里，汉桥的原址已不可考，现存的是隋桥，建于隋开皇二年，至今已一千三百四十五年。唐人以送别者多止于此，因亦谓之销魂桥。自唐迄今，虽已屡经修筑，但大体还是保留着原来的规制的。

桥下多为沙滩。水分数股西流，与浐水会而北注于渭。当春夏水发时，水流想来必是很大很急的，观于今夏陇海路铁桥的屡被冲毁，可为明证。

桥的前后左右，统被浅滩包围了，也被绿杨包围了，衬托成一种充满着诗情画意的绝妙风景，渲染成一幅充满着离情别意的绝妙画图。再于桥上点缀着三个五个行人、三匹五匹骡马，于夜色昏黄中看来，具如自己置身于画图中了。

本来，柳色是最易惹起离愁的，陌头杨柳，楼头少妇，已够人魂销肠断；何况送别的时候，再见到那临风依依的腻态？"销魂桥上销魂树，不到飞花魂已销。"真的，黯然销魂，何必一定在飞花时节呢？

过灞桥不远，火车便停住了，一停就是一小时。我凭着车窗，眼睛痴痴地望着桥畔的柳色，而我的心，却早已飞回南天去了！低吟"太华终南万里遥，西来无处不魂销。闺中若问金钱卜，秋风秋雨过灞桥"句，今天虽非秋雨秋风，而渔洋此诗竟似为我而做的了。

七时许车始开，一眨眼就到了浐桥。规制与灞桥仿佛，唯距离较短。

八时，于银灯闪烁中，走了两日一夜的火车，虽比预定时间迟了五小时，总算驰到了西安站。我于二十一年秋到过海州，今天再到西安，陇海路全线一千零五十一公里的长途，在目前，已为我完全踏遍了。而我几年来西游的目的，也给我达到了。喜极，口号一绝：

天留胜景付狂生，半岁游程历四京。

今日长安容小住，南山应不负诗情。

我于今春四月，由南京到燕京，五月由南京到汴京，现在由汴京至西京，半年间跑遍南北，游遍南北。思之，重思之，不得不感谢老天给予我的机缘太好了！

在极度的好奇心下，出了站，进了城，到了旅馆。空阔的大道、疏朗的灯光、浩莽的夜色，使我好像闻到了西北的气息。尤其那飘扬在西风里的号角声，听来另有一种悲壮与沉雄的快感。

近年来，为了对于国事的关注，已养成了一种军人崇拜的心理。或者这种心理的形成，还不仅是我吧！

我听着这悲壮而沉雄的号角声微笑了。

六　西京一瞥

长安，这是一个多么神秘的名词啊！一提起它，我们脑海里，立即浮漾出一幅生动的画图来。那画图上，有着幽秀的终南山，有着清丽的曲江池，有着自古诗人流连觞咏的乐游原，有着长使后人欷歔凭吊的阿房宫，一切的一切，令人怀念，令人兴奋，也令人感慨！

过去，在这里，不知曾经扮演过多少次的帝王家话剧。我们从历史的巨帙中，可以看到有的是血，有的是泪，有的是哭，有的是笑。

隋唐以后，它原有的光辉已经减退了，渐渐地，它的政治地位，移出了一般人的记忆圈外。唯有嗜奇耽古之士，偶一念及，犹为之低徊不止。

最近，由于国难的赐予，几乎被人遗忘的西安变成了陪都，于是西京的雅号，也就轻轻地加上了。"长安"二字，又打进了一般人的心坎。

我，幸运地，在长安正要复兴的这当儿，恰巧投入了它的怀抱。

十月二十九日，吃罢早餐，和兴汉、法宽，同到从前的西北大学，现在的省立高中去向高等考试西安办事处报到，领了入场证。当我看见校门口"为国求贤"的牌坊时，不禁陡的一怔，看看自己，看看牌坊。

西安街道的整齐与宽阔，比开封犹远过之，江南除了首都外，可说都望尘莫及。两旁为人行道，人行道与车道的中间，种着密密的行道树。人家的院子里，也都透露着碧绿的树枝，登高一望，满城都是树木，竟似一个最先进的花园都市。

恐怕因为是西京的关系吧，路上风驰电掣的汽车，也比开封多。大车的木轮，都已换上汽车的橡皮轮了。

沿着街，一大锅一大锅的特货在公开地煎着。人行市上，异香阵阵，随风扑鼻。

出乎意料的，到西北来，生活费用之高，竟远过京沪，比开封几高一倍。"长安居，大不易"的古话，至今依然适用。

午后，迁居于西北朝报社。社设江苏会馆内，江苏人住江苏会馆，再巧没有了。

西安乌鸦之多，也是少见的。一早，从天光发亮时起，至七八点止，天上、树上、屋上，只听得一片乌鸦声，搅得人再也睡不着。傍晚，走过空旷的地方，往往数百亩大的田地，都给乌鸦歇满了，望去只看见一点点黑的遮成了一块黑地。并且大摇大摆地啄食，人马经过，绝不惊飞，如南方的乌鸦一样。西安，说句笑话，好叫乌鸦世界了。

兵多，也是西安的特色。在街上，碰来碰去是兵。在江南，是很少看见兵的；一到中原和西北来，始信中国的兵额是着实惊人的！

西安的新闻事业也很发达。每天出版两张的大报有《西京日报》《西北文化日报》《新秦日报》《西京工商日报》等；小报有《西北朝报》《工商日报》《民意日报》《青门日报》《雍报》等。印刷编制，均极精美。我住的西北朝报社，虽然每天只出版四开报两张，自己还办有印刷所呢。

这次意想不到的，竟会在西安遇到少明。

少明，原在暑假前约定同游华山的。我以此次拟考毕后游华山，说不定日期，所以没有通知他。不料他也来应考，三十一日上午，在报到时看见了我的住址，即刻赶到西北朝报社来了。

这不期的会晤，一见面，彼此快乐得几乎打了起来。

他本来也预定考罢第一试后游华山，并约他夫人葆良到华阴车站等他。我们商量的结果，决定写快信叫葆良于十一月三日径到西安来，再同上华岳。

高考第一试是十一月一日至三日。一日的早上，天还没亮，我们就起身了，盥洗后冒着毛毛雨赶到试场，已经比规定入场时间迟了十分钟。寄存了零件，经过了检查，核对了相片，便领卷入场。

上午考国文，八时开始，是一篇论文、一篇公文。论文题是"德当其位功当其禄能当其官议"。每场时间，限定三小时。上午自八时至十一时，下午自一时半至四时半。论文我连属草连誊清花了两小时，公文不到一小时便完卷了。

下午考总理遗教，共三题，均全作。四时完卷，和少明到"一春香"进晚膳。谈起试场里的形形色色，我们禁不住捧腹大笑。

第一试分成了两组，我们教育行政人员和普通行政人员、财务行政人员三类是一组，在一日至三日考。其余各类，则在四日至七日考。在三类一百八十多个应试人员中，都是四十上下的人，像我和少明那样二十多岁的，可说是绝无仅有。有几个银须飘萧，看样子，年龄总在六十开外了，自云曾应过前清的科考。我们不知道他们这么大一把年纪，为什么还有那股劲儿，并且一本正经得那么厉害！

晚上，因为白天试场内底稿不能带出，我把那篇国文默了起来，以留纪念。

德当其位功当其禄能当其官议

为政者德必当其位，功必当其禄，能必当其官。盖德所以服人，功所以信人，能所以治人，未有缺其一而能举其政者也。

孟子曰："以力服人者，非心服也，力不足也；以德服人者，中心悦而诚服也。"故德必当其位。在其位而无其德，则人心离，人心离则令不行，令不行则事不治，事不治则政不举。政不举，是播其恶于众也。故德为位之本。又曰："君子之德风，小人之德草。"固知天下风俗之厚薄，系乎在位者之一二人。彼一二人之心向善，则天下从之向善。一二人之心向不善，则天下从之向不善。故德不当其位，非徒播其恶于众也，且将率天下而同向不善焉。吾是以知在其位者之必当其德，无其德者之必不能当其位也。

禄者所以酬功也，功者所以食禄也。非其功而食之则伤廉，非其功而酬之则伤惠。伤廉则不义，伤惠则不公。不义不公，俱非所以为政也，故功为禄之本。且禄者民之所望也，无其功而食其禄，则谁不欲起而效之，由是而攘夺兴焉，篡窃起焉，故功不当其禄，更非所以信其民也。吾是以知禄必当其功，功亦必当其禄。

官者所以治人也，故必有治人之能。执法之官，必具执法之能；理财之官，必具理财之能。无其能则不能治人，不能治人则失其所以为官，故能为官之本。为官者必当其能，无其能者必不可当其官。

德当其位，功当其禄，能当其官，之三者，为政之本，治国之原也。世之在其位，食其禄，当其官者，盍念之哉！

十一月二日，上午考中国历史，下午考中国地理，均三题全作。四时许，和少明同到开元寺看唐塑。寺基极大，唯大殿仅剩一座，现为公安分驻所，因为天光不早，殿内暗得可以。我们走近了佛像细看，觉得姿态生动，刻画精美，确在普通塑像之上。唯是否唐塑，则恐怕靠不住了。殿外是一片广场，四周栉比而居的，都是高等神女，和开封的第四巷一样。

三日上午考宪法，下午考社会学，都是三题全作。我除了第一天第一场神经稍觉紧张外，后来也就安之若素。但于每场完卷时，因端坐疾书了三小时，两个手臂固酸痛得动弹不得，就是两只脚，也麻木得不能举步。

五时，和少明慢慢地跑到火车站去迎接葆良。在路上，各人作了一次自我批判，预料的结果是：应考两个，落第一双！

六时许汽车到，在万头攒动中，找到了葆良，就雇车回旅社，稍事休息，同去吃晚饭。

明天，我们决定游雁塔和莲花池。一个快乐的希望，蕴藏在我们每一个人的心头。

四日早起，没有太阳，但也不下雨。上午十时，三人会齐了，向雁塔出发。

塔在大慈恩寺内，寺建于唐贞观二十二年，距城约八里许，为唐玄奘法师卓锡翻译佛经之处，也是慈恩宗的祖庭，在我国佛教史上，有着特殊光荣的地位。

出城，就看见薄雾朦胧中，远远地自东至西横亘着名震千古的终南山。本来在我的预计中，终南山是势在必游的，但少明谓山里往游不便，葆良尤其胆怯，力言不可冒险。

西安土壤肥沃，与开封之黄沙漠漠者迥别。洋车过处，麦苗均已出土寸许，望之远近一片绿色，使人心上得到莫大快慰。

绿野中一座座的方塔很多，式样和江南所见的不同。东边目力所及处，有一片白漫漫的大海，仔细辨认，又像一座大山，也像一团浓雾，荡漾浩渺，不可究诘。但大海是决不会有的，当以浓雾为近似。

终南山愈行愈近，岚光黛色，渐入眉际。终南附近，是西安风景的结晶处，也是自古诗人流连觞咏的胜地。人以地传，地以人著，人地交相烘染，益令后人景仰追慕！

车行一小时，到了大慈恩寺的后门。入寺，虽败瓦颓垣，触目凄凉，而当年重楼复殿，云阁洞房，凡十余院，总一千八百九十七间宏规，于遗迹中尚可窥见一斑。

雁塔即在后院旷场上，建时本以藏经，故称经塔。唐初设曲江宴，以慰下第举人，相沿为例，进士会同年亦于此。开元时皇帝率宫嫔乘帷往观，命公卿士庶各携眷往游，倡优缁黄，无不毕集。先期设幕江边，是日商贾，皆以奇货丽物陈列，豪客园户，争以名花布道，进士乘马盛服，推同年俊少者为探花使，有匿花于家者罚之，进士刊石记名于此，谓之雁塔题名。故当时曲江流觞，雁塔题名，慈恩寺变成了一大游乐场所。明清相沿成习，新中举人，每于榜后，刊同年名，立石寺内。所以现在塔内一方方的石碑不少。

塔凡七层，拾级而上，一层有一层的胜处，至最高层，身子几已上耸云霄了。凭槛远望，终南山横亘其南，西安城栉比其北，村落、阡陌、田畴点缀其左右，方数十里间的形形色色，尽入眼帘，胸襟为之一扩！

静坐窗边，默默地看，默默地想，现在科举虽已废了，但很有许多人，以普通考试拟之于从前的秋闱，高等考试拟之于从前的春闱，雁塔题名的掌故，还为一般人乐用着。

想到了高考，我的精神便兴奋了，对着长空，狂唱一绝：

登西京雁塔喜号

年来意气更纵横，报国还期许此生。

漫说后生三十岁，不应雁塔不题名。

少明力劝题在塔上，以留纪念。我以此诗太粗豪，未存下。

盘桓久之，下塔，在出口处，看到了清光绪间汪廷栋氏的一首七律："雁塔参天独巍然，偶来凭吊几流连。科名在我原无望，山水于人幸有缘。七级浮屠登此日，一时盛事溯当年。要知高处多危险，稳步云梯慢着鞭。"读罢，与少明相视一笑，同声地说："汪氏实先获我心！"此事在不知者看来，总以为我们是聊以解嘲，实则我们此行，确系七分游览，三分应试也。

塔外有《大唐三藏圣教之序》及《大唐三藏圣教序记》石

刻二方，极可珍贵。这种真迹，在别处很难看到。

曲江池与乐游原，闻距此不远，读张恨水《西游小记》，知一无足观，故决定不去。拍了几张照，即离慈恩寺，驱车赴荐福寺。入门在小雁塔下，三人合摄一影。塔的构制与大雁塔相仿，唯规模稍小，且不能上去。

下午三时，仍回城，到莲花池逛了一周。园内布置，井然有序，绿杨碧树，芳草青萍，风光不下江南。

十一月五日，下着很大的雨。我们为预定的游程所限，决定参观碑林，并至易俗社听秦腔。

上午十时，三人雇车冒雨出发。碑林即在城之东南隅府学孔庙后，距市中心区约二里。不半小时，车子便停在门口了。

碑林建自宋元祐五年，吕大忠移置石经及颜、柳所书各碑于一处始，遂有碑洞之名。迄后代有移入，至费甲铸刻《圣教序》及刻贴于是称曰碑林。都计藏有唐、宋、元、明、清以及现代石墨四百七十五种，一千四百二十四方，收罗之富，为他处所罕见。其最名贵者如《唐石经》《大秦景教流行中国碑》《禹迹图》《华夷图》，颜、柳、欧、虞、米历朝诸名家书法，不胜其述。凡游关中者无不以先睹为快。

事前，我在省立图书馆买了一本《西京碑林》，看了一遍，以免参观时茫无头绪。但是，实在因为碑碣太多了，看完一列又一列，看完一室又一室，在两三小时内，殊有无从看起之感。

匆匆参观了一周，已是下午一时。我们分别选购了些碑帖，仍驱车回旅社。

饭后到易俗社，想一聆秦腔，不意要到晚间才开演，只得丧然折回。

阅报，知中央已明令颁布币制改革紧急法令，实行货币统制政策，我和少明兴奋得欢呼起来。这，不但抵制外货的大量倾销，不但可以刺激国内的工商业，并且揆诸国际往例，是全国经济总动员的先声啊！

在万分兴奋的情绪下，畅谈着我们肩头所负的责任。

晚上，因为下雨，易俗社没有去。要是天晴，我们本来还想上西郊去，凭吊一番阿房宫的遗迹和观光一下充满诗情画意的咸阳古渡的，可惜天公不作美，飘洒着恼人的冷雨，也只能作罢了。

长安，在我们脑海里有着莫大魅力的长安，它的面目，我们已粗疏地辨认过了。为了时间的限制，我们决定明天一早即搭陇海车上华阴，同游期待了好几年的西岳华山。

七　从西京到华阴

说到游华山，我就好像服了兴奋剂一样。实在，华山的游愿，在我胸中蕴蓄得太久了。

十一月六日，天没亮就起来，整理好了简单的行装，匆匆雇车出发，到旅馆会齐了少明和葆良，一同赶到陇海车站。雨，幸已止。

六时二十五分车开。少明身体有些不舒服，但游兴甚豪，一路谈着乡情国事，慷慨淋漓，议论风生。不久即到了浐桥和灞桥。雨，又在天空飘起来了。这雨，给我们心上，罩上了一重阴沉之幕。

我们那一节车厢里，乘客以陕西本地人为多，男女老少，嘴里都含着一卷纸烟，弄得全车烟雾弥漫，触鼻生厌。我到西北来的第一个奇异印象，觉得纸烟已经普及民间了。

一个人引起了我们的注意：

刚上车时，因为我们自己谈得很高兴，没有留心其他的人。八时到潼关，停得很久，方看到车厢的一个壁角里，坐着一个虽是穿着中国人的衣服，而形迹不类中国人的旅客。他面孔向着窗外，在迅疾地看，迅疾地记，迅疾地画。座旁搁着快镜和公事包。少明谓此人曾于大雁塔遇到，我却不记得了。

那人外面穿着一件青布长衫，但里面却是很摩登的西服，脚上也是穿着很好的皮鞋，觉得内外服装上太欠调和。而冬天戴上口罩，在内地尤不经见。

我们为了他不绝地在记和画，引起了注意，经过再三的观察与研究，断定他决不是中国人。少明就以这个意思，告诉了车中的特务警，令他随时加以注意。

那个特务警跑了几个来回，很谦和的去盘询那人。那人除了"我是日本人"五个字外，其余问话，概不置答，面孔转向车外，态度蛮横到极点。

这时全车厢旅客的目光，都已集中在那人身上了。当特务警查阅那人的护照时，一个立得较远的乡农，把一只手表演着切菜的姿势，嘴里说只有那么的"剚"！引得全车厢的人都笑了。那个乡农下意识的冲动，虽然不值得称许，但我国民心之趋向，于此可见一斑！

民心不死，中国是决不会亡的！我看着那个诚朴的乡农，心头感到莫大的安慰与满足。

自从查验护照后，那个怪旅客便蒙头而卧，不再看，不再记，不再画了。

这样的一幕过去后，火车于上午十时半，驶进了渭南站。

风和雨，一刻比一刻地厉害了。满天是阴沉沉的，气候也冷了许多。

想起了这次于四千里外，和少明、葆良的不期会晤，想起了这次竟会和少明、葆良同游西安，同上华山，觉得"缘"的一字，实在是不可解的。可惜老天太不作美了！

过渭南，记以一绝：

> 国事乡情细细谈，客中同调适成三。
> 老天不餍游人愿，冷雨凄风过渭南。

下午三时许到了华阴站。虽则天气还是阴沉得很，雨却已经停了。

我们在车上，远望连峰际天的太华山，山巅山腰，烟云缭绕，一片白色，少明说是雪，我辨着是雾，以为雪没有下得这么早。不料到华阴一看，满山都堆着雪了。

雪，没有减退我们的勇气，反而增长了我们的游兴！

在车站，雇了三辆洋车，冒着割面的冷风，向华山前进。我们今晚预定住在玉泉院。

华山一半在云雾中，一半有时露在外面，有时也为云雾遮着，隐约难辨。

洋车在泥路上费力地拉着。潺湲的流水声，远远地飞进耳鼓来。

风，虽然冷得厉害，但是我的两只眼睛，却尽是贪婪地望着山上山下的一切。途中做成了三首小诗。

华阴道中

薄暮登山兴未赊，泥途十里走征车。
山灵也有生人怯，故撒云头半面遮。

入眼岗峦几万重，冻云开处见高峰，
华山真面今难识，半在烟中半雾中。

菊花未老雪花催，白尽寒峰万万堆。
总是此行天作美，为添雪景入诗来。

冲风冒雪的来游华山，我们的游兴，不可谓不豪了！

中途，许多村人，都赶到我们的车边来，兜揽明天山轿的生意。

暮色苍茫中，三辆洋车，送我们到了万山环抱，清幽独绝的玉泉院。

快乐，充满在我们三个人的心头。好多年要想游的华山，今天，我们毕竟是到了它的山麓了。

去夏少明给我的信上，那一声"子玉，来吧！"今天毕竟实现了！

四千里外的故乡好友，不期而遇合在一起，同游这千古第一名山，这是怎样的快事啊！也是怎样的巧事啊！

八　万山雪照一灯明

华山的玉泉院，为入山的必经之处，也是入山的第一胜境，其清幽静穆，绝类泰山的斗母宫。

我们将近山麓，在暮霭霏微中，就没有看见玉泉院，因为玉泉院为高耸云霄的奇峰，为枝叶茂密的老树遮起来了。走进了院门，不见人，也不闻人声，只有四面八方的流水声潺潺盈耳。

到二门，方有老道迎出来。实在，这样风雪载途的时节，他们是再也料不到会有游客光临的。

房屋很整洁。我们三人，分占了东厢的左右两间，中间作为起坐。问老道，知华山连天下着雪，登山的路径，从玉泉院再走五里，便都被冰雪封住了。所以我们明天能不能登山，还要看天气如何才能决定。

老道捧了茶点一盘，内有黄精一种，很觉可口。据云黄精是一种植物的根，经九煮九晒，故名九制黄精，吃了非常滋补，为华山著名土产之一。老道告诉我们许多华山的掌故，关于山轿的价钱和登山的常识，也得他不少的指示。

葆良虽已旅居陕州两年了，还是说的一口无锡土白，为我到开封以来所从未听到的。她的说话，很容易勾惹起故乡的回忆来。在我们三人中，就语言上说，她是一个标准无锡人。

轿夫们回去了，说定明天一早来。这时院子里只剩下几个道士和我们三人。整个的玉泉院，静寂得像睡熟了的。只让那四边的流泉声，淙淙玲玲，奏着悠远淡雅的音乐。

这时月亮已经出来了，淡淡的月光，照着院子里白白的雪光，太阳虽已不见了，满院子还是亮得和白天一样。

山顶上的白雪，映着月光，变成一片白色。无数的银峰，一层一层，环列在玉泉院的后面。

道士们睡得很早，除了我们屋子里燃着两盏煤油灯外，其余的灯都已熄了。周围愈显得清幽静穆，我们好似走进了另一个世界似的。

在屋子里谈了一回，我们禁不住月光的引诱，都走到院子里来了。

月光虽不十分皎洁，但淡淡的冷冷的光辉，实足的表现出"寒月"的特性，使人一望而知这不是春月，不是夏月，也不是秋月，而是冬月，而是冬夜的雪月。

我们默默地对着月，痴痴地望着月，呆呆地想着月，想着故乡，想着这一回的奇遇，想着过去未来的一切。

银峰叠叠，环列在月光下，环列在我们的面前。这时我们眼睛所看到的，只是银峰，只是雪光，只是月色。

我最爱月。生平游山，要是事实上可能，总是拣在旧历月半左右去，以便饱览月色，而益增山水的美感。我觉得山无水则不韵，山水不在月下看则不美。月光下的山水，另有一种妙绝尘寰的风姿神味与情操，粗心浮气者决不易领略。今年一月，月夜游太湖中的马迹山，其情其景，至今仍在心头，仍在目前。我敢说，月是与我特别有缘的！这次到华山来，又是遇着月夜，则不能不感谢老天给我的机会太好了！

在廊下徘徊久之，以天气太冷，各回卧室就寝。少明因身体不适，我给他服了两片阿司匹林。

灯光扭暗了，月光便照进纸窗来，照在壁上，照在床上，清幽欲绝。院子里的树影、院子外的山影，则映在窗上，成了一幅绝妙的淡墨山水画图。四面的流水声，因着人声的岑寂，益发响得厉害了。流水声中，还夹杂着隐隐的风声，似在屋顶，似在树顶掠过。

我看着，听着，想着，在这样的环境下，哪能睡得熟呢？仍披衣起来，独自一人，静悄悄地，扭亮了灯光，写成了一首小诗。

乙亥十一月六日宿华山玉泉院

回环槛外白云平，隐隐风声杂水声。
静夜敲诗眠不得，万山雪照一灯明。

明早，十一月七日，天刚亮就起来，跑到院子里一看，东方红云万叠，红光万道，渲染得满天都是红霞，都是红光。我快乐得一声高叫，天已晴了！

天已晴了，少明的病也已好了！

他说我昨夜睡了又起来，想是在做诗，因为恐怕打断我的诗思，所以没有问我。我把夜里写成的那首小诗给他看，他读到"万山雪照一灯明"句，不禁拍案叫绝，连说即此一句，我们此行，已为不虚了！

匆匆洗毕，带了快镜，到院子里散步去。玉泉院房屋虽不很多，但院外隙地却不少，都栽着花木，筑着亭台，布置着小桥流水，曲曲折折，清清雅雅，令人流连不忍遽去。

东面山顶上的白雪，给阳光照了，反射出千万道的银光，千万条的金线，闪闪炫人眼目。南面的高峰，照到太阳的地方是雪亮，照不到太阳的地方是阴沉，一片黑影。北面为平原，为千百年来涧流冲刷，变成了一片沙土，不宜耕植。现在犹有流水数道，横穿其间，在日光下闪烁下流。玉泉院的东西南三面，统为峰峦包围了，只有北面缺着一角，可以极目百里。背枕高山，面临旷原，左右山峰，互为夹辅，地位是最适当也没有。

我在小桥边，为少明葆良伉俪，摄了几张小影。

院后为希夷祠，旁有希夷洞、希夷的像和墓。华山关于希夷的遗迹和传说很多。

这时全院除我们三人外，尚无其他游人。四周静悄悄地，只有风声与流水声隐隐相应和。空气的鲜洁和芳冽，使人一呼吸间，便欲飘飘仙去。

华山多长寿的道士、隐者，且为古今仙道之所乐于假托，自非无因。老实说，一个人住在这里，一天到晚，一年到头，一生到老，无忧无虑，无罣无碍，日与清风明月高山流水为伴，要他不长寿，竟也没有办法。反之，我们日处尘嚣中，营营扰扰，苦思焦虑，一忽儿乐，一忽儿悲，要他长寿，又哪里做得到？

盘桓久之，红日已高悬东首山顶。我们恐怕耽误了登山的时间，乃入内进早餐。同样是馍馍，但在玉泉院吃来，似乎要比在开封、西安滋味好得多呢。

轿夫们都已在守候着了，当我们早餐完了的时候。

九　登华山

阳光照满玉泉院，老道走来，向我们道贺，说我们今天登山，天气竟是这么的晴朗！

真的，我们的心花，也为阳光照得一朵朵的开放了。

八时，升轿登山，老道送到门外，祝我们一路平安。我们一部分东西留在玉泉院，约定下山时仍住这里。

华山登山的路，和泰山绝异：泰山是砌得很整齐很宽阔的石级，华山却一些石级都没有，都是些羊肠小径，乱石塞途，步履维艰。轿夫们因为这条路跑得太熟了，从这块石头跨到那块石头，好像有着一定的规律，绝不动荡，平稳得如在平地一样。

一路上山，崖边草间，仍积着一堆一堆的雪，有许多地方，则已融解了。山风很大，天气是冷得可以，我们的游兴却也好得可以。

第一处使我们注意的，便是鱼石。石可数十丈，搁在乱涧巾，像鱼形，故名。更上便是第一关，山势至此一束。有五里观，到那里，山上山下，一望都是积雪了。路上幸已结冰，虽然滑一点，但并不湿。经三教堂、玉皇洞、桃林坪而到希夷峡，突崖百尺，一线中开，传为陈抟化形蜕骨之所。我们便停轿小憩，照了两张相片。

到希夷峡，就望见高插重霄、危立万仞的西峰了。华山有东西南北中五峰：北峰最低，又名云台峰；南峰最高，又名落雁峰；东峰又名朝阳峰；西峰又名莲花峰；中峰又名香炉峰，又名玉女峰。因北峰甚低，中峰与东峰相连，故自古只说"天外三峰"，那便是指的东、南、西三峰。

从希夷峡遥望西峰，那高耸天半的石壁，好像一刀削成的，绝无斜度，只有笔直的一线。山顶上的雪，积得厚厚的，给太阳照了，银光闪烁，灿烂夺目，我们叹为奇观。更上，便是小上方。途中曾作一绝：

十一月七日登太华冰雪载途喜作

游踪不觉入山长，万转千回向上方。

消尽人间烟火气，敢将冰雪浣诗肠。

希夷峡西北数十步，为第二关。巨石中分如削铁，中通细径，险要万状。南里许，至莎萝坪，地势平坦，庵踞其下，冰雪为烈日所蒸，檐头滴沥不止。入庵小坐，老道陈姓，关中人，自云生于清道光十七年，已九十九岁，山中人以彼为最老。本有一百零四岁的老道，已于今春物化了。

看那个老道，虽则精神还瞿铄，自己仍能动手操作，招待游人，但瘦得只剩了皮和骨头，一些没有肉采。这样的长生，不知究竟有多少生人之趣？

见了那个老道"皮包骨头"的形象，使我们明白修道者坐化后所以不致腐溃的原因。实在，在他没有坐化以前，早已变成一个"风干"的人了，叫他再有什么东西会腐溃？

莎萝坪亦名洞天坪，四面环山，面临深谷，地势绝佳，只是周围树木太少，未免美中不足。但这个地名，却是怪可爱的。在这里，抬头便见西峰的积雪了。云影雪光，相映如画，口号一绝：

登太华莎萝坪遥见西峰喜号

山上有山弯外弯，莲花峰在白云间。

频年仆仆成何事，南北东西饱看山。

不是夸张，也不是谦虚。的确，我这几年来，南北奔走，一事无成，只是许多的名山水，在有些人欲游而终身不得一游者，却都印上了我的足迹，都跳上了我的笔尖，都刻上了我的心头。

从莎萝坪上去，便是十八盘，峻坂曲折，登山渐入险境。更上，为毛女洞，相传秦时宫人玉姜殉葬骊山，以计得脱，入华山隐于此，食柏叶，饮清泉，遍体生绿毛，故名毛女。过毛女洞，曲折行里许，而至云门。十一时，到了横踞山腰的青柯坪。从玉泉院至此，计二十里，以路尚平坦，可完全坐山轿登山。从青柯坪更上，至山顶，还有二十里，则以险崖如削，鸟道千折，均须攀援而上。山轿已不能抬，能抬处亦不敢坐了。所以体弱者、胆怯者，登山都到此而止。实则华山之胜，尽在青柯坪以上。游华山而只到青柯坪，就如没有游华山一样，其冤枉与可笑是难以言说的！

入寺内，洗脸，品茗，午膳。

青柯坪位于万山中，在其下面，已不知有多少山峰；在其上面，更不知还有多少山峰。三面高峰壁立，仅登山处微缺一角，可以望远。但来时路径，也已辨认不清了。阅《华山志》，知原有青柯馆、太华书院等，今已无存，仅西道院、北道院、通仙观等，可以止宿，房屋虽简陋，尚整洁。道士力言从此登山，沿途系冰雪，劝我们住在青柯坪，等雪融了再上山。少明以请假期限已迫，非于后天赶回陕州不可，故今天必须登山，我主张住在中峰，实现我玉女峰玩月的痴愿。

面对名山，口品香茗，心一定，诗便来了。得一绝：

太华青柯坪茗坐喜号

浪迹西东亦自豪，名山到处任挥毫。

十年抛得黄金尽，剩有诗心万丈高。

真的，十年来，力役所入，半以买书，半以游山，至今钱袋里，依旧是空空如也。喜的是我的胸怀，自觉比前十年开展多了。这不能不说是受得名山之赐！

这时已是中午了，冰雪经阳光的蒸晒，都已融解，路上很湿，我们换了雨鞋，腰里束着带子，把衣服插起，准备步行登山。

游华山，就天然的形势，可以把行程分为三大段：白玉泉院至青柯坪为第一段，道路最平坦，风景也最平凡，可坐轿登山。自青柯坪至北峰为第二段，自北峰至岳顶为第三段，都是千百尺高、千百尺陡的悬崖峭壁，不要说攀援上去是万分的困难，就是在下面向上看看，也使人心寒胆落，望而却步，所以非有足力者不能上，非有胆力者不敢上。而华山的奇绝险绝处，却都在这二段里，又是非游不可的重要去处。现在，我们第一段已经过去了，正要开始第二段的行程。

十二时，从青柯坪出发，随着轿夫，盘旋曲折而上。路比青柯坪以下更窄更险，更难辨认，倘无轿夫引导，有许多地方，几乎看不出是登山的路来。行里许，经灵官殿而到回心石。那是华山天险展开于吾人眼帘的第一幕，过此便是千尺幢、百尺峡，均须攀着铁链猱升而上。石壁上除"回心石"三个大字外，石刻很多，有的是"英雄进步"，有的是"贾勇先登"，有的是"当思父母"。虽则是一进一却，令人无所适从，但"贾勇先登""英雄进步"则勉人尽其胜，"当思父母"则劝人惜其身。在这等一失足便成千古恨的危险去处，长令人有不尽其胜则不快、不惜其身则不孝的两个矛盾观念萦绕胸中。我们到此既不回心，却也不敢轻心，决定稳打稳扎，慢步而上，一方面尽其胜，一方面也惜其身，以为折衷之道。

千尺幢是一整片的大石壁。不知怎样，那片几百丈大小的石壁，分裂为二，光滑平直，犹如斧劈。中分处便留着一条巨缝，阴暗黝黑，半为冰雪所封。上面的一片石壁，便天然地成了斜盖的形势，和人家的屋顶一样。下面石壁上，凿着五六寸阔、三四寸深的石级，旁植铁链，以便游人攀援而上。在幢里是见不到阳光、吹不到雨点的，我方知千尺幢的"幢"字之妙。许多人的游记上，这个"幢"字，有的作"瞳"，有的作"峻"。初时看了莫衷一是，今天方才明白，必是"幢"字，决不会是别个字的。要是换了别个字，这里的情景，便不能这样的切贴了！

我在幢口，向上照了两张相。

华山第一个打入我脑海的印象，便是石壁的伟大、雄壮、奇险！它的石壁，总是几百尺几千尺一整块的，高耸霄汉，望之似摇摇欲坠。壁上绝少树木，有的竟连草也不生。实在，千百尺陡的石壁上，没有泥土，如何会生草木呢？

照好相，少明和葆良方才赶到。葆良一看见千尺幢的危险，吓得直叫起来，好容易泼了胆，一步一停地爬了上去。路是巉得无以复加，有一段竟是完全笔直的！幢口为天井，是一圆形的石洞，顶有铁门，昼启夜闭，人就从天井里穿过，爬上洞顶。山轿是在洞旁用绳结牢，由人用力扯上来的。

千尺幢才爬完，也可以说才钻完，走不到几步，便又是百尺峡。壁愈狭，径愈峭，窟愈窄。面壁摩崖而上，铁索摇摇，身似悬空，不能仰视，更不敢俯瞰，只是双手握紧铁索，两脚踏稳石窟，一步一步地慢慢向上爬。这里是全部笔直的，踏脚的地方，并没有石级，仅在笔直的整块石壁上，凿陷二三寸，成一很浅的窟窿，使脚尖可以着力，心里是害怕得什么似的。幸而距离不长，大约五六十步，就到尽头。倘再长二三倍，则没有力气、没有胆气的游人，只能立在下面，向上抬头望望了。顶有巨岩，镌"惊心"二字。实在，这里非但惊心，并且"荡魄"呢！

过百尺峡，经二仙桥、俯渭崖、车厢谷，至群仙观小憩。凡五里，而到老君离垢，亦称老君犁沟。这是入山的第三险！

沟系于悬崖的半腰里斜凿而成，左面是高不可攀的峭壁，右面是深不可测的险谷。我们扶铁索，扪苍崖而上。这里已比青柯坪高了许多，所以太阳光虽然还是很强，冰雪却牢牢如故，一点也不融解。在石壁上凿出来的石级，平时本已很滑，现在石上结着冰，冰上盖着雪，更是滑得站不住脚。山风浩荡，吹人欲倒，把树上、山上的积雪，刮得满天飞舞，只是向我们面上、身上、颈项里直扑，竟和下雪的天是一样，天气是一刻冷一刻了。

我们一步一滑、一步一停地，走尽了五百七十级，而到了沟的尽头。少明昨天虽然病了，今天兴致却特别高，首先向聚仙台奔去。从老君离垢到聚仙台，跨栈而达，悬以木板，势极险峻。我接踵而上，葆良则坐在山石上，看着我们上去，再也没有力气争先了。

从聚仙台回视青柯坪，屋小如蜂衙，四围峰峦，多在脚下，而北峰、中峰，却在我们头上。凭眺片刻，仍折返老君离垢。沟尽处为猢狲愁，崖壁峭拔，险陡不可方物。相传月之三八日，猿猴千百成群，自大方后水帘洞出，塞溪满谷，到此辄回步，故名。道旁石屋内，塑猴王及童子像各一，铁猿一头，箕踞其侧。在这里，我做了一首诗：

登华山猢狲愁

身自凌空足自浮，险关合署猢狲愁。

阿侬东岳归来日，此是平生第一游。

更上，便是北峰。北峰又名云台峰，在五峰中位置最低，但风景却绝幽胜。我们在峰口照了几张相，冒着狂风，拨开冰雪，一步一滑、一步一停地走到了高踞峰顶的真武宫。

在真武宫南望，一面是峭立万仞、险不可攀的五云峰，一面是势若游龙、高耸霄汉的苍龙岭。左右两侧，再配置着深不可测的绝壑，气象是十二分的壮阔。

宫前晒着黄精和莱菔干。檐头在淅淅沥沥滴着冰雪融解了滴下来的水点。

入宫，倚山为屋，层叠而上。室既整洁，境亦幽邃。倘时间充裕，登山第一日住在这里，则身体不致太疲乏，还有余力可以探胜穷幽。我们以明日尚须回到玉泉院，所以今夜非住在玉女峰不可。

在真武宫，几个弯一转，忽然少明不见了。寻也寻不着，叫也叫不应，把我和葆良急得什么似的。出后门，一路踏着雪上的足印，跟踪追去，不料他却一个人爬上老君挂犁去了。

这里满山都是苍松，地上树上，都盖满了雪。地上的雪，一些没有融化，冻得牢牢的，还是少明第一个印上足迹呢。

因为路滑风紧，我没有上老君挂犁就回真武宫。据说峰顶有一洞，出东山直通黄河。我们以时间所限，也未及前往细探，即匆匆出来。

这样，登山的第二段行程，也给我们完成了。接着，我们便要继续第三段的行程。

从北峰再向上进，路愈巇，径愈仄，风愈厉，雪愈深，冰愈滑，我们仿佛走在奈何桥上，小心翼翼，前呼后应，一步也不敢放松。本来，我们三乘山轿的六个轿夫，自青柯坪以上，除了作向导和分携随身行李外，一些用处都没有；但是，到了这里，却少他们不得了。因为少明新病初愈，体力未健，初登山时，虽然兴致很豪，到这里渐渐走不动，时常落在后面了。至于葆良，足力更弱，沿路尽是五步一停，十步一歇，还累得喘不过气来。他们俩全仗四个轿夫扶掖着前行。只有我，身体虽也疲劳万分，却仍迈开大步，独自上进。

经阎王碥、擦耳崖而到上天梯。一路无地不险，无时不险，心里只是跳个不止。其险恶的情景，不用我多费笔墨来形容，但看它们的名字，便可想象到十分。

上天梯凡三十余级，完全为笔直的悬崖，自上至下挂着两条铁链。我们两手攀着铁链，面壁猱升而上。铁链在半空中摇荡不止，我们的心也随着震栗不止。用尽了腕力，才爬到了梯顶。因为想着就快到苍龙岭，就快到玉女峰，好景当前，兴奋万状。这一颗兴奋的心，常能驱除疲倦和心悸而有余。在上天梯时，曾做了一首七绝：

华山上天梯口占

天将大任付奇男，绝壑穷岩细细探。

今日攀云天上去，此身不复老江南。

　　过上天梯，在冰雪中曲折行三里，而到升岳御道。上面便是华山第四险的苍龙岭。

　　苍龙岭之险是我从未看见过，也是我从未想象到的！我万不料天地间竟会有那样险的境地，我更万不料天地间那样险的境地，我们三人，于四千里外，竟会不约而同地冒着冰雪上来，以与风雨战，与冰雪战，与生命战，并与天地鬼神战！结果，却终于给我们战胜了一切，发现了天地间的奥秘！

　　华山四大险中，千尺幢的险是可以用言语笔墨形容的，百尺峡的险是可以用言语笔墨形容的，老君离垢的险也是可以用言语文字形容的，独有苍龙岭的险，却是不能出诸言语，不能形诸文字的！因为它实在太险恶，太奇怪，太雄伟，太壮阔了！世界上还没有一种言语，没有一种文字，可来形容苍龙岭的险，配来形容苍龙岭的险！

　　那岭，如龙背，如鱼脊，如刀口，一线斜上，独透天半，长有五百多丈，阔却不足三尺，两边都是深不见底的万寻绝壑。天风浩荡，树上、地上、山上的积雪，都给刮了起来，纷纷向着面庞上、颈项里打来。

　　到这里，几乎吓得心胆脱离躯壳了！本来宽度不足三尺的路面，两旁靠边植着铁杆，架着铁索，中间可以走路的，只剩了一尺多地。那地，是绝对没有泥土的，五百多丈长的苍龙岭，只是一整块的大石壁。所谓路面，仅仅在倾斜得站不住脚的石壁上，每隔尺多远，凿陷一二寸，使人可以拉着铁索，匍匐前进。

　　论险，论气象的壮阔和雄伟，在华山，我们不能不推苍龙岭为第一！千尺幢、百尺峡、老君离垢，以至猢狲愁、擦耳崖、阎王碥、上天梯等处，险固险，但总有一面或者二面有依傍，人们心里虽悸怖，因为有依傍，悸怖的程度，还比较好些。苍龙岭则不然，除开脚下所踏的石壁，手里所牵着的铁索可以算作依傍外，上面是高不可攀的苍天，两面是深不可测的绝谷，一个身子，却颤巍巍地立在拔海七千尺高的危壁上，四顾茫茫，安得不心胆俱落？

我们三人中，我是鼓勇先登。在这里，说是站，说是走，实在是有些过分的！倾斜得有如直立的一尺多阔的石壁上，即在平时，其能走和难站是已经可以想象得到的；现在石上结了厚厚的冰，冰上盖了厚厚的雪，叫人怎能站得住？怎能走得上？何况，再有那浩荡天风，好像虎啸狮吼般地从西边横袭过来，有着千斛的压力，要是你一站起，准会给狂风扫到东边山谷里去了。在这一种地方，还有谁敢站起来？！

我伏在地上，拉着铁索，一步一步地慢慢向上爬。说爬，实在是再妥当不过的。眼睛看着前面的石级，哪一级有雪，哪一级有冰，不敢旁视，也无暇旁视。只盘算着哪一级可以安插左足，哪一级可以放稳右足，不敢瞎想，也无暇瞎想。凝神静气，屏弃杂念，缓缓而至中途。回头一看，少明、葆良还在一百步外，伛偻着背向上爬呢。葆良爬得精疲力竭，面上都失色了，嘴里一声"妈呀"，在寒风凄厉的深山中听来，分外觉得荡人魂魄！少明的脸上，也一点血色都没有了。我叫他们慢慢爬，冒着风雪，拿出快镜，为他们俩照了一张相。

苍龙岭是登山必经之路。华山自山麓至山巅，共计四十里，只有这一条路可通。除了这一条路，便没有方法可以上去。我们真不知在没有铁索以前，人们是怎样上去的？那样重的铁索、这样高的削壁，当初第一次是怎么装上去的？这样伟大的工程、这样艰巨的工程，我们不能不感谢前人，更不能不佩服前人的毅力！

复前行，战战兢兢的，凡爬三十分钟，方爬完五百多丈的苍龙岭，而到了龙口。因为等他们，我又抽空照了两张苍龙岭的雪景，并做了一首七律。

乙亥十一月七日偕少明葆良登华岳苍龙岭

华山天险数苍龙，不是神工定鬼工。

绝壁层层都似削，危阶步步欲摩空。

万千仞上三人立，四十里来一径通。

到此踌躇行不得，抠衣半没雪花中。

苍龙岭的险要、壮阔、雄伟，非但文字形容不出，就是语言也是无法描摹的。这一首诗，一点看不出苍龙岭的险来，本想不存，但既已做成了，留下作个纪念也好。可是，不是自谦：拿这种诗来纪念苍龙岭，只是辱没苍龙岭而已！

岭尽处为逸神岩，俗名龙口，为唐文豪韩昌黎投书痛哭处。闻石上摩刻有记，以雪深冰滑，杳不可辨。俯仰古今，怆怀欲绝，记之以诗：

逸神岩为韩文公投书痛哭处
乙亥十一月七日过此怆然有作

冰崖万丈雪千寻，寒尽南天客子心。

我亦投书同一哭，百年而下孰知音？

对景伤情，凄然久之。少明葆良一刻钟后才到，已经爬得疲莫能兴了。时间已下午四点，再一点多钟即将天黑，不敢久留，仍继续前进。凡二百步，到了五云峰。古中峰即在此，有通明宫可供休憩。我以少明、葆良跑得太可怜，我自己也累极了，提议今晚就住在这里，他俩却坚主维持原议，住到玉女峰去。所以一行九人，于精疲力竭下，依然拖着沉重的脚步，慢慢上进。

华山有一件事觉得很奇怪的：在山下时很少树木，松树更见不到。及半山，逐渐有树木发现了，且有苍老的松树发现了。北峰以上，满山都有树木，到处可见虬松，郁郁苍苍，盘结天半，与雪光云影相映，画意盎然。

再上，便是金锁关。自通明宫至金锁关一段，迫视仙掌峰，最为分明，诵"仙人掌上雨初晴"之句，不觉神往。金锁关一名通天门，在单人桥南，冲石脊而上，石角处倾如雉堞，唯一径可通，以金锁名关，实至确当。入关，葆良以再也走不动了，冒着冰雪，勉强坐轿前进。我亦以跑得太累，拟坐轿稍资调剂，不料没有走上十步，山轿只是忽上忽下、忽左忽右地颠簸倾侧，比在泰山回马岭、十八盘危险不知多少倍，为爱惜生命起见，急急下轿步行。凡里许而至三峰口，有小庵，因天晚，未入内。再前行。于五点半钟，到了中峰玉女宫。这时已经暮色苍茫了。

中峰一名香炉峰，又名玉女峰，据传昔有玉女，乘石马入峰间，故名。居东峰之左襟，乃一峰之歧出者。峰顶有石如龟，长二十余丈，宫即踞其上。入宫，老道引至西庑，有精舍两楹，轩窗高爽，几案精美，被褥也很雅洁。山中得此，疲累之余，真如身入仙境了！

老道送来炭火一盆，三个人围着火，擦脸，洗足，再饮香茗数杯，寒气悉除，血脉舒张，精神为之一振！

我们多少年想游的西岳华山，毕竟给我们如愿以偿了，我和少明快乐得几乎手舞足蹈起来。在这种冰天雪地中，四千里外，和同乡好友住在这千古第一名山、第一险山的山顶，尤该怎样的珍惜啊！

十　玉女宫的一夜

"冰天雪地"这四个字，用来形容今夜的玉女峰，我认为最确当没有了。不到这地方，不在这时候，我们是想象不出这四个字的情景来的。

在冬天，下雪虽然是常事，大家都已见惯了的，但严格地说，平原上虽有雪地，却没有冰天。雪地的情景是容易想象的，冰天却不易见到。今天我们却要在雪地上、冰天下，度过这玉女峰的一宵了。

每人的心里，都充满着快乐，沸腾着欢慰。白天的劳倦，都给快乐和欢慰的心赶走了！

炉子熊熊地燃着，房间里是暖和得跟初春天气一样。晚膳很精美，不会喝酒的我，再来了一小杯的高粱，更觉得陶陶然起来。

苦尽甘来，这一句话是最适宜来说明此时此地的我们的。要不是今天一整天跑得太累，爬得太累，这时是决不会感觉得这样舒适的。同时，不是今天一整天西北风刮得太凶猛，冰雪结得太坚实，天气冷得太厉害，我们这时，也决不会感觉到这样的和暖的。现在的快乐、现在的欢慰，都是白天一整天的辛苦与劳倦所换来的。由此可知人生旅途上，对于快乐与欢慰的获得，是不能不付适量的代价的！

玉女宫除了几个道士和六个轿夫外，便只有我们三人。轿夫和道士，自有他们的住处。这整个的房间，便为我和少明、葆良所合占。

全院是静得一些声息都没有，我想到了去夏少明给我的信，上面说：

"住在山上怪静，你要是默默地想，好像你不是在华山，是在仙界。子玉，来吧！"

住在山上怪静，要是默默的想，好像不是在华山，是在仙界，这句话一点都不假。而那一声"子玉，来吧！"在我耳边响了一年多。今天，我毕竟来了！并且，事前没有约好，竟还是和着少明，再添上一个葆良同来，这不能不说是巧，这不能不说是缘吧？

说到缘，我是最相信不过的！去夏之早经计划，早经决定西游而未果固不说，就是今夏，两次已整理好了行装，只差半天就要乘车出发了，结果都临时以特殊事故中止。那时，幸而中止了，否则以预定的时日和行程计之，虽不致一定为了游嵩山，会淹死在偃师，但以陇海路为洪水冲断，也决然到不了华阴，上不了华山。千凑万凑，偏叫我于此时西游，既欢会了同乡好友，复参加了高等考试。不是缘，不能这样的巧啊！

提起缘，少明的话匣子便打开了。他和葆良的结合，是有着一段小小的波折的：幼年时，他便由父母之命、媒妁之言，和我的姑表妹订了婚。大学毕业后，对于这种买卖式的婚约绝对的不满，同时又和葆良认识了，便决意和我的姑表妹解除婚约。中间经过了我的不少斡旋和我父亲的帮忙，他才得如愿以偿，而与葆良有情人终成了眷属！今夜于华山顶上，三个人面对着谈起这几年前的往事，都不禁引起了无限的回忆。

由婚事，又谈到了各人的家事，再谈到将来的计划和献身国家的志愿，三个人都十二分的兴奋！

我们围着火炉，静静地坐着，滔滔地谈着，都珍惜这一个机会，珍惜这一段的时间，深怕这样难得的机会、这样宝贵的时间，会偷偷地溜走似的。我们都舍不得就睡。

九时，我偶一回头，淡淡的月光，刚从门户的板缝里钻了进来，泻在地上。

由于我的提议，三个人都裹了毛毯，上玉女峰步月去。

山风是虎虎地吼着，吹在人身上，有如尖刀刺着一般，冷得浑身打颤。天上微微有些云，但并不厚，淡淡的月光，便从云的上层，向下面射来。山上、树上、屋上，盖满了厚厚的雪，映着月光，拼成一片白色，耀得人两眼发花。地上都结了冰，一路走去，在静寂的空气里，传出清脆的冰块碎裂声。跑过雪地，只听得脚下嚓嚓地响着。

天是冷冷的，地是冷冷的，月光也是冷冷的。

没有烦嚣，没有尘秽；只有圣洁，只有静寂。

四围的山峰，都似入了睡，再也找不出一些动的生物、一些大的声息。

玉女宫的对面，林菁茂密中，便是白天老道指给我们看的中污。

西峰如一朵冰雪雕成的莲花，亭亭立在西面。南峰如一座冰雪堆成的屏风，稳稳遮在南边。东峰如一座冰雪琢成的玉柱，矗矗竖立在东侧。除开这三个峰头银光闪烁的高耸云端，我们必须抬头仰视外，其余的山峰，若长蛇，若伏龟，若奔马，都于薄雾弥漫下，伏在我们脚下，射出冷冷的光辉。

这是雪地，这是冰天。

山头上，只有我们三人，在对着月，在望着雪；在看着月，在玩着雪。

在这样冷的冬天，在这样深的夜里，在这样高的山上，有谁，还有谁能如我们三人一样，带着兴高采烈的心，来踏雪赏月呢？

世界上，这样的痴人有几？这样的痴事有几？要是山灵有知，我敢断言，他必将认我们三人为千古唯一知己了！

伫立二十分钟，因为葆良受不住寒气的侵袭，仍踏着月光，悄然下山。中途，得一绝：

太华玉女宫前步月

月满天宫雪满山，茫茫眼底失尘寰。

宵深躞蹀缘何事？玉女峰头看月还。

回到玉女宫，少明、葆良就安息了，我却独自一人，傍炉而坐，心上只是恋恋于冰天的月色。

我生平最爱游山，最爱于月夜游山，游军帐山于成性寺的一宿，游马迹山于分水祠的一宿，都是最感动我灵魂、最值得怀念的一幕。但那二回都是月夜，而不是雪夜；雪夜而兼月夜，应该要算这玉女峰玉女宫的一宿为第一次了！

我是应该怎样的珍惜着这玉女宫的一宵啊！

不久，少明和葆良都已呼呼熟睡。我禁不住月光，禁不住雪光的诱惑，又轻轻地开了门，独自走出院子来。

天地还是那么静，静得连自己的鼻息声、脉搏声都听得见。

雪光是白白的，月光是白白的，目前的一切，都是白白的。

积雪是冷冷的，月色是冷冷的，目前的一切，都是冷冷的。

天地间，为这白白的颜色、冷冷的光辉凝住了，密结了；也为这白白的颜色、冷冷的光辉净化了，圣化了。

心里没有一丝儿渣滓，只剩下浑然的一片。

名利，哪里去了？勋业，哪里去了？平日的喜怒哀乐，哪里去了？

人，不能没有名利心，不能没有勋业心，也不能没有喜怒哀乐的心；除非，像我此时此地一样，立在拔海七千五百尺的高山上，对着一天冷月、万里积雪，静静地、默默地，吟味着一切，契会着一切，使整个的心，不存一丝儿渣滓，只剩下浑然的一片。

这时，太华山顶，只有我一个痴人了！

风，还在怒吼；雪，还在发亮；月，还在闪光；人，还在痴望，还在痴想。

冒着风，忍着冻，踏着雪，对着月，孤零零的一个人，在峰头徘徊半小时，终于敌不过寒气的威逼，恋恋地下了山，依依地进了宫。这时，月亮已在中天，满院子都是月光了。

月光跟着我进了房。拥被而坐，诗思泉涌，不能即睡，口占一绝：

乙亥十一月七日夜宿太华玉女宫喜成

天风謷謷吼千山，人在中峰第几弯。
玉女宫中容我住，始知天上即人间。

游华山，竟住在玉女峰，竟住在玉女宫，竟逢雪夜，又逢月夜，我的心里，该是多少快慰哟！

世人每艳羡神仙的生活，住在这里，自身便是一个神仙了！若必薄此现实的神仙而不为，却去另寻虚诞缥缈的神仙，那他是端的错了！

十一　半日游三峰

心里惦记着游山，八日，天刚亮，就醒来了。
唤醒了少明和葆良，商议着今天的游程，决定一早趁雪未融解前，游东、南、西三峰，然后回玉女宫进午餐，稍事休息，即行下山。

六时半起身，盥洗毕，吃了些预先带来的干点。老道送上热酒一壶，谓饮后出外可御冷风，可消寒气，盛情至可铭感。

七时，由轿夫引导，即匆匆出发，向东峰前进。

从中峰到东峰，必须爬下一条很深很陡的涧沟，平时这一条涧沟就不好爬，现在完全给冰雪封住了，更是危险到十二万分。我们每人拄了一根手杖，泼了胆，由两个轿夫一前一后扶掖着，慢慢地滑了下去。三十多丈的涧沟，实足消磨了半点钟，方才爬到尽头。再数转，便转到了东峰的山麓。

东峰自峰麓至峰顶，系一整块石壁，却于石壁的裂缝中，生着不少苍老有古致的虬松，云影雪光，相映如画。

这时太阳已经跳过平地向上空升起了，万山积雪，经阳光一照，反射出千万道的银光，向人眼前乱晃。

雪，有的山上是厚厚的，只见一片白色，好像一座雪山；但有的山却是薄薄的，甚至一些儿雪也没有。因此阳光一照，有的反射光很强，有的却很弱。强的雪光和弱的雪光交织着，银色的雪光和金色的阳光互射着，便构成了一幅绝妙的朝阳雪影图。

从这里向东望，峰峦起伏，地位都比东峰低，一望无际，不知平地在哪里。南面有横岭二三重，高与我们的肩膀相齐。落雁峰却如鹤立鸡群，亭亭独秀，奇峰插天。西则莲花峰如屏障一般，遮断了我们的视线。周围数百里，都为高高低低的峰头占满了。更远处，便是荡漾不定的浮云，弥漫无边的薄雾，把峰头遮住，分辨不清是云是雾，还是峰峦。

在这里，近景远景，都奇绝妙绝！我特地照了两张相。

上山沿路有铁索，可以扶着铁索走。所谓路，那是在整块石壁上用人工凿出来的不规律的石级，虽陡，还不很难走。不二十分钟，就到了朝阳顶峰。

顶有寺，名三茅洞。一石塞门，为桃儿石。碧水一泓，曰清龙池。绕寺一周，出趋东侧，观东峰最险之鹞子翻身。

何谓"鹞子翻身"？乃系三茅洞东侧数十步的一个悬崖，自上而下，约有二十多丈。悬崖上丰下啬，成了倒削的姿势。除了手攀铁索，轻身缓缓下缒外，真所谓四面皆空，一些没有依傍处，其危险是不能设想的。别处的悬崖如上天梯等，纵使很陡，也只是上下笔直，并且从上面可以望下面平地，手攀铁索，脚可踏崖上凿成的缺口而升降，心上的恐惧总还好些。这里却不然了。因为下面是向里倒削的，从上面便看不见下面，脚也踏不到石壁，不是富有腕力的人是绝对下不去的。倘在春夏天暖之时，本来我也想试一试，现在身上既是穿着很厚重的冬服，石崖上、铁索上，又是雪深冰滑，一些用不出劲，为爱惜生命计，只能收住雄心，暂示胆怯了。

从鹞子翻身下去，南行百余步，可登博台。《华山志》言东峰南下，有小峰平顶，当岳之半，有铁瓦亭，高可八尺，广可五尺，用铁万余斤。又铁炉铁钟，皆隆庆万历时物，为卫叔卿博台，即秦昭王令工施钩梯处，内有铁棋一秤云。我们既下不去，只有向苍松影里的棋亭望望而已。

盘桓片刻，仍循原道下山，转赴南峰。沿途行冰雪中，向阳处地上已渐潮湿。经茅庵二三，限于时间，俱未入内。

昨天累了一整天，经过一夜的休息，精神已恢复了许多，但走起路来，两条腿总还有些不听指挥。少明和葆良，更是老落在后面。

转过山坡，忽见石崖数十丈，横覆山腰，翼然如亭盖，人即从其下侧直趋而过。询轿夫，知即避诏崖。遍觅希夷手书，不可得。

华山关于希夷的古迹很多。希夷姓陈，名抟，谯郡人，字图南。少有奇才，高论骇俗，少食寡思，举进士不第。时兵戈遍地，遂隐名，辟谷炼气，撰《指元篇》，同道风偓。唐僖宗召之，封清虚处士，居华山云台观。每闭门高卧，或兼旬不起。周世宗召入禁，上试之，扃户月余，始启，抟方酣卧，觉即辞去。赋诗云："十年踪迹走红尘，回首青山入梦频。紫陌纵荣争及睡，朱门虽贵不如贫。愁闻剑戟扶危主，闷听笙歌聒醉人。携取旧书归旧隐，野花啼鸟一般春。"还山后，因骑驴游华阴市，见邮传甚急，问知宋祖登基，抟抵掌长叹曰："天下自此定矣！"至太宗征赴，戴华阳巾，草屦麻绦，与万乘分庭抗礼，遂获赐号希夷先生。帝赠诗云："曾向前朝出白云，后来消息杳无闻。如今已肯随征召，总把三峰乞与君。"真宗复召不起，为谢表，略曰："明时闲客，唐室书生。尧道昌而优容许由，汉世盛而善从南皓。况性同猿鹤，心若土灰。败荷制服，脱箨裁冠。体有青毛，足蹬草履。苟临轩陛，贻笑圣朝。数行天诏，徒教丹凤衔来；一片野心，已被白云留住。咏嘲风月之清，笑傲烟霞之表。遂性所乐，得意何言。"复凿石室于莲花峰下，一旦坐其中羽化而去。俗传陈抟一觉睡千年，都从这些事上附会而来的。

九时二十分到南天门，此为南峰入口处。等了一刻钟，少明、葆良方喘着气赶到。

南峰有落雁、松桧、贺老石室、宝旭、老君丹炉等五高峰，就中以落雁峰为最著名，而实以松桧峰为最高。我们决定先登松桧峰，再游落雁峰。

自南天门到金天宫，一路完全为冰雪所封。出金天宫东南行，丛林中雪深二尺余，绝无人迹，路径一些也辨认不清。我们把袜筒套在裤管外面，长袍束在腰里，由轿夫领着，攀藤拊葛踏雪前进。几将没膝，我们狂歌呜呜，不顾一切，依然带跑带跌地奔去。葆良由少明扶着，还栽了好几跤。一个生长江南的文弱女子，昨天跑了一天，今日还能步行游山，真是难为了她！

松桧峰顶，满长松桧，郁郁苍苍，盘结如华盖。松隙有亭翼然，名杨公亭。我们于亭前苍松下，合摄一影，以为此行纪念。

此处西并落雁峰，东北与朝阳峰相对，西北与莲花峰相对。四围万峰千壑，悉伏脚下，有如环拱着的一般。

朝阳峰是一块浑然巨石，光滑滑的裸露大半，毫无蕴藏，但局面开展，气象雄伟，为他峰所不及；松桧峰却松柏蓊翳，秀气独钟，韵致嫣然。譬诸人类，朝阳为三四十伟丈夫，松桧为十七八好女子，后者见了使人爱，前者见了使人敬，神妙处虽有不同，其为发泄天地间的奥秘则一。

这时太阳已在半天了，日光与雪光相映，远近曼丽如绘。

于亭中休憩片刻，仍由金天宫折返南天门。平时从松桧峰至落雁峰，据轿夫言：本有一捷径，惜现为冰雪所阻，不易攀登，故仍绕道南天门，路虽远一点，却好走得多。

到南天门，在玉柱峰之东崖下，有广坪方二丈余，下临绝壑，杳不见底，仅靠南天门一边可猱攀而上，叫聚仙坪。登坪一望，万峰如削，戟立天半，方知唐人"天外三峰削不成"句"削不成"三字之妙。实则削不成者，不止天外三峰也。凭眺片时，摘下快镜，为少明、葆良合摄一影，自己也照了一张，以留纪念。

聚仙坪西侧，由南天门过去，便是华山最险的去处，叫长空栈，亦名念念喘，又名版道栈。栈系于万丈悬崖的半腰里，用人工凿成，阔仅尺许，外铺木板一块。崖上植有铁柱，敷以铁链，长凡二十余丈。须面壁缘东侧身横移而进，可通贺老避静处。从聚仙坪西望，看得最分明。

我为好奇心所冲动，首先跳下聚仙坪，奔向念念喘。

走到栈口，向下一望，陡的吃了一惊！那怎么能过去呢？下面不知有多少丈深，也不知有没有底？上面峭壁如斧削，抬头也看不见顶。现在却要于上不见顶、下不见底的危崖上，踏着人工凿陷的一尺多宽的石栈，凭铁链之力，攀援过去，哪得不心寒胆落？

踌躇复踌躇，好奇心终于战胜了恐惧心，横着胆，毅然决然地向前跨去。

面着壁，侧着身，两手紧紧握着铁链，慢慢地半步半步向西移。还不到三丈，回头向后一看，这一看，心就吓慌了，腿也吓软了，浑身都立刻颤栗起来，两只手再也用不出劲儿了，不敢西进，也不敢东退，只是紧靠在危崖上，站着像木鸡一般。这时少明也已走下聚仙坪，接踵跟来了；葆良却在坪上，声嘶力竭地喝阻少明，不要冒险。

少明为要表示他的勇敢，不顾娇妻的喝阻，依然慢慢地向西移步过来，移到我身边，便过不去了。我想起了上山时回心石上刻的"当思父母"四个大字，觉得名山虽好，栈道虽奇，也不必拼性舍命，把父母的遗体，作孤注的一掷，所以提议一同折回南天门。万一在这里栽下去，肯定是粉身碎骨，连血都看不见一滴，肉都望不见一丝，骨都捡不到一节的。

少明不知怎样，忽然胆壮起来，坚执着继续向西移，非到贺老避静处不可！

我却认为犯不着把生命冒这么大的险，决定不再前进。于是，他不肯后退，我不愿前进，两个人便僵持在长空栈的中间。

几经商议，少明决定双手攀住铁索，由我背后盘过去。此论一出，可把葆良急坏了，只是在聚仙坪上，顿足拍手地喝阻，把喉咙都喊哑了。因为我们自己面着壁，看不见自己的危险，她却于聚仙坪上，全盘情形，看得清清楚楚，故绝对不允许少明过去。我以栈道既巉且窄，加以冰冻雪凝，石上滑得好像刚泼过油的一般，要是偶一失足，三个人一同上山，剩了两个人下山，这事岂是儿戏的？所以也力劝少明折回南天门。

不料少明竟不顾一切，要由我背后越过去。我既禁不住他，只得尽我可能的，把身子靠紧石壁，嘱他握紧铁条，小心将事，以减少危险，可是心里是"荡"得什么似的。

凡三分钟，他竟安然越过我的身子了！

这时，我吓得满身是汗，葆良却急得啼笑俱非，声言此后决不再和他一同游山了！

这三分钟，比三十分钟还长！

在冰天雪地中，会吓得满身是汗。这一吓，实在是非同小可了！

"念念喘"这个名字，果是名不虚传的！

于是，我便退回南天门，少明却冒险走到了念念喘的尽头。据少明说，那边石龛中，还有一丈多高的石佛呢。从此，他便常以独上老君挂犁和独过念念喘二事，夸示于我们两个人。

但是，念念喘这一幕，至今想起了，我的心还不住的"荡"着呢！

十时许，离南天门，绕道登落雁峰。这时冰雪已融化，除了照不到日光的地方外，路上都是又湿又滑的。我们尽着性子跑，鞋子湿不湿也顾不得了。

在冰雪沙泥中奔走，摸索约半小时，方到落雁峰的极顶。唐诗仙李太白曾登其处，所谓"呼吸通帝座，携句问青天"者，盖即指此。峰上有盘石五六丈，端平如桌面，其顶圆舒，均为雪封。少明以手杖剔去积雪，崖上摩刻有字。细认之，为

"儿视诸峰""泰华峰头"等字。东侧有龙王祠，禅关虚掩，寂无人居。祠旁有池二，西为菖蒲池，今称仰天池；东为太上泉，今称黑龙潭。二池大小，仅如瓮盎。俗传颇致灵异，谓其水澄鲜，冬夏不盈耗，水窟作府，夙为龙巢，龙在则水黑，龙去则水清，为华山之顶门水云。实则为石洼积雨所成，了无可异处。我们看了，大大有些失望。

但是，在落雁峰看四围的景色，却是再好不过的。

这里挺立之高、气象之雄，足为华岳诸峰冠！"儿视诸峰"四字，可算是说尽了落雁峰的一切。

朝阳峰以雄壮胜，松桧峰以幽秀胜，而落雁峰则兼有朝阳和松桧二峰的长处。

到这里，还有人的胸襟会不开展，是天也不肯相信的！

一举手可捉得云，一投足可蹴得云，人已在云霞中，已在云霞上，脚下、山下，已不知有多少云霞在荡漾着了。

抬头看，远远近近，镶砌着无数峰头；低头看，层层叠叠，排列着无数云头。我们却挺立在无数峰头、无数云头之上。

长啸一声，万山响应，余音历二分钟尚袅袅不绝。

在峰顶照了一张相，即曲折觅道下山，向老子峰跑去。经老君炼丹炉，入内小憩。

自炼丹炉下行，路径完全被冰雪盖没了，下雪以后还没有人走过，所以一些都辨认不出。但我们今天要到西峰，是非走这条路不可的，于是由一轿夫前导，余则左右扶持，觅路慢慢下去。这里是背阴的去处，冰雪还没融化，石上结着冰，滑得什么似的，我只拣雪上、草上走。虽是十二分的谨慎，我仍在斜坡上滑了一跤。少明和葆良跌的次数更多。连轿夫也有跌了的。

我笑着对少明说："照我们这一次的游山，真是只要游山，不要性命的了！"引得大家哈哈大笑，声震山谷，乱鸦惊飞。远望屈岭，自舍身崖蜿蜒直达西峰顶，气势与苍龙岭相伯仲，心头为之一懔。

十一时半，到舍身崖。崖在西峰之麓，面对老子峰的阴面。西为千寻深壑，东则隔中泞而对中峰和东峰。远眺近瞩，无乎不宜，岚光雪影，明媚夺目。立在舍身崖上，请少明为我照了一张相。

上行，屈岭近加填筑，还不十分危险。经斧劈石，于十二时，到了莲花峰顶的翠云宫。

宫前有莲花洞，其上为白莲池，深不盈尺，古人谓莲花开十丈者，妄也。近人傅增湘氏谓："西峰以莲花得名，并非芙蕖盈亩，直以石称奇耳。石窟隆异状，纹理斐斑。峰顶巨石数蹲，疏薄如剪叶。人自下仰视之，浮石八九，筋络被之者，如莲叶之倒垂。皱裂秀出，片片欲飞者，如莲瓣之半坼。有两石昂首敦拇，如欲行者，为巢莲叶之龟也。其他飞翻侧出，如萼如蒂者，皆可想象得之。余还步一周，玩其空灵秀逸，意态生动，几疑为仙真游戏，弄此狡狯，非尘凡所得而摹拟，洵造化之奇秘矣。"所论盖极可置信。

翠云宫方在大兴土木，葆良由道士招待休憩，我和少明赴宫后浏览一周，以尽莲花峰之胜。

峰顶巨石偃盖，远望如莲花怒放，巧不可阶。石隙虬松数株，苍劲古老，株株可以入画。我和少明于石莲蓬上各摄一影。峰后有杨公塔，矗立松林中，恰恰作了我们小照的背景。

因为时间已不早，于十二时半，急急离翠云宫，向东侧下山。经莲花坪，巨桧苍松，参天匝地，境绝幽峭。越镇岳宫，过中泞，都是羊肠小道，但林箐茂密，涧流潺湲，别饶清趣。

这时，肚子已饿极，两足已倦极，唯渴盼中峰早一点到。葆良更是一步一捱，十步一坐，喘汗不息。我和少明如哄小孩子似的，常以"中峰就快到了"骗着她。

千回万转，终于下午一时，回到了望眼欲穿的玉女峰。老道也已守候我们好久了。

今天，我们尽半日之力，将东、南、西三峰，踏着冰雪，完全游遍，身体虽疲累，精神却极欢畅。

在玉女宫前，再看了看无根树、玉女洗头盆和唐玄宗投简处。我们还有余勇可贾，余兴可作呢。

前日来华阴时，虽下雨下雪，昨今二日，却连连放晴，老天给我们的机遇太好了！

一日半之间，游遍华岳全山诸名胜，我们此行的收获也太好了！

我的心头，沸腾着说不出的喜悦，充塞着未曾有的满足，缓缓地踱进了玉女宫。

十二　才入名山归去来

世之游华岳者，我想绝没有像我们一样，在半天之中，冲着冰雪，游遍东、南、西三峰的！此游固嫌匆忙一些，但为时间所限，既不愿不游，又不能多游，结果游愿既偿，时间又不延误。在现代什么都是十分忙乱的人生中，应该足以自豪的了！

倦游归来，吃上饱饱的一餐午饭，风味的佳美，是不能以平日的午膳来比拟的。

我们所服食的，虽非析玉炊珠，但两餐下肚，自己也觉得有些仙风道骨了。

饭罢休息片刻，午后二时，我们一行九人，飘飘然地于阳光雪影交织中，束装下山了。玉女峰，想望了多少年的玉女峰，和她相聚了仅仅一天一夜，现在又要和她告别了，心上是有些依恋难舍的。

我为什么不在这里多住几天呢？这，不能不怪我们太没有勇气打开人生的枷锁了！昨日入山，今日出山，天女有知，恐亦将笑我这一个痴人吧？临行，记以一绝：

别香炉峰

足底云山乱作堆，香炉峰上暗低徊。

此行合被山灵笑，才入名山归去来。

对玉女，对山灵，我怀着这一种抱愧的心理，一步一回头地离去了玉女宫。

别了，玉女宫！别了，玉女宫的雪光、玉女宫的月色！

这时正是一天阳光最强的时候，路上的冰雪，不在阴暗处的，都已融化了，一路是湿漉漉的。

上山固滑，下山更滑。

我们昨天上山时，冰雪载途，滑得不堪，但因上山很费力，一步一级，慢慢上升，虽滑，小心些，还不很容易跌。现在下山，费力固可差些，但身体却直往下冲，两个腿弯，只觉得软软的，要向下面栽去。幸而一支手杖，助了绝大的力。

经阳光销蚀过的雪，变成东一堆、西一堆的，松散地浮在道上，零乱地凝在树上，粗疏地积在岗峦岩石上，点缀这苍老的山峰。

一草一木，一丘一壑，展开在我们面前的，与昨天上山时，又有一番新的认识、新的体会。

风，比昨天小了许多，天气也暖和了许多，但面上，因为昨天吹了一天的冷风，火辣辣地怪不好受的。

路虽滑，下山毕竟可省不少力，时间也经济好多，不到半点钟，我们已过金锁关，而到通明宫了。下面，便是惊心骇魄的苍龙岭。

逸神岩和近五云峰一段的苍龙岭，不容易照到阳光。这样暖和的天，路上冰雪，还是丝毫没有融解。

今天，我们是下坡，风又小了，站得住脚，关于苍龙岭整个的体势，比昨天看得清楚了许多。

苍龙岭非但是奇怪，并且是万分的雄壮！浑然一线，直贯五云峰和云台峰。两面是削壁，别无支脉可通行旅。在此，除南北双峰兀兀对峙外，上下左右，绝没有一丝依傍。气象之雄阔、局面之险巇，真是得未曾有！

我们仍和昨天一样，握住铁链，小心翼翼，一步一步地匍匐着向下移。

到中途，我想看一看两边究竟有没有底，壮着胆子，紧攀铁柱，倾身向外，作了几度的试探，但结果都是告失败了，一次也没有见到底！

苍龙岭的险是可想而知了！

岭上铁索，都悬一铁牌，注明系杨虎城、顾祝同诸氏所捐建，便利游人，真非浅鲜。

过苍龙岭，下上天梯，越阎王碥，一路是没有一分一秒钟不是提心吊胆的，走到阎王碥的尽头，才舒舒适适地吐了一口气，庆幸自己的生命，总算从阎王爷手里夺回来了。

口占一绝，即以自寿：

下阎王碥

壮魄消磨铁胆催，此行天幸得生回。

从今不作重游计，怕共阎王夺命来。

"从今不作重游计"，这句诗不是说着玩的，确确实实是我的由衷之言。君左说："华山不可不游，不必再游。"此语非过来人不能道，也非过来人不能领会。愿识之，以质千秋万世之游华山者。

自北峰下行，经铁牛台、猢狲愁而到老君离垢。遇见一个中年的苏州人，独自步行登山。此君游兴之豪，倒也和我们相仿佛呢。

走过了苍龙岭和念念喘，再看过了鹞子翻身，我们对于老君离垢的危险，已不若昨日上山时的恐惧，安心地一级一级向下跑，到此已达"履险如夷"的功候了。想起来，自己也觉得好笑。

三时五十分到二仙桥。最险的，只有百尺峡和千尺幢二处了。

百尺峡因为太陡，仍和上山时一样，面孔向着石壁，两手紧紧握住铁索，缓缓下缒。缒尽百尺峡，未数步，即为天井。入井，即千尺幢，谨慎地慢慢向下走。四点二十分，过回心石，到灵宫殿，即令道人煮茗解渴。

这时太阳已经斜西了，阳光的威力，远不如中午时强，一坐定，便有寒意了。

复下行，一路横冲直撞，尽着两条疲倦不堪的腿，向前奔去。过了一重山，再有一重山；下了一道岭，更有一道岭，好像永远走不完的。昨日上山，因有无限的好奇心，跟着山峰的改换，要穷极其胜，所以爬上多少山峰，当时并不显明地觉得；现在下山，已是兴尽归来，不复贪恋于山水的奇幻曲折，一心只想赶路，所以分外觉得路远。万转千回，青柯坪总不见来到。

下山时，少明和葆良简直跑不动了，我也累得太厉害，但仍鼓足勇气，始终走在最前面，担任着开山辟路的急先锋。

午后五时，终于跑到了青柯坪。因天色不早，急急易轿下山。过十八盘，已暮色苍然。经莎萝坪、希夷峡、五里关，都下轿小憩。中途有煤块一大方，半露地面。煤的表面因为风雨的侵蚀，已发青色。刮去外层，里面纯粹是煤质。我疑心在这山下是蕴藏着煤矿。

复下行，经张超谷，过鱼石。在离玉泉院不到半里的山脚下，发现了更多的煤苗。涧里流出来的水，经过煤层的滤沥，涧水都染成黑色了。有许多一方尺大小的煤块，竟完全裸露在外面。这样，我在半途怀疑这山下蕴藏着煤矿的事是证实了。

西侧石壁上，刻有"华山奇险甲天下"七个大字，看了实获我心。

六时方到玉泉院，天色已逐渐地暗下来了。付了轿资，预约明晨六时前，来院送我们上华阴车站。

名震千古、怀想多年的华山，给我们匆匆游过了，心上是十二分的快慰。

晚膳后，三个人围着一盏煤油灯，谈着此次的巧遇和明日的行程，连天疲劳，都为娓娓清谈驱至九霄云外了。

十三　我之华山观

华山，冰天雪地中的华山，我们尽两日之力，总算匆匆游过了。

古今之游华山者不知有多少，古今之游华山而留下记载者也不知有多少。对于华山，见仁见智，评述意见，很不一致，但推崇华山、歌颂华山，是于不一致中完全一致的。

就我听读过的古今十余家华山游记中，其推尊华山、歌颂华山，至吾友易君左诗人而极。

他一则曰："当余写华山之前，余颇踌躇：以余之一枝秃笔，如何而能描写华山。华山之伟大、之雄而且秀，匪独余，恐任何人不能形容。……然而文字也，影像也，能写华山，能映华山，而终不能得华山。得华山者，必将华山整个的精神、全盘的精髓，统一的灵魂而得之，其乐乃无穷，所得为独到，而余愧不能也。"

他再则曰："余大声疾呼曰：凡胆小者不可游华山！凡脚腰不健身体不强者不可游华山！凡近视眼及胖子不可游华山！凡游伴不多者不可游华山！凡起居饮食不耐艰苦者不可游华山！故游华山有五不可。但又有五必游：凡欲知中华民族性格之伟大者必游华山！凡欲探造物之奇与神工鬼斧大自然之威力者必游华山！凡欲畅览真山、真水、真云、真雾、真松、真石之奇景者必游华山！凡欲坚强体魄，锻炼身心，刚毅其意志，预为天下国家之大任者必游华山！凡爱读侠义、武侠、奇侠、侦探等小说而豪气冲霄汉、文光射斗牛者尤不可不游华山！故华山有五必游，五不可游。"

他三则曰："余更进而为华山之品评。第一论华山之山势。吾人幼时，讽诵'云横秦岭家何在，雪拥蓝关马不前'之句，而华山乃笔立秦岭之上，千万烟峦如戟，如苟，如黑头攒动，共捧五大高峰，四方皆削成，突入天表！既无来龙，复无去脉，凭空跃起，昂首自雄，前无古人，后无来者。余等至华阴，山为大雾所蒙，已而云端隐隐露其轮廓，惊骇恐惧，出人意外！西南二峰，垒出如参天芙蓉，绝无偎倚。第二论华山之石。游东磊，已叹山石之奇；然东磊山石皆碎而小，凝合全东磊山石，不足华山之一石。华山之一石即一峰，一峰一大石，突兀磅礴。横绝千古！其石无所谓小姿态，如豪士阔步，不暇雕琢。石之洁白晶莹，间参玄黄，如仙人掌一片石，天生亦无此奇掌。凡石皆一大块、一大片，无衔接，无联络，独立而无倚，山之最强者也！第三论华山之松。山下无松，山腰渐有松，山顶松成林，无一松不佳，无一松不奇，有大将军、二将军等名目，姿态天矫如游龙，如祥麟威风，落日愁云，映此横空绝艳之莽苍苍色，美不可言！黄山之松，短而伏，泰山之松，瘦而高，各有其形象；华山之松，株株朴实古茂，韵味悠远，任何一株，皆画中物，任何一画，无此秀姿。第四论华山之云雾。华山有大云，余晴日登山，恨未得见，然余得观华山之雾。山外见雾，已不见山，山内见雾，更不见山，人在雾中，亦不见人，雾散天开，人仍不见。有一时会，不知摒在山外，抑在山巅，不知身在云端，抑在雾里。曩观华山艳史，云海弥漫，今虽不见云而有云意，虽见雾而无雾情。鸿蒙初开，乾坤浑沌，苍迷一体，空幻无凭。第五论华山之泉瀑。泉流淙淙，绕山四匝，清沁心脾，明可鉴发。游华山者最好雨后新晴，云景既收，泉声大作。全山皆瀑布，庐山仅三叠，华山有多至数十叠者。余等登山，适值晴旱，泉瀑痕迹，历历山腰，倒悬横泻，姿态犹存。或谓华山无水为憾，不知天下名山，无不有水。华山之水，如道人炼丹，百炼始纯，如才人吟诗，八叉即就。以上数端，为华山之特征，合而评之，得四字：‘伟大奇秀’，悬诸国门，一字不移。凡天下之山，有伟大而不奇秀者，亦有奇秀而不伟大者，兼而有之，厥唯华岳。华山者，秉道家之奇，传儒家之秀，发扬光大佛家之伟大者也！”

其推尊华山、歌颂华山，可谓至矣，可谓极矣！现请一述我此行的印象和对于华山的意见：

自来游山水而发为品评的，因为“笔尖带有情感”的缘故，每多失之夸诞虚妄，渲染过甚。这种夸诞狂，已差不多成了一种流行病。凡笔尖的情感愈浓，则文章里所含的病菌愈烈。虽易耸人听闻，引人入胜，但究竟离开了山水的真象实相，未可深取。我自去年十一月初旬踏冰雪游太华后，人事纠缠，直到最近方才动笔写当日的游记，中间已经隔了六个多月，心头的兴奋已过，笔尖的情感已淡，凡所论列，俱系冷静着头脑写下来的，虽不敢说绝对没有夸张的成分，却可保证夸张的成分已减到最少限度。

我现在可以这样正告世人：华山，有一言可以尽之，曰"险"！无论华山是怎么的伟大，怎么的雄秀，怎么的奇怪瑰丽，变幻神妙，一个"险"字，俱足以尽之。

何则？名山之为山，必有其所以胜，或以皮胜，或以肉胜，至于华山，则实以骨胜。华山之神在乎骨，华山之魄在乎骨，华山之特质亦在乎骨；而华山之骨，又悉系乎华山之石！华山之石，成了华山之骨，也成了华山之神之魄之特质！华山没有了石，非特华山没有了骨，没有了神，并且没有了一切。所以华山的一切，都建筑在华山的石上。

华山之石，在内成了华山之骨，在外成了华山之神魄特质！

华山之石，见之于山，便成了华山的伟大雄秀、瑰奇怪绝；形之于人，便是险！

一个石字，说尽了华山的一切；一个险字，说尽了人对华山的一切。

华山的峰峦、丘壑、云雾、松桧、泉瀑，以及精神气魄等一切外观，都从石上来！人对华山的悚怖、畏怯、敬仰、舒快、依恋，以至颂拜讴歌等一切心理，都从险字上来。

华山之石和华山之险是一而二，二而一，互相为表里的。

说到险，华山没有一峰不险，没有一岭不险，也没有一处不险！

从山麓到山巅，入乎目者是险，震乎耳者是险；蹴乎足，接乎手，及乎身者也是险；可以说：整个的华山都是险！

华山之险，却由于华山之石。

说到石，在旁的山，大如卵，如拳，如牛马，至多也只如壁，如屋，很少再有比屋大的。华山却不然了：一块石便是一座峰，一片石便是一道岭，一岭一石，一峰一石，绝无拼合堆叠而成的。别处的石，其状如刀，如剑，如戟，至多如伏龟，如跃蛙，如奔马。华山却不然了：一石壁可直冲霄汉，截断风云；一危崖可斜覆百丈，横蔽风雪；一高岗可绵延二三里；一巉岩可坐立千万人。无物不有，无物不肖，亦无石不奇，无石不险！我们初登山时，看见涧沟里数十方丈大小的鱼石，便已很惊奇了，后来立千尺幢，越百尺峡，经老君离垢，过苍龙岭，睹仙掌崖，谒朝阳峰，觉得鱼石连小巫比大巫都够不上资格了，对于自己初时的惊奇，更不禁失笑起来。

华山之石，实在是伟大的、雄壮的、瑰奇怪丽的！

华山之石，造成了华山之险！

华山的险，可分大、中、小三等。先说大险，计有六处：

登山必须经过的，首是千尺幢，次是百尺峡，继是老君离垢，最后为苍龙岭。论其险的程度，自以苍龙岭为第一，百尺峡次之，千尺幢又次之，老君离垢为最末。

登山不必经过，我们可以游，可以不游的，在东峰为鹞子翻身，在南峰则为念念喘。

六大险中，单论险，应以念念喘为第一。但念念喘非登山必经之路，完全是出于人工之穿凿，且气象之壮阔、体势之雄伟，均远不如苍龙岭，所以还是推苍龙岭为第一！

再说中险，则有无数处，其最著者如五里关，如十八盘，如二仙桥，如擦耳崖，如猢狲愁，如阎王碥，如金锁关，如仰天池，如舍身崖，如屈岭，多至不可胜计。

至于小险，在华山，简直是无从说起了。自青柯坪以上，可以说无地不险，无路不险，无石不险，无峰不险，并且没有一处的险不惊心动魄！

所以华山给予游人的整个印象便是险，游人对于华山的整个印象便是怕！

因此，不是浑身是胆的人，不能游浑身是险的华山！

因为只是险，因为只是怕，所以华山游过以后，绝少余味。

但是游山却应该如吃橄榄一般，吃过后有吃不尽的余味的；在这一点上，无疑的，华山是比较的逊色了！

我之"从今不作重游计"者以此，易诗人之"华山不可不游，不必再游"者殆亦以此。

话又要说回来了，华山固然是险，固然是怕，却并非一些没有引人入胜、令人留恋的地方！

引人入胜、令人留恋的必要条件，无论是山，无论是水，都要幽秀，都要清丽，都要曲折深邃而有蕴藏含蓄。换言之，便要使人爱，不要使人怕！

华山合乎上述的条件，而令人留连忘返、不忍遽去的，我以为有下列四处：

第一是玉泉院。奇峰怪石、茂林修竹、行云流水，凡成为名胜所不可缺的条件，它都具备。而清幽、秀丽、静穆、深邃，尤称独绝！我以为真没有时间、没有勇气上华山的人，就在此住一天两天，领略山情水趣、岚光云影，亦无不可。

第二是松桧峰。华山之胜在乎石，因为石多，全山便骨露筋张，树木稀少。独松桧峰数里内郁郁苍苍，枝叶蔽天，蔚为奇观。挺立既高，万山环抱，贴邻三峰，俯中污，摩上穹，松如盖，怪石破空，幽深峭丽，全山称绝，赏雪玩月，尤推独步。

第三是玉女峰。群峰围合，石壁峭奇，秀色可餐，更有玉女洞箫之胜，堪称华山幽秀风景结晶处。尤其玉女宫，修竹精舍，位居峰顶。松风稷稷，涧水淙淙，诗情画意，清丽独绝。端合小住，徘徊松林、山涧，咏嘲风月，笑傲烟霞。修身养性，不失仙境。

第四是云台峰。北峰地位，虽亚于三峰，而遍山松涛，万壑泉声，可助游兴，可益诗情。仰眺俯瞰，近瞻远瞩，无乎不宜。

这四处，是华山令人爱的地方。但以全山令人怕的地方太多，往往为游人所忽略了！

对于华山，我的意见便是如此。现在总结起来，可以归纳成下面的几句：

"华山之胜在骨，华山之骨在石。"

"华山给人的整个印象是险，人对华山的整个印象是怕。"

"华山有六大险，以苍龙岭为第一，百尺峡、千尺幢次之，老君离垢又次之。而以念念喘及鹞子翻身为最荡人心魂。"

"华山无地不险，无石不险，无峰不险。"

"不是浑身是胆的人，不能游浑身是险的华山。"

"玉泉院、松桧峰、玉女峰和云台峰，在华山是比较幽深秀丽、令人可爱的去处，但多为险和怕所掩，不惹人注意。"

"华山不可不游，不必再游！"

十四　宿临潼

一枕酣梦，很早便为四山的流水声惊醒了。睡在床上，悠然地回味着前天的游踪，预计着今日的行程。

十一月九日，早晨四点半就起床了，虽然身体是疲倦得不得了。

盥洗，整理行装毕，还只五点一刻，我和少明换看着高考的国文试稿，静候轿夫前来送我们上华阴车站。

五时三十分，轿夫还不见来，心里是急得什么似的。少明和葆良今日双双回陕州，我却要到临潼，游骊山和华清池去。预定在华阴搭六时许车赴临潼，而于临潼搭午后三时许车回西安。倘今晨错过时间，则今日必须住在临潼，不及回到西安了。

少明因为陕州离西安较近，如第一试及格，得消息后再上西安，时间还很充裕，所以可折返陕州。我则开封至西安距离既远，旅费又昂，故决定在西安等第一试发榜后再定行止。

少明劝我今天和他们一同上陕州。他说陕州有周召分陕时所立的分陕石，有召公治陕时休憩其下后人怀念恩德戒勿翦勿伐之古甘棠，又有试刀石、万寿寺诸名胜，非特值得一游，并且可以参观他们在陕州埋头苦干的政绩。我以到了陕州再回西安，所走重复路更多，决定今天上华清池洗浴去。

五时四十分，轿夫还是没有来。恐怕再迟了赶不上车，急令玉泉院的道士挑着随身行李，我们跟着他步行赴车站。

这时天没有亮，四边都为黑色笼罩了。一开门，淙淙琤琤的流水声，便不断地飞进耳鼓来。瘦竹千竿，冻树万株，把一座玉泉院遮得黑沉沉的。

天上有微微的月光，闪闪的星光照着大地。山峰上的雪，已比前晚初到时薄得多了，但望去还是亮亮的。

四个人在静寂的山谷里，仆仆赶着，杂乱的脚步声，惊破了死一般的空气。

一个电筒照不到四个人，渐渐的，在微弱的月光和星光下，眼睛已看得见路面，索性不再乞灵于电光了。

过云台观，路渐平坦，我们一路谈笑着，一面还回头望着逐渐模糊的玉泉院。

玉泉院，别了！华山，别了！

我们此次自十一月六日由西京到华阴，七日上山，八日下山，今晨匆匆离去，这样短促的聚散，真是萍水姻缘啊！

此次华山之游，于细细地领略山情水趣外，雪光月色，是实在值得我们纪念的！

无疑的，月与雪，是我们此游的绝大特点。

人人可以游华山，但于冰天雪地之中游华山的人却不多，游华山的时机也不多，而我们此次于天时、地利、人和三者，都完全圆满的凑合在一起了！

我哪能不为我们此行庆幸呢？

回忆着四天来的一切，我用四句话来结束这一次的行程：

> 来也冲风冒雨。
> 去也戴月披星。
> 上山兴高采烈，
> 下山筋疲力尽。

我说后，少明和葆良都笑了。

天色在慢慢地亮起来，华山在慢慢地远起来，两条腿也在慢慢地重起来。

葆良简直走不动了，由少明扶着徐徐前进，我和道士常跑在前面。

晓雾笼罩着山头，若隐若现，若即若离，荡漾靡定。村落、树林，都在晓雾中，随着天光的加亮，而一一呈现在我们的面前。

到华阴县城，天已明了。六时半方达华阴车站。我等了十分钟，少明、葆良才赶到。

代我们挑行李的道士，于喘汗交作中，给以法币一元，他笑逐颜开地道了谢，并再三约我们下次来时，仍住玉泉院。

西行车是误了点。在陇海路，火车误点是不算一回事的。原定六时许开的车，至快敲八点才到。在纷乱里，别了十日来欢聚一堂的少明，和七日来同游同息的葆良，而匆匆登车西行。

四千里外遇到故乡好友，同上考场，同游西京，同登华山，这十日来的痛快，为我今春到豫以来所从未有过的，而现在却又要分别了！又要天南地北的分别了！诵晚唐韦庄"天涯方叹异乡身，又向天涯别故人。明日五更孤店月，醉醒何处泪沾巾"诗，不觉黯然！

坐在车上，独对长空，凄凉得不复能耐。

近年来一个人长途旅行，我已习惯了，从不感到难受；但这一次却不同了，自在华阴不见了少明和葆良，便觉得心上空空洞洞、飘飘摇摇，失去了什么东西似的，坐立不安。打开书来，也看不下去。

十一点半，火车在离开新车站不足二里的地方，突然停了下来，一停便停到下午三点半，直到西安的车头开到，换了车头，才继续西行。

人的打算终不如天的打算！天要我在临潼住一晚，我有什么办法想呢？早知这样，我们今天又何必起这么个大早，少明他们的东行车，要十二点多才到啊！

下午四时至临潼。雇车入城，才转过车站，就远远望见大约半里外，有一座方方正正的砖城，靠在一座草木不生的濯濯童山下。问车夫，知即临潼县城。那山，便是有名的骊山。

因为不晓得临潼有什么旅馆，便关照车夫送到全城最大最清洁的一家。没有十分钟，车子便进了城。我正在浏览两旁街道的形形色色，车子却已停在华清旅馆的门口了。看定了房间，放好了行李，带着快镜，急急匆匆雇车赶向华清池。

临潼城是小得出人意外，不到几分钟，一个弯一拐，车子已出南门了。街上和城墙上，满贴着欢迎某某的广告，令人看了心头作恶。市房倒还整齐，街道也还清洁，或许最近为了欢迎某某而新加过一番整顿也说不定。

出城，便见夕阳影里，有无数的绿柳，长条拖地，临风轻摆，柔丽如画。后面，隐约露出红红白白、高高低低的楼台来，分外娇媚入骨！心头为之一快！

在西北，为了气候较东南冷，国历十一月初旬，很多人便已穿上皮袍了。因此，绿的树叶、绿的草色，也不易看到。

临潼这几百株绿柳，在这个时令、这种地方，简直是一个奇迹！

骊山有温泉，想来骊山的地气，也要比别处暖得多吧？

车夫告诉我：那绿柳荫里的辉碧楼台，便是因杨贵妃一浴而艳传千古的华清池。楼台是最近才翻造过的。临胜地，对美景，怀往迹，心旷神怡，记以一绝：

华清池

韵事当年迹已陈，华清面目又重新。

垂杨十月清如许，或恐杨妃是后身。

一忽儿，车子已停在华清公园的门前。入园，亭榭曲折，花木扶疏，一泉一石、一池一轩，随在引人入胜。在西北，这无异是仙境了！我特于池边摄了两张小影。

华清池就在华清公园的西侧。这是我国最著名的温泉，常在华氏一百零四度左右，相传常浴能疗百病。现由陕西省政府委托中国旅行社经营，一切建筑设备，都是一九三五式的，沐浴以外，还可住宿。早知这里可住，我该住到这里来了。但是现在也好，游华清池，住在华清旅馆，也是挺不差的。

浴室分三毛、六毛、一元三种。泉水是清极了，清到变成绿色，变成蓝色。池底有一些儿沙砾，都完全清清楚楚地映入眼帘。人在水里，变成一个绿色的人、一个蓝色的人。古人所说"清澈见底""清鉴毛发"的话，我于这温泉而证信之。

"回头一笑百媚生，六宫粉黛无颜色"的杨贵妃，在这样碧油油、滑腻腻、清鉴毛发的温泉里洗澡，哪得不叫色情狂的唐明皇看得色授魂与、神魄颠倒，心灵儿飞上了半天？就是千年后的我，只要一想起"侍儿扶起娇无力"的名句艳词，眼前便活画出一幅《贵妃出浴图》，禁不住有点飘飘然起来。

我自去春在南京汤山试浴后，这是近年来最舒适的一回。

浴罢出来，一轮寒月，已经挂在园东骊山顶上了。

华清池恰在骊山的山麓。

月光是淡淡的，照在山上，照在园里。园里的树影、花影、楼台影，都倒映在地上。这月光，这倒影，互相衬托着，分外显得清幽静穆。

我在池边徘徊着，恋恋不忍遽去。夜风料峭，冷气袭人，不堪久立，即缓步走回城去。街上都泻满月光，人家多半闭门了，全城是静悄悄的。到华清旅馆，吃了晚饭，想解衣就寝，月光却从窗子外射了进来。我的房间，原来是朝东的。

见了月光，我又舍不得睡了，站在院子里，痴痴地望着。骊山的背影，刚靠在低低的城墙上，全城的市房，拼成了黑压压的一堆。月光是淡到十分，冷到十分；人的心也是淡到十分，冷到十分。"举头望明月，低头思故乡。"对着月，忽地想到故乡来了。

前几天的月夜，因为少明、葆良在一起，谈笑风生，倒也不感寂寞，不寂寞当然不会犯思乡病。现在却剩下孤零零的一个人，和前几天的热闹、欢乐一对照，更觉得冷落凄凉！

少明、葆良这时早已到陕州了。今晨分手时，暗诵韦庄"明日五更孤店月，醉醒何处泪沾巾"诗，已为怆然，又哪里知道，不用明日五更，已在对着孤店冷月，泪欲沾巾了！

人生真是不可捉摸的！

由少明便想起了故乡，由故乡便想起了家。家在江南，人在西北，半年来的离愁别恨，对着一天明月、万里寒光，哪得不一时都涌上心头？因此，我生平虽最爱月，却也最怕月！年年作客，岁岁天涯，见了最能勾起乡思旅情的月，哪得不爱？又哪得不怕？

痴立久之，勉强返室灭灯就寝。

不料，灯一灭，月光分外明亮起来。悠悠的光辉，射在窗上，也射在我的身上。冷月孤馆，形单影只，如何再能入睡？辗转不寐，感作一绝：

乙亥十一月九日夜宿临潼有怀

西北东南各一天，残春分手忽经年。

骊山今夜团圆月，偏向寒窗照独眠。

真的，圆圆的月，今夜，竟似向我示威似的，照着我只不肯去。什么时候才酣然睡去，自己也不知道了。

十一月十日七时起，整理好了行李，进了早餐，仍赴华清公园闲逛。虽经休息了一天一晚，两条腿还是重得搬不动，上下山坡，尤感疼痛。从华清池上骊山，本来路已不多，一则刚游过华山，很有"西岳归来难为山"的感想，濯濯骊山，一览无遗，根本引不起兴趣，再者身体实在太累，两足尤其不允许再爬高山，只得收起此心，当面错过。闻骊山第一峰有周幽王戏诸侯的烽火楼遗址，及唐代的老君庙。

临潼名胜，除华清池和骊山外，还有幽王陵，在戏水西岸，坑儒谷在县城西南五里，始皇陵在城东十五里，俱以时间所限，不及前往。始皇陵在当年规模很大，史称始皇治陵墓，穿治骊山，下锢三泉，上崇山坟，其高五十余丈，周五里有余。石椁为游馆，人膏为灯烛，水银为江海，黄金为凫雁，珍宝之藏，机械之巧，棺椁之丽，宫馆之盛，无与伦比。又多以宫人役匠为殉。自古厚葬，始皇为最。后项羽发之，以三十万人三十日运物不穷，又被牧羊儿持火觅羊，烧其藏椁，火延多日，所以现在只有一座孤冢了。

华清温泉，即秦时神女汤泉。其后唐太宗因北魏温泉宫之旧而作行宫，至明皇乃更名华清池。其地包括今之县城及骊山之一大部，宫殿台阁很多，现所用的，只是唐之浴汤故址而已。

在华清公园巡回一周，出来，到园旁陕西省立第二民众教育馆参观。除教室、阅报室、藏书室各一处，余为馆长室、主任室、职员室、办公室、会议室等。馆舍本不大，十之七八的房屋，都给工作人员占住了。阅报室里，横七竖八地放着五六本杂志和六七份报纸，桌上灰尘积得厚厚的，阒无一人。藏书室当然关得紧紧的，教室里却有二十多个小孩子在上课呢。我倒抽一口冷气，退了出来。

十时回华清旅馆，提早吃了午饭，休息片刻，即雇车赴临潼站。这时，忽然刮起大风来了。本来天高气爽的，一忽儿变得黄沙漠漠，白日无光，气候也冷了许多。

西行车，原定十时四十七分开的，直等到下午二时才到，我在站上冻了三点多钟。

天气是一刻沉重一刻，车过灞桥，几乎要下雨了。在中途，火车时开时停，下午六时，方到西安。遵守规定时间，在陇海路是没有这一层义务的！

七时回到了西北朝报社，好似回到了久别的老家一样，大家高兴极了！

此次我自十一月六日离西安，十日回西安，五天中间，朝华岳，游临潼，浴华清，偿了生平的夙愿。身体虽然疲倦万分，精神上却是满觉痛快的！

五天来游踪的叙述，消磨了整足的一晚。

高考初试的发榜，问兴汉，知道还没有消息呢。

十五　在长安

一个沉闷的心绪，恰遇着一个沉闷的天气。

从临潼回长安的当天夜里就下雨了，在枕上听着窗外淅淅沥沥的雨声，一方面固庆幸我们没有在游山时遇雨，一方面却也增加了我不少的乡思旅愁。

在快要天明时，天气是一阵冷一阵。睡在床上，想着少明，想着故乡，想着父亲，再也排遣不开，辗转不寐，作一绝自慰：

> 瑟瑟西风恻恻寒，夜来客思满长安。
> 春闱懒问升沉事，生为耽诗怕作官。

的确，我此行是三分应试，七分游览，所以得失之心很淡，始终是随随便便的，每晚十时即寝，天明方起，从没有开过一次夜车。他们两位的用功，真是使我佩服，晚上非二三点不睡，早上不到五点就起来，孜孜看书，我不知他们的精神是怎样支持的。

十一日下了一天雨。因为下雨，使我吃到了一餐从未吃过的面饭。平日，我因喜欢吃大米饭，总是一个人跑到饭馆里去，他们两位却就在报馆里吃。今天他们劝我不必冒雨出去，和他们在一起吃，因此，我竟有机会尝到了那种特殊的风味。

所谓面饭，是把面粉和水揉合后，切成二三分厚、五六分阔、七八分长的面条，大小正同我们家乡杜制甜酱的酱块一样，放些盐和青菜豆芽，混合在一起煮成。我一看见便吃了一惊，那腻腻的黑黑的酱块，怎能吃得下呢？承贾社长的盛情，还为我们添了两盘粥菜，本来他们是不用菜的，菜与盐已经同面条煮合在一块了。

我靠着菜，勉强吞了一碗。据说这一种面饭，在陕西、山西一带民间是最普通的食物，像江南那样洁白精细的面条，到乡村去是吃不到的。晋陕的民众生活，似乎比河南更苦了。

还有一件事，也是值得记起来的：

十一日晚上，我在衣服上捉到了一个白色的长椎形小虫。我不知是什么东西，但从前听得人家说，监狱里囚犯身上常生着一种白虱，最可怕不过，我很疑心到这上面。把小虫放在茶杯里，去问报社的练习生王鸿德。他看着笑了笑，说这是人身上的虱子。我问这种虱子是不是很多的，他说很多，不洁净的人家更多。我听了很不放心地睡了，好像身上传染到了病一般。

一忽儿，王鸿德在外面把这件事宣传起来了。他高声地告诉印刷工人说："真是奇闻！芮先生连虱子都不识！"我在床上听了为之骇然！他们看白虱为恬不足怪，才真是奇闻呢！

这件事把我恶心了好几天，我把所穿的衣服，统统换去了。

十五日为高等考试第一试揭晓的日期。上午十时，就和兴汉、法宽上省立高中看榜去。问办事员，知道还没有写好。午后二时再去，走到大门口，远望公布处并没有黑压压填满姓名的榜示，以为还没有揭晓，要想仍旧回头了，不意走近一看，煌煌金榜，原来已经贴上了，却总共只有七个名字。普通行政人员取了五名，教育行政人员取了二名，我便是二名中的一人。财务行政人员连一个都没有及格。这一下，使我们三人都惊呆了！照我们的理想，第一试既有二百多人应考，即以百分之十计，至少也得录取二十多人，不料却只有七人！只有寥寥七人！

归途中，法宽、兴汉连连给我道喜。他们决定薄游二日，便束装回汴了。我于这样的幸遇，反而觉得无话可说。

回到报社，给家里写了一封信，并附了两首小诗。其一云：

发榜日作

艰难时世总关情，报国岂容负此生？
为语高堂休苦念，痴儿雁塔已题名。

心里虽则并不怎么，但为博老父的欢心起见，笔头上不能不说得热闹一点。

一天，在路上，无意中遇到了陕西省立第一民众教育馆馆长刘以平兄。我和他自二十二年八月于济南出席中国社会教育社年会分别后，中间虽曾通过几回信，却没有见过面，这一次真是巧遇了。他一定邀我住到他馆里去，我因懒得迁移，婉辞谢却了。

高考第一试自十一月三日告毕，十五日放榜后，直到二十三日才开始第二试。在这一个星期中，除了准备应考外，并抽空参观了省立第一图书馆和民众教育馆。民教馆规模极大，所办事业也极多，和在临潼看到的那一处，恰成了反比。

西安名胜中，"灞桥风雪""骊山晚照""雁塔晨钟"等处是到过了，"咸阳古渡""曲江春水""草滩烟雾"和最著名的终南山、樊川、杜曲一带，因没有时间，没有游伴，不能前往，心上常引为一大憾事。暇时便独自一人，彳亍于长安市上，看着熙来攘往的人和十字街头的形形色色。想起自己踽踽凉凉的行径，自己也有些好笑，作一绝自嘲：

> 为爱名都故入秦，重来小住又经旬。
>
> 布衣自笑江南客，也作长安市里人。

这一次在西京住得这么久，真是出乎意料。我最初的预计，一二两试，有半个月一定够了，所以只请了两星期假。现在却因试期的延展，使我渐渐的变成一个"老长安"了。

十一月二十三日是高考第二试开始的一天。早上，天没亮就起身了，盥洗进干点后，急急上试场。上午考民法，下午考教育原理，都是三题全作。

这一次应试的人，第一组、第二组合起来，加上第二届初试及格加入二试的，总数还不到二十人，大礼堂里，疏疏落落，还坐不满一个壁角。监试员、监场员却还是那么多，会场上只见监试人踱来踱去，皮鞋在地上咯咯作响。这一次我镇定极了，坐在试场里，就如坐在自己办公室里一样，不慌不忙，笔不停挥地写去。说到"笔不停挥"，那是确实的，因为三小时内，要做三篇题目极广泛的论文，已经连打底稿的时间都没有了，哪里再会停着笔休息？

二十四日上午考教育行政及教育法规，下午考视学纲要。二十五日上午考各国教育制度，下午考社会教育。每天除了脑筋要继续不断地紧张六小时外，手腕也要继续不断地工作六小时。每一场完卷时，两只手两条腿都麻木得不能动弹了。手臂尤其厉害，今天逐渐酸痛起来，不写字的时候，也软瘫得很不好受。午后休息时，静静地看着院子里四五头喜鹊自由自在地在树枝上飞来飞去，不禁起了一个疑问：那些喜鹊，不知也要受考试不？我想着，想着，独自抚摩着酸痛的手臂苦笑了！

二十六日上午考乡村教育。下午天雨，到易俗社听了一回"秦腔"，就去理发洗澡，四日来的积疲，为之一清。

整理好了行装，到民众教育馆向以平兄辞行，不意他回家了。留了一张名片，托他于第二试揭晓后写快信通知我。

照高考西安办事处王处长的意见，要我们仍在西安静候第二试放榜，及格的一同上南京应第三式。我因离汴已久，心上很感不安，急欲返校；同时，还想利用这几天，顺道一游洛阳和嵩山，以偿几年来的痴愿，所以决于明日即行东旋，不再在西京多作勾留。实在，这一个月，西安也住腻了。

晚上，预向贾社长等辞行，因为明晨天一亮就得上车站，再没有充裕的时间了。

九时，于神经极度弛松下，酣然入了睡乡。

十六　不系愁心下洛阳

长安，这一个古老的名都，我又要离开了。

这次我自十月二十八日到陕，至十一月二十七日东旋，前后在长安住了三十一天。

　　二十七日清晨一觉醒来，窗外在淅淅沥沥地下着雨，心头猛的一沉：怎么我今天离陕东归，偏偏下雨了呢？

　　四时半就起身，整理好了行装，擦罢了脸，吃过了早点，天才微微地亮起来，雨也慢慢地小起来。

　　雨，我是满不在乎的，我的心，早已飞到洛阳去了。

　　六时许，穿上雨衣，戴上雨帽，出外雇了两辆洋车，搬了行李，辞别了西北朝报社几位同仁，匆匆登车，向陇海车站出发。临行，向一个月来作息其间的江苏会馆，投下最后的一瞥。

　　雨是还在丝丝地下，风是还在呼呼地吹，满城都为风雨占满了。

　　一群乌鸦，歇在前面街道上，洋车过去，纷纷惊飞。满城商店，都还没有开门，路上是静悄悄的。

　　坐在车上，对着漫天风雨，想着洛阳胜迹，作了一首绝句：

乙亥十一月二十七日将之东都晓发长安

宦梦未圆客梦残，晓来风雨满长安。

征车又向东都去，未解尘途行路难。

　　真的，"行路难"三个字，在我的脑海里是不存在的。这时我的脑海里，只有洛阳，只有嵩山！

　　七时到车站。开车后，非但下雨，并且下雪了。雪狂雨急，不由得心上烦闷起来。

　　到灞桥，火车停了半小时。雨丝风片中的衰柳，沾满了雪花，白茫茫的，望去正如暮春天气飞舞着的杨花一般。大道上，行人是绝了迹，仅几个卖早点的小贩，沿着铁路徘徊着。"灞桥风雪"本为长安八景之一，三次车过，虽然看见灞桥，却没有遇着风雪，不料天公作美，在我倦游归去时，还补足了这一个缺憾。我的眼福真是不浅！

长安，虽说一个月住腻了，但真要分别时，心上又不免恋恋起来。人毕竟是感情的动物！过灞桥，作了一首七绝：

小住长安卅日强，一朝别去转凄惶。
依依桥畔千条柳，不系愁心下洛阳。

到华阴，雨止雪停，心又转慰。一路只是盘算着洛阳的游计和嵩山的行程。至于高考的得失，早已置之度外了。

车抵陕州，已在深晚十时许，天又下起雨来。少明本约我下车小住，并说定到车站来迎候，我已写信回绝了他，且劝他夜寒风紧，不必前来。到此，我只在冷风凄雨中，向着黑沉沉的陕州城，行了一个长久的注目礼。据少明来信说，从华山回去，他夫妇俩双双病倒了！

过陕州，精神疲倦得不能支持，即解开行李，隐几而卧。

二十八日午前五时半，火车到了洛阳。洛阳有东、西二站，我不晓得进城是哪一面近，问同车旅客，说是西站近，就雇夫役把行李搬下了，结果却上了一个大大的当。

从西站下车，进城的路虽然近一点，但系土路，夜里没有洋车，必须自己跑。我知道洛阳旅馆都很简陋，以大金台为最整洁。问夫役大金台在哪里，他说就在前面，跑过去不远，于是决定住在大金台。行李经过检查，由夫役背着前导，我在后面跟着走去。

这时雨雪幸已不下了，路上却尽是水和泥，深的地方，可以没过套鞋的边缘。路灯又很稀少，四边都是黑沉沉的，几乎辨不清方向。我跟着夫役，一步一滑地前进。好几次几乎跌下去，衣服溅满了泥浆。朦胧中，向路旁凝视，都是坡塘荒地和树林，绝少人烟。

我的原意，本要住大金台的，但不晓得大金台在东站，更不晓得大金台不在城里。在站上时，夫役贪做生意，骗我说就在前面；到走了一段路，火车开走了，方才老实告诉我。我气极了，但在这种时候、这种地方，万一激怒了夫役，是一无办法的，所以仍旧隐忍着，不便发作。

我问城里有没有大旅馆，他说住在"四海春"最好，于是叫他领去。城外有几家小客栈出来兜揽生意，我都拒绝了。

这时已是早上六点钟，天还没有亮。走到城门口，守城的兵卒一定不肯开门，经过交涉了好几回，总算让我们进去了。

街上是静得一些声音都没有。路已好走得多，不像在城外时的滑泞，路灯也把街道照得雪亮的，不再怕跌跤。

夫役跑得很快，我带奔带追地紧紧跟着，走了一小时，方自西站走到"四海春"的门口。我看了那个名字，对于我这浪迹天涯的游子，似乎是很有意义，很合身份的，也就不再埋怨夫役了。

上楼，床帐被褥，一切都还整洁。身体疲倦得再也不能支撑，我立刻把自己的被褥换上了，倒头便睡。

天，已在渐渐发亮了。

十七　龙门及其他

洛阳，两年来想游而未能一游的洛阳，我毕竟到了！

十一月二十八日，一觉醒来，已红日三竿，钟鸣十下。急急起来，盥洗进早点后，雇车出发游览。

我因龙门离城较远，新雨泥泞，车子恐怕拉不动，决定于明日去，今天先游城厢内外的名胜。

洛阳街道的狭隘、市房的陈旧、城楼的破败，随在都表示它已过了壮年期，而入于老年期了。

街上满街都是泥浆，雪花和泥浆混合，分不清是泥是雪。

出西门，是一片旷野，田里盖满了雪。晴和的阳光、鲜洁的空气，引得人精神一振！

第一处到的，便是西工和瑶营。西工或作西宫，昔为吴孚威上将练童军处，现为航空军校和兵营，规模的宏伟、气象的雄壮，真是得未曾有！从两工东边起，西行二十分钟，还没有跑到西边的尽头。其占地之广，可以想见！

折回到精忠祠，瞻仰了我国民族英雄岳武穆、文天祥、史可法的遗像，然后到中原社会教育馆看陈大白兄。馆系周公庙贤祠所改设，规模很不小，大白兄陪我参观了一周。

下午二时，自中原社会教育馆出来，径赴河洛图书馆。这时地上的雪，几乎已经没有了。

图书馆在城里，分花园、阅报室、通俗书室、金石部、阅览室等数部。参观一周，到花园小憩。园地虽不大，布置得却很精密。

天空飞机如蜻蜓般盘旋着，耳畔一片嗡嗡声。据说要是不下雨，洛阳的上空是天天这样的。中国任何一地，都能像洛阳一样，中国便得救了！

四时离馆，到照相材料店买了一卷软片，比开封贵了一毛。问店伙计，他说这是实行法币以后加的价。商人是无论如何不肯吃亏的，所谓对内可以刺激工商业，难道就是这么一回事吗？

二十九日是预定游龙门的一天。一早起来，天气是阴沉沉的，风也刮得很厉害。恐防下雨，把雨衣、雨鞋穿上，雨帽戴上，带了快镜，雇车出发了。

龙门在城东南二十五里，天晴时可通汽车，为洛阳最著名的古迹。昔大禹疏以通水，两山相对，望之如阙，伊水历其间北流，故又名伊阙。断崖激水，阻扼可恃，汉灵帝置关都尉以备黄巾，伊阙即居其一。

龙门除形势险要外，还有许多古代石刻，非常名贵。石刻以佛像为多，大小以千万计，魏景明中迄唐代所凿。最大者三龛，魏王泰为长孙皇后祝福所建。碑碣数千种，龙门二十品最精。伊阙的石刻和大同的石刻，同为我国最有文化艺术价值的先民遗迹。

八时，出南门，十分钟间，竟闹了两大笑话，为我此行平添不少趣料。

事实是这样的：

当我车子快要拐弯出城时，城门口派出所的警士忽地跟在车后追上来，喝令洋车停止。我以为是唤阻别人，回头一看，却正是赶着我的车，即命车夫停下。

警士随后赶到，喘息未定，第一句就是："先生，你是哪一国人？"

我听了陡的一呆，有生二十七年来，我还没有发生过这样的问题呢！继而一想，他是误会我是日本人了，实在的，近来日本人之借游览考察等名义，赴我国内地作军事性质的旅行者太多了。我便滑稽地笑着对他说：

"我是大中华民国国民！你想派我做哪一国人？"

警士听着我说是大中华民国国民，他也笑了，情势显然已不如初来时的严重，但形色之间，还不能表示信任。便开始了下面的对话：

"先生，什么时候到洛阳的？从哪里来？"警士问。

"昨天早晨六点钟的火车到洛阳，从西安来。"我答。

"到洛阳来有什么贵干？"警士问。

"游览。"我答。

"为什么只有你一个人，没有同伴？"警士又问。

这个问题却把我问住了，我便笑着对他说：

"我只有一个人，你叫我找谁作伴去？"我答。

"有没有护照？"警士问。

"没有。"我答。

这时街上已经有不少人在围观了，他还想问下去，我恐怕耽误了游览的时期，便递给他一张名片，并直捷的告诉他说：

"我是从西安应了高等考试回开封，顺道一游洛阳，现住'四海春'。护照是没有，但你晚上可以来查阅我的证明文件。这时候我却要上龙门去，莫耽误了我的时间。"

对于我的叙述，他表示了满意，看了看我的名片，很谦恭地说："先生，抱歉得很，使你很难堪！"

我听了十分高兴，也和悦地对他说：

"不用客气，这是你应尽的职责。"

说完，点头分别，洋车继续前进。刚转过城门，迎面来了两个军官，看见我车子经过，立刻喝令停止，和警士一样，向我盘问。我告诉他们，我是江苏无锡人，他们死也不肯相信。他们说我的口音不像江苏人。我给他们一张名片，他们说名片靠不住。我又换给了一张刻有现任职务的名片，他们一看我就在开封做事，方才让我过去了，但满腹狐疑的神气，仍旧笼罩在他们的脸上。车子拉过了十余丈，还隐隐听得他们在说"这个人靠不住"呢。

我坐在车上，虽自认触霉头，遇到了这两件麻烦，但一想起我国军警人员对于日本人竟这样注意，也禁不住从心底深处表示快乐而微笑了。

过了一会儿，车夫带跑带喘地说："今天，要不是你身边带着名片，还得有旁的麻烦呢。"

我不明白我今天为什么这样引人注意，大概是穿着雨衣、戴着雨帽、挂着快镜的缘故。

八时半，渡洛河。连人带车，舟子索渡资四毛。付后，见旁人都只给铜子三枚，知道我又上了当。

洛河现仅七八丈阔，过河都是沙滩，春夏发水时，沙滩都变成了河身，有一里多路。车夫指着西边一座隐隐约约的断桥，说是有名的洛阳桥。现只有桥身几节，其余的都给洪水冲毁了。

自洛阳到龙门，是泥土修筑的马路。前天下过雨，路上还是很滑，车子一点也拉不快，十时方到关林。关林为关公墓，在城南十五里。庙极雄壮，松柏稠密。这时天色阴沉，寒风凄厉。恐怕下雨，决定先游龙门，回来时再入内参观。

十一时抵龙门街。泥土泞得如树胶一般，洋车再也拉不上，乃下车步行。雇一土人作向导，向龙门走去。导者指对河一土坟，坟后竖月石碑的，说是唐诗人白香山墓。

龙门与香山隔伊河对峙，香山在东，龙门在西。出龙门街，就沿着伊河走。石刻即在龙门靠伊河的悬崖上，就石崖上凿成佛龛，就佛龛内凿成佛像，佛像、佛龛，都凿自一块石壁上。一佛龛内，有一个佛像的，有三五个佛像的，有千百个佛像的。佛像有大有小，有坐有立，形形色色，无所不包。但大多已经毁损，断臂折足所在多有，完整的很少。可见我国人民对于古物保护的不周密。

我们至禹王池，经金川石、千喜寺、宾阳洞、万寿泉、锣鼓泉、珍珠泉、八仙洞、千佛洞、万五千佛洞、老龙泉、郭海洞、伊阙莲花洞、龙门洞，而到天竺寺遗址。其间没有一个石洞没有佛像，没有一个佛像不是别开生面的。石刻文字也不少。千佛洞和万五千佛洞佛像之多，真是不可胜计。虽未必果有千佛与五千佛，但数量是实在可观的。大的佛像有几丈高，小的佛像只一寸大小。非特佛像于一方石上凿成，即佛像的石座也是从一方石上凿成。要不是当时人民对于佛教有着坚确的信仰，这种工程是不会存留下来的。

看了龙门石阙，对于我国古代艺术的造诣，不得不表万分的敬佩！

这时天色更阴沉了，黑云密布，大有雨意。我立在天竺寺遗址，照了一个小影。寺宇已被毁，仅巨佛一尊兀坐殿上，高及半山，庄严伟大，莫与伦比。下视伊河，如带如围，迂回北去，水浅处只数寸。龙门、香山间，仅二三三丈的河流二道，中间全是沙滩。河水流过处搭有浮桥，以通人旅。翘首长天，口占一绝：

乙亥十一月二十九日独游龙门偶成
两山合抱锁伊河，百丈黄流浅不波。
独立龙门还自笑，笑侬身价复如何？

古阳洞后有老君洞，闻通七十里，因天色不佳，未敢多费时间实地试探。下天竺寺，经浮桥，过横瀼，拟赴香山寺一游，并至白香山墓一吊，刚及山麓，已经飘起毛毛雨来了，乃急急折返龙门街。

这时北风刮得很紧，吹在面上，冷如刀割。雨是愈下愈大了。车夫到一家熟悉的饭店前，劝我吃了午饭再进城，说吃了热饭可御寒气，店主也出来招呼。我以雨下大了路上不好走，急想赶回城去，经他们再而三苦劝，却不过，肚子也正闹着饥荒，就入内吃了一碗肉丝面。不料吃罢出来，非但下雨，并且下雪了。

我深悔自龙门回来，没有即刻进城。

雪愈下愈大，竟似棉絮般的一团团滚下来。我为防雪花钻进颈项起见，在商店里买了几条毛巾，颈项重重围裹着，上车进城。

那辆洋车，前面虽有布幕遮着，但布幕很短，仅及胸口，车子向前移动，雨点、雪花，经西北风一吹，纷纷从布幕上面钻进来，直扑脸上。龙门本在洛阳东南，现在回城，恰巧是对头风，非但车夫拉不动，并且我坐在里面，寒风彻骨，冷不可耐。

地上本来还没有干，泥土很泞，现在又在很泞的土路上，新经了一阵雨、一层雪，更如泼过油的，滑得站不住脚。有时风急，车子不要说拉不前，反而向后面倒退下来。

车夫急得满头是汗，一定不肯拉了，说今天只能住在龙门，回不进城。我说现在刚下雨，路上虽滑，还能勉强走，倘过半天、一天，泥土一搅烂，车轮必将陷下泥去，更无法进城。倘接连下三天四天雨，住在龙门怎么办？所以一面允照早晨讲明的车资外，再另外加他钱，一面也埋怨他不该苦劝我吃午饭，耽误半点多钟，否则这时早已走了三分之一的路了。

车子一步一滑、一步一停地向城里拉，简直比自己步行还要慢。我的雨衣不住地给雨雪交攻着，胸前也湿了一大块。脸上给西北风一刮，痛得好似尖刀在刺的一般。两只脚穿在套鞋里面，冻得由痛而麻木而失去知觉了。

最困难最危险的是上坡下坡、上桥下桥。过一个坡、一座桥，至少得十分钟，好几次几乎连车带人都翻倒了。

"如此游山，简直是不要命了！"我坐在车上，给雨雪淋着，狂风刮着，自己想想也有些失笑。

路上很少行人，只遇见了几个挑了担子冒雨到龙门去的。另一辆洋车，却从后越过我们向前去了，一刻钟后，即已不见。那车夫是一个身强力壮的小伙子，我的车夫则已四十多岁了。他看着人家跑得很快，自己老落在后面，也不好再说路滑进不了城。

一步一捱、一步一滑地，于下午三时，车子到了关林。我冒着雨雪，奔进去瞻仰了一周。庙宇已很破旧，关公墓在最后一进。古柏阴森，风凄雨惨，令人心悸。破屋里住着几个乞丐、几条恶狗，幸我带着三脚架，没有给恶狗咬伤。那狗真凶恶得厉害。

三时半，仍上车北行。雨雪更大，北风更急，我几乎冻得全身发抖了。沿途车夫歇了好几回，一歇下就向人家要冷水喝。我极力阻止无效，真为他捏着一把汗呢！

五时，方到洛河。过河，车夫实在拉不动了。给了钱，易车回"四海春"。因明晨三时须搭车东下，住在城里不方便，便收拾行李，搬到了"大金台"。房间比"四海春"精致得多，房金也并不怎么贵。脱下雨衣一看，胸前肩头，非但雨衣都已湿透，连棉袍、棉袄都已湿透了。

知道受的寒气很重，令茶房生了一盆火，烫了二两高粱，叫了几碟酒菜，一个人围着火炉，自得其乐地低斟浅酌起来。我原不能喝酒，半杯高粱下肚，人便有些醺醺然，及酒醉饭饱，把湿衣服放在炉旁烘着，自己便躺下休息。这时室外虽然还在下雪，室内却已暖和得如初夏一般了。

我原定计划，嵩山是非去不可的，但经今天的一番折磨，决定改变行程，明日直接回开封，嵩山等来春天暖了再去。因为登封离偃师站还有一百十里土路，平时只有大车、轿车、驴子代步，现在冰雪载途，万一去了回不来，岂不把高考第三试耽误了？

不料梦想了好几年、准备了一暑假的嵩山之游，只有在火车上向它望望的缘分。这，不能不说是我此行的莫大缺憾了！

洛阳名胜，本来还有白马寺、分金沟、北邙山等，现因雨雪所阻，登临之愿，也只能偿诸异日了。

十八　归途中

经过风雨雪冻了半天，酒醉饭饱以后，在暖和的空气里，分外睡得甜美。

十一月三十日上午前三时，茶房就来打门。三时半起身，向窗外一看，地上的雪，早已积得一厚层了；天空中，却还在一大片一大片地卷下来；雨是不下了，风却依旧刮得很紧。

火炉里炭还燃着，衣服都已烘干了。盥洗毕，用最迅速的方法，收拾好了简单的行李，即雇车赴车站。

在风雪中上了陇海车，在风雪中离开了洛阳。

因为连日的长途奔走，身体太倦，上了车，仍打开行李睡觉。到偃师，天光已微微发亮了，我因今日决定不再赴登封游嵩岳，懒懒地向窗外望了一眼，仍呼呼睡去。雪是什么时候停的，竟没有知道。

下午一时抵郑州。天气是阴沉得厉害，计划中的百泉之游，也只能作罢。至下午三时半，火车方驶进了开封站。在寒风峭厉、冰雪载途中，雇车回到了学校。

我此次自十月二十七日离汴，至十一月三十日返汴，实足在外三十五天。去时还穿着夹衣，回来已生着火炉了。

西游和高考，成了全校同事的谈话资料。

高考第二试定于十二月四日放榜。十二月五日上午十时三十分，接到西安刘以平兄的电报，谓"高考二试及格，八日面试，务请七日前到京"。我于一点半钟内，整理好行装，交托好职务，于下午一时，又上了孤寂的征途。

下午一时二十分的车，到三时许才开。坐在车上，想着半年来客汴垣，上长安，登华岳，浴临潼，游洛阳，西来目的，除嵩山和百泉外，一一圆满地偿了夙愿，心头有无限的兴奋！计自今春北上，与秉新兄畅游平津后，至今十阅月，几乎没有一月不在游览之中，也没有一天不在快乐之中！虽然在游览上所花的钱是相当的可观，但是，万一我竟宝爱着钱、珍惜着钱，那我将失其所以为我，而为山灵所嗤笑了！

痴望窗外，一切都呈现了肃杀的冬象，暗诵来汴时"千里槐花疑是雪，春光先我到中州"句，不胜神往。

离家八月，乡思旅情不知积了多少，现在看着故乡一刻一刻地近起来，心里是快乐得什么似的。记以一绝：

归途喜作

自将岁月比神仙，薄海清游又一年。

行尽中原千万里，从来不惜看山钱。

"从来不惜看山钱"，在我，的确是可以自慰、可以自豪的了！

过兰封、柳河、商丘和砀山，于六日午前三时许，到了徐州，比规定时间，迟了三小时。

到旅社睡了一点多钟，茶房已来叫门了。起来匆匆盥洗毕，不及进早点，即雇车赴车站，搭七点四十五分津浦车南下。适逢该路员工欢送赵站长，锣鼓喧天，爆竹盈耳，满车站闹得乌烟瘴气。

在车上，读《小山词》以自遣。九时许过南宿州，十二时过蚌埠，四时许过滁州，而于下午七时到浦口。

夜色苍茫中，渡过了波澜壮阔的长江，而到了龙盘虎踞的石头城。

从下关雇人力车进城。在车上，看着平坦宽敞的中山路，看着庄严整齐的建筑物，想起当前国事，默诵"一寸山河，一寸伤心地"句，不期然而然的，心头为之凄然。

路上稀稀朗朗的路灯，成了一直线，淡淡的灯光，射在地上。这时已有八点多钟了，行人很少，一路是静悄悄的。

月亮挂在天上。月光是淡淡的，也是冷冷的，直照到人的心里。

北极阁和紫金山，成了两座黑影，在月光下遥遥相对。

车子在冷风里迅疾地前进。不知怎样，我的心只是凄然的。我自己知道我对于国事太关心，但于平时，我只有苦闷，只有愤怒，今日一到首都，却只觉凄凉，只觉悲哀了。

是环境引起的吗？是灯光引起的吗？是月光引起的吗？

对着大好山河，报国之念不觉油然而生！

九时，车子到中正街，于笙歌鼎沸声中进了孟渊旅社。

十九　石头城下

到了南京，在心理上，就似已经到了家乡一样。

高考定于八日上午举行第三试，所以我还有时间可以游览休息一天。

十二月七日上午九时，雇车赴考试院。门前贴有第二试的榜示，京、平、陕三区，教育行政人员共取了十八名。视第一试又淘汰了三十名，与三百三十一人的应考数相较，恰占了百分之五强。其他普通行政人员取了七十一名，财务行政人员取二十一名，会计人员取十六名，统计人员取六名，外交官领事官取十名，司法官取五十四名，建设人员取二十三名。三区九类计应考三千五百三十一人，共取了二百十九名，占总数百分之六强。高级邮务员报考一百七十八人，取了二十二名，占百分之十二强。明日第三试的结果，不知哪几位幸运儿获选，又哪几位不幸者名落孙山呢。

入门，院宇轩敞，气象阏丽。建筑悉采中国宫殿式，但与北平的故宫建筑，迥不相同。时代的巨掌，在建筑上也已划下鸿沟了。

巡回一周，于明志楼前，抄了两副对联。一副是戴先生的：

作人须立大志，彻始彻终，有为有守；
求学须定宗旨，知本知末，通古通今。

一副是钮先生的：

取士务实不务华，敷奏以言，要能立功立德；
得官可喜亦可惧，靖共尔位，应思为国为民。

所言均足发人深省，而"得官可喜亦可惧"七字，尤令我心头受到莫大激动。

从考试院出来，拟登北极阁。走到半山，为宪兵所阻，不能上去，乃改游鸡鸣寺。

鸡鸣寺和北极阁相毗连。我去春来京，即由北极阁越台城上鸡鸣寺。那时北极阁除气象台外，游人都可以上去。

因为是冬天，鸡鸣寺很少游人。四山木叶尽脱，湖边枯柳摇曳，衰草萋迷，荒凉满目，但一片清波，烘托着远山冻云，晓林寒日，却也别饶画意。危楼一角，面临后湖，水光岚影，缭绕几席。倘得二三知己，促膝茗话于此，不特可以清心涤肠，清遣世虑，抑且可以慷慨悲歌，长啸当哭呢。

流连久之，下山，于胭脂井畔，凭吊片刻。下午一时，返旅社发了一封家信。

入晚月色当空，淡如银练，冷如冰盘，一个人踽踽凉凉，独步街头，触景生情，引起了无限感伤！回到寓所，写成一律：

> 客路天涯万里通，只身来去比孤鸿。
> 石头城下今宵月，笠泽湖边昨夜风。
> 两地相思添索寞，一般离绪各西东。
> 平时却梦江南好，及到江南梦转空！

八日午前六时即起身，盥洗毕，略进早点，即匆匆驱车上考试院。在大门前遇到了在西安同考的几位，知道在西安应考的二百余人中，第二试总共只取了六名。他们于昨天晚上，方才赶到南京。

第三试为面试，占总分百分之二十。第一、第二试，都是笔试，均占百分之四十。所以要是前二试成绩好，这一次是不会轻易落选的。八时开始，试场在明志楼。核对照片及领取入场证后，应试者鱼贯入场。今天面试的，只平、陕二区的四十余人。在本京应试的，早已考过了。

我守到十一时才轮到。面试共分四起。第一起问的问题，偏重在生产教育；第二起偏重在地方教育行政；第三起偏重在普及教育及各国教育制度；第四起最郑重，由典试委员会委员长等亲自询问，环坐而听的有八九人，问的完全是个人经历。前后约经半小时，方退出。

到办事处交了照片，领了乘车证，急急回旅社。我预计第三试非一天所能完毕，不意半天即完毕了。

三届高考，考试院定本月十日全部发榜，日期就在后天。有许多人都留京等候消息，我决定委托京中友人转报，于今日午后搭车先行回锡。

我自今年四月底离家，转瞬已将九阅月，现在到了南京，真是归心如箭了！

二十　到了故乡

心事既了，一个身子，好像飘飘然的轻松了许多。

天气一刻阴沉一刻，下午二时，忽地下起毛毛雨来。我在旅社吃了饭，整理好了行装，通电话托好了转报消息的朋友，即令茶房把行李送到中正街站，搭京市火车赴下关。

雨是愈下愈大了。

下午四时五十分，上了南京开向上海的特别快车。五分钟后，车轮已在转动了。我高兴得什么似的。

"归心如箭"这句话不知是谁发明的？我自十岁出外读书，二十一岁出外服务，至今十七年中，从没好好在家住过三月四月，东飘西流，到处相思。但相思之苦，没有及得这九个月的！生平出处，实以这九个月最长，也以这九个月为最远！

四点五十五分的特别快车若赶不上，还有一班五点二十的慢车，但到无锡的时间，要迟三点多钟，在归心如箭的我，未免有望眼欲穿之恨了！赶上了特别快车，哪得不特别快活？

栖霞山在雨声中过去，金、焦、北固，在暮色苍茫中过去。经新丰、丹阳、奔牛，而于下午七时半，到了常州。

常州，我又和它见面了！

车上下去了许多人，也上来了许多人。听着他们谈笑的声音，就如见了自己熟悉的朋友一般，心里怪兴奋的。

火车又在风驰电掣地东行了。我遥望灯光辉煌的常州城，投下依恋的一瞥。

故乡是一步近一步了。

过戚墅堰、横林，夜色混茫中，九龙山的黑影，渐渐映入眼帘。经洛社，雨已止了。满城灯火，在黑夜里照耀得半天通红；工厂的烟囱里，也有火星和火光在不断地冒起来，直冲霄汉。过教育学院，已远远望见新世界和无锡饭店的两座灯塔电光闪烁，似在表示欢迎的一般。

故乡，可爱的故乡，我又投入它的怀抱了！八时二十分，火车驶进了无锡站。喜极，口占一绝：

> 乐事当前强自恃，故乡作别已多时。
> 归来不知闲人笑，一角行囊半是诗。

到旅社，吃了晚饭，因精神太累，地上也还潮湿，即行安寝。

十二月九日，有许多友人知道我回锡了，此去彼来，使我忙了一上午。涤新先生等邀我吃了午饭出来，即匆匆鼓轮回乡。

在船上，看着阔别半年多的苍山碧水，恨不得一步飞到了家。

过石塘，西北风忽然紧起来，不到一刻，雪花又漫天飞舞了。

下午五时，船到南方泉。半点钟后，我于风雪中奔到了温暖的家。

十一日午后，得到南京友人的电告，知道高考已经及格了。

此次我自四月三十日离家，五月二日离锡，五月四日离常，五月五日抵沪，十月二十八日抵西安，十一月六日上华阴，七日朝华岳，九日到临潼、浴华清池，十一月二十八日游洛阳、登龙门，而于十二月五日返京，八日返锡，九日到家。凡历时九阅月，行路八千里，可谓生平第一畅游了！

"民围二十四年，在我，不是儿童年，也不是妇女国货年，而是万里壮游年。"信非虚语！而于万里壮游之外，再加上一个高考及格的意外收获，则不能不说是此行的奇遇了！

一九三六年六月四日于青岛

本集1935—1936年连载于《河南民众教育月刊》，现根据作者1947年5月初版整理。